일본,
국수에
탐닉하다

일본, 국수에 탐닉하다

푸드헌터 이기중의
소멘 · 우동 · 소바 · 라멘 로드

〉 이기중 지음

들어가며

일본 면과의 만남. 참 오래되었다. 시작은 수십 년 전이었다. 대학원 시절, 생애 첫 여행지인 대만을 거쳐 일본으로 건너갔다. 도쿄에 도착하자마자 짐을 풀고 바로 신주쿠의 라멘집으로 향했다. 당시 일본 라멘은 우리나라 사람들에게는 매우 생소한 음식이었다. 그래서 그 맛이 더욱 궁금했다. 메뉴에는 미소라멘, 쇼유라멘, 시오라멘이 있었다. 나는 미소라멘을 주문했다. 처음 먹어보는 음식이라 된장 맛이 무난할 것 같았기 때문이다. 예상과는 다른 맛이었다. 조금 당황스러웠지만 맛났다. 새로운 음식을 발견했다는 생각에 웃음이 절로 나왔다. 첫 만남은 머릿속에 오래 남는 법, 일본 면과의 만남도 그랬다. 그 후로 수십 번 일본을 오갔다. 일본 영화와 대중문화를 연구하고, 일본 방송을 즐기면서 일본 문화와 점점 가까워졌다. 그리고 그 중심에 일본음식이 있었다. 요리책을 좋아해 일본에 갈 때마다 사 모은 것이 수백 권이 된다. 이렇게 일본음식의 매력에 빠져들었다.

어느 나라건 그 나라를 느끼게 하는 음식이 있다. 우리와 가까운 아시아 몇 나라만 이야기해도, 대만의 소롱포와 우육면, 홍콩의 딤섬, 태국의 팟타이와 쏨땀, 베트남의 쌀국수와 반미, 이런 식이다. 그렇다면 일본은 어떨까? 나는 단연 면요리를 꼽고 싶다. 아마도 일본을 여행하는 사람들 가운데 한 번이라도 라멘이나 우동, 소바를 먹지 않고 오는 사람은 없을 것이다. 나도 일본에 도착하면 공항에서 숙소로 들어가는 길에 간이음식점에 가서 소바를 먹는다. 그것도 곱게 간 하얀 참마가 올라간 도로로소바를 먹는다. 이 소바를 후루룩 먹고 나면 '아, 일본에 왔구나!'라는 생각이 든다. 저녁에는 야키토리(닭꼬치구이)에 생맥주를 한잔 걸친다. 그리고 다음 날 점심으로 라멘을 먹고 나면 오랫동안 일본에 살고 있는 듯한 느낌마저 든다. 이렇게 면요리는 일본을 느끼게 해주는 음식이다.

그러던 어느 날, '일본 면 여행을 해볼까?' 하는 생각이 불현듯 들었다. 여행의 이름은 '일본 누들로드'로 정했다. 그리고 2010년 겨울, 짐을 쌌다. 일본 누들로드의 첫 여행지는 도쿄였다. 먼저 에도의 오래된 소바집을 돌아다녔다. 역시 간이음식점에서 먹었던 소바와는 달랐다. 오랜 역사가 묻어난 소바집에서 먹는 소바는 특유의 맛과 분위기가 있었다. '일본 면 여행, 할 만하네!'라는 생각이 들었다.

그리고 열정이 생겼다. 하지만 그때까지는 일이 커질지 몰랐다. 사실 원래 계획은 소박했다. 소바는 도쿄와 그 인근의 노포, 우동은 간사이 우동과 가가와현의 사누키 우동 정도를 맛보고, 라멘은 홋카이도 3대 라멘과 규슈 여러 지역의 라멘만 먹으려 했다. 이런 계획이라면 한 달이면 될 것 같았다. 하지만 그 정도로 일본 면의 세계를 이해할 수 없다는 것을 깨닫는 데는 그리 오랜 시간이 걸리지 않았다. 면을 먹으러 다닐수록 일본 면의 세계가 넓고 깊다는 것을 실감했다. '아차, 발을 잘못 들여놓았구나. 일이 커지겠는데.'라는 생각이 들었다. 한때 이 여행을 계속 할지 고민도 했지만, 내친 김에 본격적으로 일본 전역을 돌아다니기로 결심했다. 그리고 시간 나는 대로 일본으로 떠났다. 오로지 면을 맛보기 위해서!

맛집만을 찾아간 여행은 아니었다. 나는 무엇보다 일본 면의 역사와 지형을 살펴보고 싶었다. 그래서 이 면 여행의 주제를 '일본 면의 원조를 찾아가는 여행'으로 정했다. 모든 음식에는 원형의 맛이 있다. 음식을 제대로 알기 위해서는 이 원형의 맛을 기억하는 것이 중요하다. 내가 음식을 알아가는 방식이기도 하다. 나는 다양한 일본 면의 발상점, 즉 원조집을 찾아다니기로 했다. 이를 통해 일본 면 지도를 그려보고 싶었다. 하지만 쉽지 않은 여행이었다. 때로는 일주일, 때로는 20일 동안 오로지 면만 먹고 다녔다. 어떤 때는 한 지역을 정해서 다니기도 했고, 어떤 때는 홋카이도에서 규슈까지 열차를 타고 종단한 적도 있다. 어떤 집은 도시 한가운데 있어 비교적 찾아가기 쉬웠지만, 어떤 곳은 신칸센과 급행열차, 버스를 차례로 갈아타고 가야 하는 만만치 않은 여정이었다.

매번 촘촘히 계획을 세웠다. 먼저 지역을 선택하고, 음식점을 고르고, 음식점들의 위치를 파악해 동선을 짜고, 영업일과 영업시간을 확인했다. 음식점에 가서는 메뉴를 고르고, 음식 사진도 찍고, 먹고 나서는 맛 평가도 수첩에 꼼꼼히 적었다. 어떤 때는 혼자서 가고 어떤 때는 일행과 함께 갔다. 사실 꽤 바쁜 일정이었다. 발품도 많이 팔았다. 매일 아침 첫 끼부터 면으로 시작해서 저녁도 면으로 끝냈다. 어떤 날은 기차 시간에 맞춰 돌아다니면서 하루에 라멘 다섯 그릇을 먹은 적도 있었다. 하지만 배부르다고 남긴 적은 없었다. 모두 맛있는 집이기도 했지만, 음식을 남기는 것은 용납할 수 없는 일이라 생각했기 때문이다. 한 번 가본 집도 있지만 세 번 이상 간 곳도 많고, 오래전에 간 집들은 최근 다시 가서 바뀐 것이 없는지 확인했다. 힘들다는 말이 입에서 나올 때도 많았다. 무모한 계획이라는 생각이 가끔 들었지만, 묘하게 열정은 더욱 커졌다. 새로운 세계를 발견하는 즐거움이 모든 어려움을 억눌렀다. 이 여행을 위해 올해까지 10번 일본을 오갔고, 여행 일수로 치자면 100일이 걸렸으니 결국 '100일간의 일본 누들로드'가 된 셈이다.

아마 오랜 세월의 미식 열정이 없었다면 이 일을 끝내지 못했을 것이다. 돌이켜보면 어릴 적부터 미식가 기질이 있었던 것 같다. 내

기억에, 그 편력이 시작된 것은 아주 오래전, 중학교 2학년 때부터였다. 그해 겨울방학, 종로2가에 있는 YMCA의 유도부 새벽반을 다녔다. 매일 아침 운동을 마치고는 종로1가에 있는 청진동 해장국집을 찾았다. 검정색 동복 교복을 입고 까까머리를 한 어린 중학생이 아저씨들 틈에 앉아 선지가 듬뿍 들어간 해장국을 호호 불어가며 먹었다. 지금 그 모습을 상상해보면 꽤 용기가 있었던 것 같다. 고등학교 시절에는 방과 후 귀갓길에서 잠시 우회해 오장동에서 비빔냉면을 즐겨 먹곤 했다. 그래선지 국밥과 냉면은 내가 여전히 가장 좋아하는 음식이다. 대학과 대학원 시절에는 맛난 음식을 먹으러 다니는 것을 좋아해 친구들로부터 '미식회 회장'이라는 별명을 얻기도 했다. 그 후 미국에 10여 년 살면서 서양음식에 대한 지식이 넓어졌고, 박사과정을 마치고 나서는 본격적으로 세계 여행을 떠났다. 새로운 여행지에 갈 때마다 시장을 돌아보고 현지 음식을 맛보는 게 가장 커다란 즐거움이었다. 지금까지 130개 넘는 나라를 돌아다녔다. 그러면서 나는 어느덧 '푸드헌터(Food Hunter)'가 되었다.

면은 일본인의 국민음식이다. 일본 어딜 가나 면이 있다. 세대나 성별에 따라 좋아하는 면의 기호는 다르지만 일본 사람들에게 면은 뗄 수 없는 음식이다. 몇 년 전, 일본 최초의 여성 우주비행사가 우주에서 돌아와 한 첫 인터뷰가 생각난다. 기자가 지금 당장 무엇이 먹고 싶냐고 물었더니 "돈코쓰라멘"이라고 답하는 것을 일본 TV에서 보았다. 이렇게 일본인들에게 면은 다름 아닌 '소울푸드'다. 아주 오랜 시절부터 있었던 음식, 그리고 어디서나 쉽게 먹을 수 있는 음식, 그게 바로 면이다. 그렇다면 이 책은 '일본인의 소울푸드를 찾아가는 여행'이라고도 할 수 있다.

이 책은 일본 면의 역사로 시작한다. 면은 일본을 대표하는 음식인 만큼 그 역사도 오래되었다. 그 역사로 보자면, 소멘, 우동, 소바, 라멘의 순서로 시작되고, 발전했다. 흥미로운 것은 모두 외래음식이라는 점이다. 주로 중국에서 일본으로 들어온 면이다. 하지만 현재의 일본 면은 중국의 면과는 확연히 다르다. 완전히 일본화되었다. 따라서 소멘, 우동, 소바, 라멘, 찬폰, 냉면 등 일본 면이 걸어온 자취를 따라가다 보면 외래문화를 별 저항 없이 받아들이면서 자기화하는 일본문화의 단면을 읽을 수 있다.

독자들이 이 책을 읽고 나면 일본 면의 역사와 문화, 면요리에 대해 궁금했던 점들이나 일본 면을 즐길 수 있는 지식을 얻게 되기를 기대한다. 또한 일본을 여행하는 사람들이 이 책에서 소개한 음식점에서 면요리를 즐길 수 있기를 희망한다. 그러면서 다양한 일본 면의 세계에 매료될 것이다.

7년간의 긴 여행이 끝났다. 이 책이 세상에 나오면 모든 짐을 던져두고 달랑 이 책 한 권만 들고 다시 일본 누들로드를 걷고 싶다.

오랜 시간 여행하고 쓴 책이지만, 따비 박성경 대표와의 첫 만남에서 책의 출판이 결정되었다. 그리고 신수진 편집장과 차소영 편집자의 꼼꼼한 손길을 거쳐 책이 제 모습을 갖추어졌다. 감사드린다.

푸드헌터 이기중

2018년 여름

차례

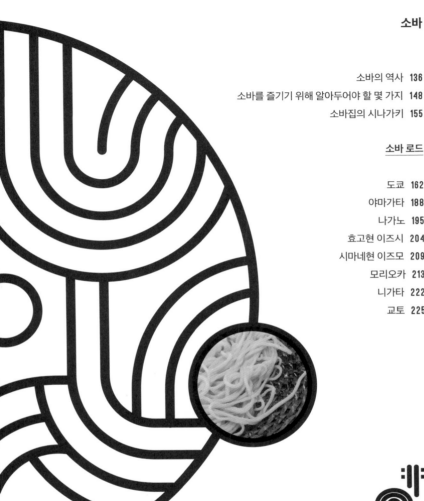

소바

소바 로드

라멘

そうめん・うどん

소멘과 우동

일본 면의 역사

일본에서 가장 오래된 면, '사쿠베이'

일본에서 가장 오래된 면은 무엇일까? 우리에게는 친숙하지 않은 이름이지만 '삭병(索餠)', 즉 '사쿠베이(さくべい)'라는 것이다. 사쿠베이라는 말은 《정창원문서(正倉院文書)》(758)*에 처음 등장하므로, 나라시대(奈良時代, 710~794)에 중국에서 전해진 것으로 보고 있다. 중국에서 삭병이라는 단어는 후한 말기 저서인 《석명(釋名)》**에 처음 나오는데, 면 형태가 '동아줄(索)'을 닮아 그런 이름이 붙었다는 설명

* 일본 나라의 정창원 창고에 보관하고 있던 문서로, 주로 도다이지(東大寺) 사경소에서 업무를 위해 실무적으로 작성한 문서들. 이 문서들이 관청 등에서 사용했던 공문서를 재활용해 사용했기 때문에 나라시대 당시 일본 정부의 공식적인 문서를 볼 수 있다는 데 의의가 있다.
** 중국 한나라 말기의 훈고학자 유희(劉熙)가 1,502개 사물의 명칭을 27개 부문으로 분류하여 뜻풀이한 사전.

만 있을 뿐 제조법은 알 수 없다. 이후 청대에 간행된《석명소증보
(釋名疏增補)》***에서 "삭병은 수인병(水引餠)이다."라고 밝히고 있다.
'수인병'은 말 그대로 손, 특히 엄지손가락과 검지손가락을 사용해
'물에서 반죽을 비비면서 잡아 늘린 국수'를 말한다. 당시 '병(餠)'은
밀가루음식을 가리키는 말이었고, '면(麵)'은 밀가루, 또는 밀가루음
식을 총칭하는 말로 쓰였다.

　이렇게 본다면, 일본에서 가장 오래된 국수인 사쿠베이는 수인
병에서 진화한 '손으로 늘린 면'이라고 볼 수 있다. 좀 더 정확히 말
하자면, "밀가루, 또는 밀가루와 쌀가루를 섞은 반죽을 손으로 새끼
꼬듯 늘려 가늘게 뺀 면"이다. 하지만 밀이 귀할뿐더러 제분 기술이
대중화되지 않았으므로, 주로 궁중에서 칠월칠석의 축하 행사 등에
만들어 먹었다고 한다. 한편, 사쿠베이라는 말은 궁중에서 사용했
던 공식 명칭이고, 속칭으로는 '무기나와むぎなわ'(麥繩, '새끼줄 모양의 밀
가루음식'이라는 뜻)라고 불렀다. 삭병이 '기름에 튀긴 과자'라는 일설
도 있지만, 이는 별 신빙성 없는 이야기로 받아들여진다.

중국에서 유래한 밀가루 면, 소멘과 우동

오늘날 일본을 대표하는 면 가운데 하나인 소멘(そうめん)은 중국

*** 청나라의 왕선겸(王先謙)이 지은《석명》연구서.

송대(宋代)에 발달한 소면(素麵)에서 유래했다. 소면은 삭병에서 한 단계 진화한 제면 방식을 썼다. 밀반죽을 끈 모양으로 빚은 다음 면 가락 표면에 기름을 발라 손으로 비비면서 늘린 것인데, 이렇게 하면 한층 가는 면을 뽑을 수 있었다. 이러한 소면 제법은 가마쿠라시대(鎌倉時代, 1185~1333)에 일본으로 전해진 것으로 보인다. 중국 남송시대(南宋時代, 1206~1275)에 임안(臨安, 현재 항저우杭州)이 수도가 되면서 일본 유학승들이 많이 건너갔다. 이들이 공부를 마치고 일본으로 돌아오면서 이 지역의 식문화를 전했는데, 그중 대표적인 밀가루음식이 바로 소멘이다. 소멘은 일본에서 가마쿠라시대 중기인 1271년에 기록된 한 신사(神社)의 공문서에 처음 언급된다.

그러나 소멘이 전해진 초기에는 사쿠베이, 곧 무기나와와 소멘이 구별되지 않았던 것으로 보인다. 밀반죽을 손으로 늘려 면을 만든다는 것에서 크게 다르지 않았기 때문이다. 이를 보여주는 사례가 있다. 나라현 사쿠라이의 미와(三輪) 지역은 소멘의 발상지로 꼽히는 곳이다. 약 1,300여 년 전, 나라시대에 이곳에 있는 오미와신사(大神神社)에서 일하던 궁사(宮司)*의 둘째 아들이 구황식으로 밀을 재배하면서 소멘 만들기를 장려했다는 이야기가 전해지기 때문이다. 하지만 당시 소멘은 무기나와의 별칭으로, 索餅(사쿠베이)에서 유래한 索麵(소멘)을 한자로 썼다. 그 생김새도 오늘날의 소멘과는 달랐으리라고 추측된다.

---

* 신사의 제사를 관장하는 신관(神官)이다.

오늘날까지 이어져오는 일본 소멘 제법의 기본이 된 것은 가마쿠라시대 한 선승이 전했다고 알려진 데노베(てのべ), 즉 수연(手延)법(밀반죽을 손으로 빚는 제법)이다. 이후 기술적 개량 및 연구가 더해지면서 지금의 세련된 데노베 소멘 제법이 완성됐다고 보고 있다.

무로마치시대(室町時代, 1336~1573)에 맷돌 등 제분 도구와 기술이 발달하면서 면이 급속도로 보급되기 시작했다. 이 시기에 '무기나와'라는 명칭은 사라지고 '소멘'이라는 말이 널리 사용됐다. 한자 또한 '색이 희다'라는 의미의 '소(素)'로 바뀌어 오늘날과 같은 '소멘(素麵)'으로 굳어졌다. (우리나라에서도 흔히 먹는 소면은 일본으로부터 들여온 것

1754년 간행된 《일본 산과 바다 명물 도증(日本山海名物圖會)》.
일본 각지의 명산품이 그려져 있다. 일본 국립국회도서관 소장.

이다. 소면의 '소'가 작다는 뜻의 '小'로 알려져 있는데, 희다는 뜻의 '素'다. 소면보다 굵은 면을 중면이라고 하는데, 면발 굵기를 나타내려면 '가는 면'이나 '세면細麵' 대 '굵은 면'이나 '태면太麵'으로 부르는 것이 정확하겠다.)

이때부터 소멘은 일본 여러 지역에서 생산되었으며, 교토 시내 상설시장 가판대에서도 판매됐다. 당시 교토에서 일하는 이들을 그린 《칠십일번직인가합(七十一番職人歌合)》이라는 풍속화집에도 소멘 장수가 등장한다. 이 시기 소멘은 지금처럼 지름이 0.6밀리미터 정도인 극세면이 아니라 1밀리미터 이상의 두께를 가진 면이었으며, 사람들은 이를 장국에 찍어 먹었다.

반죽을 칼로 썰다, 우동

무로마치시대에는 제분 기술과 함께 제철 기술도 발달해, 면을 가늘게 썰 수 있는 칼이 만들어졌다. 밀반죽을 넓적하게 밀어서 돌돌 만 후 칼로 썰어서 만드는 면이 우동(うどん)이다. 물론 우동 역시 소멘처럼 중국에서 들여온 음식이다. 나라시대에 견당사(遣唐使)*를 통해 일본으로 전해졌다고 보고 있다.

일본에서 '우동'이라는 말이 처음 언급되는 것은 나라현 호류지 (法隆寺)의 《가원기(嘉元紀)》(1351)다. 여기에 우동의 어원으로 짐작되

---

* 일본에서 중국 당나라로 파견한 사신으로, 해외 정세 파악을 비롯해 중국의 선진 문물과 불교 경전 등을 수집하는 것이 주 목적이었다. 이때 유학생, 승려 등도 함께 당에 입조했다.

는 '우도무(ウトム)'라는 단어가 나오는데, 제법에 관한 기록은 없어 이것이 오늘날 일본 사람들이 먹는 우동과 같은 것인지는 알 수 없다. 하지만 15세기에는 '우동'이라는 이름이 분명히 나타나는 것으로 보아, 오늘날과 같이 얇게 민 밀가루 반죽을 칼로 썰어 만든 우동이 존재했으리라고 추측된다.

에도시대에 꽃핀 면문화

17세기에 접어들면서 일본은 전국시대(戰国時代, 1467~1573)가 끝나고 평화로운 에도시대(江戸時代, 1603~1868)를 맞이한다. 260년 넘게 지속된 에도시대는 식문화를 비롯한 일본문화의 원숙기였다. 소멘과 우동의 제법이 확립된 것도 바로 에도시대였다. 에도시대에 이르러 밀 재배지가 넓어졌으며, 밀 가공 기술이 진보했다. 특히 에도시대 중기에는 에도(옛 도쿄)에서 수차 제분 사업이 시작되어 밀가루 생산량이 늘어났다. 서민도 면을 즐길 수 있게 된 것이다. 이때 소멘은 '소멘시そうめんし(素麺師)'라고 불리는 숙련된 장인에 의해 만들어지고 유통됐는데, 점차 미와 지역 이외에서도 다양한 소멘이 만들어졌다.

나가사키(長崎)현 고토 열도(五島列島)는 중국으로부터 소면 제법이 직접 전해졌는데, 이 제법이 일본 해류를 타고 호쿠리쿠(北陸) 지방*에 전해지면서 소멘은 명산품으로 인기를 끌었다. 한편 미와 지역의 소멘 제법은 서쪽으로 전해져 가와치(河內, 옛 지방 이름으로, 현재 오사카大阪부의 동쪽)의 '가와치 소멘', 가가와(香川)현의 '쇼도시마(小豆島) 소멘', 도쿠시마(德島)현의 '한다(半田) 소멘'이 만들어졌다. 오랜 역사를 가진 효고(兵庫)현의 '반슈(播州) 소멘' 역시 에도시대 중기에 생산이 본격화됐다. 이 외에 규슈 지역 구마모토(熊本)현의 '난칸(南関) 소멘'이나 사가(佐賀)현의 '가미사키(神崎) 소멘', 나가사키현의 '시마바라(島原) 소멘' 등도 일본의 대표적인 소멘으로 손꼽힌다.

전국시대까지만 해도 밀가루는 귀한 식재료였기 때문에 우동은 귀족이나 승려들만이 입에 댈 수 있는 음식이었다. 그러다 도요토미 히데요시(豊臣秀吉)가 일본을 통일한 후 오사카성을 축성하면서 오사카 우동의 역사가 시작됐다. 당시 오사카성 건설에 약 10만 명의 인부가 동원됐는데, 이때부터 우동은 조우스이ぞうすい(雜炊, 밥에 고기, 어패류, 채소 등을 잘게 썰어 간장 또는 된장으로 간을 맞춰 끓인 죽)와 함께 일본인의 일상식으로 자리 잡았으며, 간사이(関西) 지방은 '우동의 본고장'이 됐다.

하지만 에도시대 중기까지의 우동은 지금과 달랐다. 당시 우동 국물은 미소みそ(味噌, 일본식 된장)를 물에 풀어 체에 거른 후 가쓰오부시かつおぶし(가다랑어포)를 넣고 끓여 만들었다. 오늘날처럼 가쓰오부시를 우린 다시だし(육수)에 간장으로 맛을 낸 우동을 먹기 시작한 것은 서민도 간장을 구할 수 있게 된 겐로쿠연간(元録年間, 1688~1704. 겐

* 주부 지방 가운데 동해에 접한 네 현, 즉 니가타(新潟)현, 도야마(富山)현, 이시카와(石川)현, 후쿠이(福井)현.

로쿠는 에도 막부의 도쿠가와 쓰나요시德川綱吉가 쇼군으로 있던 때의 연호) 이후다.

싯포쿠しっぽく(卓袱)우동(면 위에 표고버섯 조림, 채소, 어묵 등을 올린 우동)
처럼 여러 가지 재료를 얹은 우동이 나타난 것도 에도시대 중기 이
후다. 그 후 메이지시대(明治1時代, 1868~1912)에 제면 기계가 개발되면
서 우동을 비롯한 면요리가 본격적인 서민음식으로 정착했다. 이때
부터 지역별로 특색 있는 우동이 개발됐는데, 오늘날 간사이 명물
로 손꼽히는 기쓰네우동도 메이지시대 초기에 오사카에서 처음 생
겨난 것이다.

우리나라에서는 '우동' 하면 더운 국물에 나오는 국수로 통하지
만, 일본에서는 우동 종류가 무척 다양하다. 간사이나 후쿠오카처
럼 뜨거운 다시(국물)에 담긴 우동에서부터 일본 3대 우동으로 손꼽
히는 아키타(秋田)현의 이나니와(稲庭) 우동, 군마(群馬)현의 미즈사와
(水沢) 우동, 가가와현의 사누키(讃岐) 우동처럼 차가운 쓰유(장국)에
찍어 먹는 우동에 이르기까지 재료며 조리 방식, 먹는 방식이 다채
롭기 때문이다.

한편, 우동이나 소바키리(そば切り, 메밀국수)는 일반인도 조금만 방
법을 익히면 쉽게 만들 수 있었던 데 반해, 소멘은 만들기가 어렵다.
때문에 소멘은 고급스러운 이미지를 입고서 선물용으로 자주 이용
됐고, 각지에서 명산품이 등장했다. 이런 전통은 오늘날에도 이어지
고 있다.

우동의 종류

조리 방식에 따라

가케우동 かけうどん 삶은 면을 그릇에 담그고 뜨거운 다시를 부어 먹는 우동. 보통 '뜨거운 국물이 있는 우동'을 가케우동이라고 부른다.

자루우동 ざるうどん 삶은 면을 찬물에 씻어 체(자루)에 담아 차가운 쓰유에 찍어 먹는 우동. 보통 '쓰유에 찍어 먹는 차가운 우동'을 자루우동이라고 부른다.

야키우동 やきうどん 볶음우동. 채소와 고기 등을 볶아 면 위에 얹은 우동.

미소니코미우동 みそにこみうどん 나고야의 명물 면요리로, 핫초미소를 넣어 끓인 냄비우동.

재료에 따라

기쓰네우동 きつねうどん 유부우동. 가케우동에 간장과 미림 등으로 달달하게 조미한 유부를 고명으로 얹은 우동.

다누키우동 たぬきうどん 가케우동에 튀김 부스러기를 고명으로 얹은 우동.

덴푸라우동 てんぷらうどん 튀김우동. 채소, 오징어, 새우 등을 튀겨 면 위에 얹은 우동.

싯포쿠우동 しっぽくうどん 조미한 표고버섯, 죽순, 채소, 어묵 등을 얹은 우동.

니쿠우동 にくうどん 고기우동, 간장이나 설탕 등으로 조미한 쇠고기, 닭고기 등을 고명으로 올린 우동.

붓카케우동 ぶっかけうどん 가케우동에 여러 가지 고명을 얹은 우동.

카레우동 カレーうどん 카레를 얹은 우동.

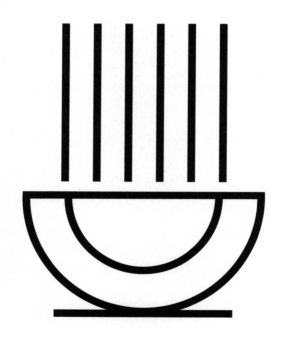

そうめんロード

<ruby>소멘<rt></rt></ruby> <ruby>로드<rt></rt></ruby>

일본 소멘의 발상지로 꼽히는 나라현 사
쿠라이(櫻井)시. 이곳에서는 일본에서 가장 오랜 역사를 가진 소멘을
만날 수 있다. 바로 미와 지역의 특선 면인 '미와 소멘(三輪素麵)'이다.
미와 소멘은 엄선한 밀가루를 써서 데노베 기법으로 면을 빚어 쫄
깃한 식감에 목 넘김이 매우 좋다고 알려져 있다. 나는 사쿠라이 지
역의 대표적인 소멘집 두 곳을 찾아가기로 했다.

첫 번째로 찾은 집은 미와 소멘으로 유명한 **센주테이**(千壽亭)다.
센주테이는 JR미와역에서 가깝지만, 이곳을 일행과 함께 찾았을 당
시에는 간사이 쓰루패스를 갖고 다녔기 때문에 JR미와역에서 조금
떨어진 긴테쓰선(近鐵線) 다이후쿠(大福)역에 내렸다. 다이후쿠역은

출구가 하나뿐이었다. 밖으로 나가니 사람도 거의 지나다니지 않는 작은 동네다. 한여름 대낮이었다. 땡볕 아래에서 걸을 엄두가 나지 않았다. 하는 수 없이 근처 보건소로 들어가 택시를 불러줄 수 있는 지 물었다. 직원은 친절하게도 부탁을 들어주었고, 20분 정도 기다리니 택시가 도착했다.

15분쯤 달렸을까. 시내로 들어서자 '소멘 마을'이라는 커다란 표지판이 보이고, 내가 점찍어둔 소멘집인 센주테이의 간판도 보인다. 실내는 넓고 고풍스러우면서도 세련된 분위기다. 나이 드신 분 몇몇이 앉아 조용히 소멘을 먹고 있다. 내가 이곳에서 맛보려 한 소멘은 1850년 창업한 이케리(池利)사의 데노베 소멘이다. 이케리 공장은 센주테이 바로 옆에 있다.

우리 일행은 여러 가지 소멘을 맛보기 위해 이곳 대표 메뉴인 히야시(冷)소멘과 고시나(五品)소멘, 그리고 니신뉴멘(にしんにゅうめん)을 주문했다. 잠시 후에 나온 소멘을 보니 먼저 눈이 즐거웠다. 늘어뜨리면 찰랑거릴 듯 가느다란 소멘이 그릇에 가지런히 놓여 있는 모습이며 색감이 고왔다. 히야시소멘은 달걀로 반죽한 면, 막차(抹茶)로 반죽한 면, 일반 면으로 구성돼 삼색 면이다. 고시나소멘은 다섯 종류의 면, 즉 호박소멘, 토마토소멘, 매실소멘, 시금치소멘, 우엉소멘이 각각 담겨 나오는 호화로운 메뉴다. 호박소멘만 따뜻한 쓰유づゆ(汁, 간장 양념장)에, 나머지 면은 찬 쓰유에 적셔 먹는 것이라고 종업원이 설명해준다. 니신뉴멘은 따뜻한 국물에 면이 담겨 나왔다. 면이 실처럼 가늘어서 부드럽게 끊어질 줄 알았는데, 뜻밖에도 쫄깃

미와 소멘으로 유명한 센주테이. 실내는 넓고 고풍스러우면서도 세련한 분위기다.

이곳 대표 메뉴인 히야시소멘과 니신뉴멘, 그리고 고시나소멘.
고시나소멘은 다섯 종류의 면, 즉 호박소멘, 토마토소멘, 매실소멘, 시금치소멘, 우엉소멘이
각각 담겨 나오는 메뉴다.

쫄깃해 씹는 맛이 좋았다. 생강이 들어간 쓰유와도 잘 어울렸다. 한편에서는 이케리사의 여러 가지 소멘을 판매하고 있었다. 그중 몇 개를 구입해 와서 미와 소멘이 생각날 때면 끓여 먹었다. 물론 일본에서 먹었던 그 맛은 아니지만, 깔끔한 쓰유에 쫄깃한 면을 다시 한번 즐길 수 있었다.

센주테이를 나오니 다시 땡볕이다. 다음에 가려는 소멘집은 오미와신사 가까이에 있다. 택시를 타고 왔던 길을 되짚어 걸어갔다. 대로를 따라 걷다 골목으로 꺾자 신사로 향하는 길이 나온다. '역사의 길'이라는 이름이 붙은 길을 따라 한동안 걸어가니 눈앞에 커다란 신사 대문이 펼쳐진다. 잠시 신사 대문을 돌아보고 자그마한 옆 골목으로 들어서니 바로 소멘집이 나온다. 오래된 민가 대문 옆에 '소멘'이라고 적혀 있다. 이 민가는 100년이 넘는 역사를 가진 건물이고, 이곳에 자리한 **모리쇼(森正)**는 40년 된 소멘집이다. 커다란 마당 여기저기에 나무 테이블이 놓여 있고, 뒤쪽은 나무가 우거진 일본식 정원이다. 자리를 잡고 앉으니 마음이 차분해진다.

이곳에서는 두 가지 히야시소멘을 주문했다. 일반 히야시소멘은 얼음과 함께 담겨 나왔다. 쓰유 맛은 센주테이보다 조금 더 달달하다. 오색 히야시소멘은 건드리기 망설여질 만큼 아름답다. 음식이라기보다 예술작품 같다. 고풍스럽고 한가한 가게에서 소멘을 먹고 있으니 "이게 일본 여름의 맛이구나!"라는 감탄이 절로 나왔다. 두 집 다 갈 수 있다면 좋겠지만 어느 한 군데를 골라야 한다면 맛은 센

주테이가, 분위기는 모리쇼가 더 좋다. 모리쇼의 소멘 맛은 조금 단순하고 소박한 반면, 센주테이는 창의적인 소멘을 추구하는 듯했다. 사쿠라이시까지 오기가 힘들어서 그렇지, 와볼 만한 가치는 충분하다. 사실 한 집만 들르기는 너무 아깝다. 다시 오게 되더라도 두 곳 모두에서 서로 다른 소멘을 즐기는 쪽을 택할 것이다.

센주테이(天壽亭)
영업시간: 11:00-17:00, 휴일: 금요일(공휴일, 매월 1일은 전날 휴일),
JR미와역에서 도보 10분 ☎ 0744-45-0626

소멘도코로 모리쇼(素麺処 森正)
영업시간: 10:00-17:00(계절에 따라 유동적), 휴일: 화요일, 월요일, 부정기(공휴일과 매달 1일은 영업),
JR미와역에서 도보 5분 ☎ 0744-43-7411

미나미시마바라
나가사키현

규슈 나가사키현 남동부에 위치한 시마바라 반도 남쪽, 즉 미나미시마바라(南島原)는 효고현 반슈(播州)에 이어 최대 소멘 생산지다. 인구가 약 5만 명인 이 작은 도시에 소멘 공장만 300개가 넘게 있다. 과거 아무도 살지 않는 땅이었던 이곳에 사누키 우동으로 유명한 가가와현 사람들이 이주해 와 소멘을 만들기 시작하면서, 미나미시마바라는 데노베 소멘의 명산지가 됐다.

시마바라가 소멘으로 유명하다지만, 가는 길이 만만치 않다. 후쿠오카에서 JR특급으로 1시간 50분을 달려 이사하야(諫早)역에 도착했다. 열차에서 내리니 미나미시마바라로 가는 완행열차가 서 있다. 두 열차의 시간을 맞추어놓은 것 같다. 자그마한 완행열차가 역을 벗어나니 시골길이다. 조금 더 지나자 바다가 보인다. 느릿한 열차에서 바깥 풍경을 바라보며 1시간 정도를 가니 미나미시마바라역이다.

그런데 이곳에서 내리는 사람이 없다. 어린아이를 동반한 젊은 여성과 나뿐이다. 역도 자그마하다. 밖으로 나가니 택시 한 대가 서 있고, 기사 아저씨는 졸고 있다. 역 앞에서부터 소멘집이 즐비하게 서 있을 줄 알았는데, 좀 당황스럽다. 다시 역으로 돌아가 역무원에게 물어보기로 했다. 역무원이라고는 해도 나이 든 남성 한 명, 젊은 남성 한 명뿐이었다. 이들에게 "근처에 소멘집이 없나요?" 물으니 둘은 조금 의아한 표정을 짓더니 "들은 바가 없다."고 한다. 난감했다. 잠깐 고민한 끝에 시마바라역 근처에 있는 시청 쪽으로 가기로 했다. 시청 근처에는 음식점이 많겠거니, 싶었다. 시마바라역까지는 두 정거장을 거꾸로 돌아가야 한다. 시마바라가 '물의 도시'로 유명해서인지, 길가에 약수터처럼 온천물을 마실 수 있는 곳이 일곱 군데나 있다.

시청 4층 관광과에 가 여직원에게 소멘집에 대해 물으니, 이 사람도 고개를 갸우뚱하며 시마바라의 유명 음식점이 빼곡히 적힌 종이 한 장을 갖고 온다. 나는 그만 의아해져서 물었다. "시마바라에 300개 넘는 소멘집이 있다고 들었는데, 이곳은 소멘으로 유명하지 않나요?" 그녀는 소멘공장이 많은 거라고 대답했다. 이럴 수가! 소

멘을 파는 음식점이 아니라 소멘공장이 300개가 넘는 것이었다. 눈만 껌뻑이는 내가 안쓰러웠던지, 직원은 소멘집도 여기저기 있다고 말하면서 근처에 있는 소멘집 한 군데를 소개해준다. 시청을 나가면 바로 보이는 골목에 있다고 했다. 이곳이 **사보 & 갸라리 하야메가와**(茶房 & ギャラリー速魚川)였다. 이 심상치 않은 이름의 음식점에서 나는 드라마 같은 일을 경험했다.

조용한 골목길 안쪽에 있는 사보 & 갸라리 하야메가와는 이노하라철물점(猪原金物店)과 같은 공간을 쓰고 있었다. 나중에 알고 보니 이노하라철물점은 1877년 문을 열어 규슈에서 두 번째로 오래된 철물점이라고 한다. 2003년 일본 정부가 유형문화재로 지정한 곳이기도 하다. 이 오래되어 낡은 건물을 수리할 때, 사람들이 유서 깊고 풍광 좋은 이곳에서 커피를 팔면 좋겠다고 제안했단다. 이에 철물점을 겸한 갤러리 카페가 생겨났는데, 옆에 '하야메가와'라는 개천이 흘러서 '사보 & 갸라리 하야메가와'라는 이름을 붙였다고 한다.

이런 역사를 알 턱이 없었던 난 길을 잘못 들었나, 고개를 갸웃거리고 있었다. 문 밖에서 메뉴판을 살펴보니 커피, 빙수 등이 보일 뿐, 소멘은 없었다. 카페라면 몰라도 식당으로 보이지는 않았다. 더욱이 유리문 너머 안쪽에는 인기척도 없었다. 하는 수 없이 근처에 다른 소멘집이 없는지 둘러보다 경찰관 두 명을 만났다. 그들은 시청 관광과에서 받은 음식점 주소를 봐주며, 어디가 가까운지, 지금 문을 연 곳은 어디인지 같이 고민해주었다. 그러다 젊은 경찰관이 다시 사보 & 갸라리 하야메가와에 가보자고 했다. 그 사이에 주인

조용한 골목길 안쪽에 있는 사보 & 갸라리 하야메가와는
이노하라철물점과 같은 공간을 쓰고 있다.

일본 명수백선에 들 만큼 물이 좋은 시마바라에서, 샘물로 만든 쓰유에
새하얀 소멘을 찍어 먹는다.

이 왔을지도 모르기 때문이었다. 그렇지만 가게는 여전히 닫혀 있었다. 안쪽을 들여다보니 '수요일 휴무'라는 안내판이 걸려 있었다. 저 고풍스러운 건물에서 소멘 한 그릇 먹고 싶은 생각에 아무래도 발길이 떨어지지 않았다. 그때, 건물 앞에 차 한 대가 서더니 여성 두 명이 내렸다. 언뜻 보기에도 묵직한 장바구니를 가게 안으로 들이려는 것을 보니 이곳 주인인 듯했다. 둘 중 좀 더 젊어 보이는 여성에게 이곳에서 소멘을 파는지 물었다. 그렇긴 하지만 오늘은 휴일이라고 한다. 더욱 아쉽다. 자신은 아르바이트생이며 주인 딸과 함께 장을 보고 왔다는 여성에게 하소연하듯 자초지종을 털어놓자, 그녀는 주인 딸에게 내 이야기를 전하는 모양이었다. 잠시 후 기적 같은 일이 벌어졌다. 딸에게서 말을 전해 들은 주인이 소멘을 만들어줄 테니 잠시 기다리라고 하는 것이다.

소멘이 나올 때까지 가게를 둘러봤다. 한편에 있는 일본식 정원에는 작지만 연못도 갖춰져 있었다. 거북이 몇 마리가 헤엄치고 있었다. 나는 정원 바로 옆에 있는 테이블에 앉아 한동안 정원을 바라보았다. 마침내 소멘이 나왔다. 하얀 소멘에 얼음이 곁들여져 있었다. 주인은 여기서는 소멘을 생강이 들어간 유즈(유자) 쓰유에 찍어 먹는다고 설명한다. 이곳 쓰유는 샘물을 사용해 만드는데, 시마바라는 '일본 명수백선'에 들 만큼 물이 좋기로 유명한 곳이다. 여기에 철물점 풍경까지 더해지니 소멘 맛이 없을 수 없다. 휴일인데도 소멘을 내준 주인과 행운을 가져다준 아르바이트생에게 감사 인사를 전하고 가게를 나왔다.

일반 음식점에서도 소멘을 먹어보고 싶어 **오쇼쿠지도로코 도이치**(お食事処 都一)를 찾아갔다. 1952년에 문을 연 곳이다. 무시스시(초밥을 쪄낸 음식)와 자완무시(닭고기, 작은 새우, 표고버섯 등이 들어간 일본식 달걀찜)가 추천 메뉴다. 메뉴판을 들여다보니 안주 삼아 먹을 게 많다. 한낮에 뜨거운 햇볕을 받으며 걸어다녔더니 갈증이 났다. 먼저 맥주 한 잔에 가라아게(닭튀김)를 주문했다. 가라아게는 두툼하니 겉은 바삭하고 육즙이 살아 있다. 여기에 시원한 맥주를 곁들이니 "거 참 맛있네."라는 말이 절로 나왔다. 역시 가라아게는 맥주랑 궁합이 잘 맞는다. 가라아게를 거의 다 먹었을 즈음 히야시소멘을 시켰다. 사보 & 갸라리 하야메가와에서 먹은 것과 비슷하다. 깔끔한 소멘이 기름

가느다란 나뭇가지를 엮은 발 위에 가라아게가 올라 있다.
깔끔한 소멘이 기름진 가라아게의 맛을 정리해준다.

진 가라아게의 맛을 정리해준다. 배도 부르고, 계획대로 소멘을 먹고 나니 마음이 편안해진다.

마지막으로, 아까 시청에서 나와 이노하라철물점을 향하다가 찜해둔 **오쇼쿠지도코로 스이겐**(お食事処 水源)을 찾았다. 그땐 점심시간이 지나 영업을 하고 있지 않았지만, 밖에 내놓은 접이식 간판에 여러 가지 소멘 메뉴가 적혀 있었다. 이곳 소멘은 전통적이기보다는 새롭게 응용한 것이 많아 보였다. 이미 소멘 두 그릇과 가라아게를 먹어 배가 불렀지만, 들르지 않을 수 없었다.

소멘 되느냐고 물으니 "여러 가지 소멘이 있다."고 한다. 아래층이 작은 바(bar) 형태로 되어 있어 좀 독특한 느낌이다. 이곳은 음식점이라기보다는 '이자카야(居酒屋)'라고 부르는 것이 맞을 듯하다. 규모는 작지만 2층에도 손님이 있는 모양이었다. 메뉴판을 보니 마음에 드는 술안주가 많다. 소멘을 먹지 않았다면 이런저런 안주에 술한잔 걸치기 딱 좋을 곳이었지만, 지금은 배가 불러 안주를 많이 먹을 수 있는 처지가 아니다. 게다가 소멘 한 그릇도 먹어야 한다. 그래도 먼저 맥주 한 잔을 마시고 싶다. 맥주 한 병과 정어리회 한 접시를 시켰다. 맛있다. 혼자 술 마시기 좋은 곳인 것 같다.

소멘 메뉴를 보니, 라멘소멘과 단탄멘소멘이 있다. 직원에게 어떤 게 좋은지 묻자 단탄멘소멘을 추천한다. 사실 나도 단탄멘소멘의 맛이 궁금해 먹어보려던 참이었다. 잠시 후 단탄멘풍 소멘이 나왔다. 먼저 눈에 띄는 것은 면발인데, 여느 소멘보다 조금 굵은 것이

스이겐의 소멘은 정통적이기보다 창조적인데, 술 한잔한 후 소멘으로 마무리하면 좋을 듯하다.

오히려 우동 같다. 몇 가락 먹어보니 꽤 단탄멘다운 맛이 난다. 그리 매콤하지는 않다. 이곳에서는 술 몇 잔 마시고 마무리로 소멘을 먹으면 좋을 것 같다.

이제 열차 시간에 맞춰 나가야 한다. 다시 후쿠오카로 돌아가야 하기 때문이다. 시마바라역으로 가니 고등학생들이 역사 앞에 가득하다. 통학생들인 것 같다. 막 도착했을 땐 소멘을 한 그릇도 못 먹을 줄 알았는데, 5시에서 7시까지 두 시간 동안 집중적으로 소멘 세 그릇을 먹었다. 게다가 가라아게에 정어리회, 맥주 세 병까지. 포만감이 지나치다. 그래도 좋은 사람들을 만나 계획한 일을 마무리했다는 만족감이 포만감을 누른다. 시마바라에는 열일곱 번째 규슈 올레길이 있다. 다음에 이곳에 온다면 느긋하게 시마바라 올레를 걷고 나서 다시 한 번 소멘을 먹고 싶다.

사보 & 갸라리 하야메가와(茶房＆ギャラリー速魚川), **이노하라철물점**(猪原金物店)
영업시간: 11:00-18:00, 휴일: 수요일
시마바라역에서 도보 3분 ☏ 0957-62-3117

오쇼쿠지도코로 도이치(お食事処 都一)
영업시간: 11:00-14:00, 17:00-21:00, 휴일: 목요일
시마바라역에서 도보 5분 ☏ 0957-62-3323

오쇼쿠지도코로 스이겐(お食事処 水源)
영업시간: 11:45-13:30, 17:30-24:00, 휴일: 부정기
시마바라역에서 도보 3분 ☏ 0957-62-8867

우동 로드

うどん
ロード

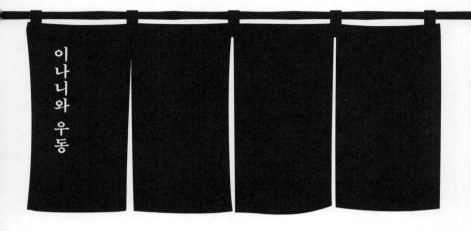

이
나
니
와
우
동

일본 동북부에 위치한 아키타현 유자와(湯
沢)시에는 군마현의 미즈사와 우동, 가가와현의 사누키 우동과 함께
일본 3대 우동으로 손꼽히는 명물 우동이 있다. 바로 이나니와 우동
이다.

이나니와 우동은 '데나이(手綯) 우동'으로 유명하다. '데나이'는 손
으로 새끼를 꼬듯이 면을 빚는 제법을 말한다. 밀가루 반죽을 밀어
서 접고 칼로 써는 일반적인 우동 제법이 아니다. 이러한 제법이 확
립된 것이 1665년이니, 이나니와 우동은 약 350년의 역사를 가졌

다. 과거에는 귀족들만 먹을 수 있었지만 말이다. 데나이 제법으로 빚은 면은 쫄깃쫄깃한 식감이 특징으로, 일반 우동 면보다는 약간 가늘고 소멘보다는 굵다. 생면(生麵)이 아니라 건면(乾麵)으로 삶는 것도 이나니와 우동의 특징이다.

'과연 일본 3대 우동의 맛은 어떨까?'

궁금증을 풀기 위해 이나니와 우동으로 유명한 두 곳을 찾아가기로 했다. 먼저 찾은 곳은 **간분고넨도 아키타점(寬文五年堂 秋田店).** 이나니와 우동의 데나이 제법이 확립된 1665년, 즉 간분(寬文) 5년을 우동집 이름으로 삼았다고 한다. JR아키타역에서 도보로 약 10분 거리에 있는 곳이다. 아사히카와(旭川)가 보이는 한적한 길을 따라가다 보니 '이나니와 데나이우동 본점 간분고넨도(いなにわ手綯うどん 本鋪 寬文五年堂)'라는 나무 간판이 걸려 있는 자그마한 건물이 보인다. 바깥 유리창에 데나이 제법으로 우동을 만드는 사진 한 장이 붙어 있는데, 그 모양을 보니 사쿠베이를 저렇게 만들었겠구나 싶다.

가게의 크기는 작지만 단정한 분위기가 마음에 든다. 중앙에 카운터 자리가 있고, 벽면을 향해 테이블 세 개가 놓여 있다. 점심에 와서 우동 한 그릇 하기 좋아 보인다. 종업원이 건넨 메뉴판을 보니 따뜻한 우동과 차가운 우동으로 나뉜다. 건면과 생면 두 가지를 모두 맛볼 수 있는 '건면·생면 맛 비교(乾麵·生麵味比べ) 우동'도 있다. 찬 생면과 찬 건면, 따뜻한 생면과 따뜻한 건면, 따뜻한 생면과 찬 건면, 찬 생면과 따뜻한 건면의 네 가지 조합 중에서 골라 주문할 수

있는 것이다. 나는 이나니와 우동 본래의 맛과 비교하기 위해 따뜻한 생면과 차가운 건면을 주문했다.

조금 후 한쪽에는 생면, 한쪽에는 건면이 담긴 나무 그릇이 나왔다. 이나니와 우동은 소바처럼 면을 쇼유(しょうゆ, 간장)쓰유나 고마(ごま, 참깨)쓰유에 찍어 먹는다. 따로 담겨 나오는 파, 생강 등을 넣어 먹는 쇼유쓰유는 깔끔하고, 고마쓰유는 고소하고 달달하다. 면을 쓰유에 살짝 담갔다 먹었다. 깔끔하고 고급스러운 맛이다. 다음에는 생면은 차가운 것으로, 건면은 따뜻한 것으로 주문해 먹어봐야겠다.

다음으로 찾은 곳은 **시치다이사토요스케**(七大佐藤養助)다. 본점은 찾아가기 쉽지 않아 분점을 택했다. JR아키타역과 바로 연결되어 있는 세이부백화점 지하 1층에 있다. 백화점 지하에 자리 잡은 식당이라 그런지 넓고 캐주얼한 분위기다. 혼자 먹을 테이블이 있는가 하면 여러 명이 앉을 만한 널찍한 테이블도 놓여 있다. 이곳에도 건면과 생면을 모두 맛볼 수 있는 메뉴가 여럿 있었다. 나는 '차가운 면 맛 비교'라는 뜻의 '료멘아지구라베(凉麺味比べ)'를 주문했다.

이윽고 냉우동 두 그릇이 나왔다. 하나는 쓰유에 찍어 먹는 자루우동이었는데, 그리 굵지 않은 면이 하얗게 빛났다. 이곳에서도 쇼유쓰유와 고마쓰유를 내놓았다. 잘게 썬 파와 와사비도 함께 나왔다. 다른 하나는 면에 찬 육수를 부어 낸 가케우동이다. 검붉은 색이 특징인 핫초미소(八丁味噌)가 면 위에 올려져 있다. 국물만 떠먹었을 때는 맛이 깔끔한데, 종업원이 조언한 대로 미소를 조금 풀어 먹으이나니와 우동 특유의 데나이 제법을 보여주는 간분고넨도의 입구.
생면과 건면을 쇼유쓰유와 고마쓰유에 찍어 먹는다.

4일간 19가지 공정을 거쳐 만들어지는 데나이 우동 건면.

니 국물에 깊은 맛이 밴다. 옆에 앉은 젊은 남성은 차가운 우동과 따뜻한 우동을 함께 맛볼 수 있는 '아지구라베(味比べ)'를 주문한다. 역시 많은 사람들이 이곳 대표 메뉴인 880엔짜리 아지구라베를 시켜 먹는다.

우동을 다 먹을 즈음, 가게는 어느새 사람들로 가득 차 있었다. 조금이라도 늦게 왔다가는 줄을 설 뻔했다. 이 가게의 벽에도 데나이 제법을 보여주는 사진이 붙어 있다. '변치 않는 제조 공정'이라는 문구가 커다랗게 적혀 있고 4일간 19가지 공정을 거쳐 만들어지는 데나이 우동을 사진으로 자세히 설명해놓았다. 참 긴 공정을 통해 만들어지는 우동이라는 것을 알 수 있었다. 무엇보다도 오랜 전통을 가진 데나이 제법을 이어가는 것이 인상적이었다.

시치다이사토요스케에는 '우메보시우동'이라는 메뉴도 있다. 이

핫초미소를 얹은 가케우동과 자루우동.
아키타에는 이렇게 두 가지 우동 맛을 비교할 수 있는 메뉴가 많다.

름처럼 우메보시(매실절임)가 들어간 우동으로, 시큼한 우메보시와
다시마의 풍미가 제법 잘 어울린다. 다만, 우메보시의 맛이 조금 더
강하면 좋겠다는 생각이 들었다. 겨울에는 기리탄포 세트가 좋다.
아키타 명물 음식인 기리탄포(きりたんぽ, 갓 지은 밥을 으깨 꼬치에 붙여 구운
음식)와 우동이 함께 나오는 메뉴로, 먹고 나면 온몸이 따뜻해진다.

간분고넨도 아키타점(寛文五年堂 秋田店)
영업시간: 11:00-22:30(22:00 LO), 연중 무휴
JR아키타역에서 도보 8분, 에리아 나카이치 건물 1층 ☎ 018-874-7310

시치다이사토요스케(七大佐藤養助)
영업시간: 11:00-20:00(LO), 연중 무휴
아키타역에서 도보 3분, 세이부백화점 아키타점 B1 ☎ 018-834-1720

군마(群馬)현의 미즈사와 우동 역시 일본 3
대 우동으로 꼽힌다. 옛날에 미즈사와데라(水沢寺)에서 참배객들에
게 우동을 대접한 데서 유래했다고 한다. 밀가루에 미즈사와(水沢)의
샘물과 소금을 넣고 반죽한 면을 이틀간 숙성시켜 만든다. 이렇게
만들어진 면발은 약간 굵은데도 익히면 반투명하게 변하며, 쫄깃한
식감이 특징이다.

맛있는 걸 먹기 위해서는 수고로움도 불사해야 한다는 뜻일까.
미즈사와우동을 먹으러 가는 길도 만만치 않았다. 도쿄 우에노(上野)
에서 군마현 다카사키(高崎)까지 신칸센을 타고 가서 JR특급으로 갈
아탄 뒤, 시부카와(渋川)역에서 내려 버스를 두 번 더 갈아타야 했다.
그야말로 '산 넘고 강 건너'였다. 유명한 이카호 온천(伊香保温泉)이 있

어 미즈사와를 찾는 여행객이 많다고 들었는데, 과연 시부카와에서 이카호 온천으로 가는 버스에는 온천을 즐기러 온 중년 여성들이 많이 타고 있었다. 종착지가 온천인지라 다들 계속 타고 가는데 나만 자그마한 마을에서 내려 다른 버스로 갈아탔다. 아까와는 달리 몇 사람 없는 버스에서 한가로이 바깥 풍경을 구경하다 내렸다. 길 뒤쪽으로 겹겹이 들어선 산이 보였고, 공기가 맑았다. 비가 부슬부슬 내리는 데다 점심시간이 훌쩍 지나서인지 거리는 한산했다. 이곳은 500미터 거리에 우동집 열세 곳이 줄지어 있는, 이른바 '미즈사와 우동가도(街道)'다. 많은 사람이 이카호 마을에서 온천을 즐긴 후 잠시 들러 우동 한 그릇을 먹고 간다.

처음 찾아간 곳은 **시소 시미즈야**(始祖 清水屋)다. 미즈사와 우동집 가운데 가장 오래된 곳으로, 황실에 우동을 헌상하는 등 400년이 넘는 역사를 자랑한다. 고풍스러운 2층 목재건물이 이를 여실히 보여주는 듯하다. 가게 밖에 "수제 우동집" "400여 년의 전통과 역사, 미즈사와 우동을 지켜나가는 유일한 노포"라고 적은 글이 눈에 띈다. 오랜 연륜이 묻어나는 차분한 분위기가 마음에 든다. 자리에 앉자 바로 차와 고마쓰유를 내준다. 메뉴는 자루우동 하나, 곁들이는 것도 고마쓰유뿐이다. 이런 단출함 덕분에 옛 방식을 오랫동안 지킬 수 있었는지도 모른다. 우동은 대, 중, 소가 있는데 중(中)이 1인분이라고 한다.

우동이 나오기를 기다리는데, 반죽을 밀고 있던 남자가 말을 붙

400년을 이어온 시소 시미즈야이지만, 메뉴는 고마쓰유와 함께 나오는 자루우동뿐이다.

인다. 내가 밖에서 사진 찍는 모습을 보고 "조금 궁금해서 왔다."고 한다. "이곳 우동을 먹으러 한국에서 왔다."고 하니 궁금증이 풀린 얼굴로 "이 우동집은 400년 됐다."며 이 집이 소개된 신문기사 복사본을 한 장 가져다준다. 자신은 17대손이라고 한다. 17대에 걸쳐 400년 이상 한 우동집을 이어오다니, 놀랍고 부러울 따름이었다.

우동은 둥그런 나무 채반에 담겨 나왔다. 특이하게도 면이 좀 납작했다. 막 젓가락을 들어 우동을 먹으려 하는데, 종업원이 버섯과 곤약 요리가 담긴 접시를 가져다준다. 사장이 가져다주라고 했단다. 버섯 향이 살짝 올라오는데, 저녁에 술안주 메뉴로 나가는 음식

오랜 역사가 느껴지는 마쓰시마야의 건물과 네 가지 쓰유와 함께 먹는 우동.

인 듯했다. 우동 한 가락을 먹어보니 수제 면이라 그런지 알맞게 찰
기가 있고, 윤기가 난다. 고마쓰유에는 생강이 들어 있어 우동 맛을
살려준다. 옆 테이블에 앉은 일본 사람들도 "맛있다."고 감탄한다.

　두 번째로 간 곳은 **마쓰시마야(松島屋)**다. 이곳 역시 메이지시대
이전에 문을 열어 오랜 역사를 지닌 노포다. 기와지붕을 얹은 일본
식 건물에서 세월을 견뎌낸 기품이 느껴졌다. 시소 시미즈야보다
실내가 조금 넓다. 이곳에서는 네 가지 세트 메뉴를 내놓고 있었다.
덴푸라天ぷら(튀김)가 포함된 다케(竹) 세트로 할까 하다가 조금 전 우

동을 한 그릇 먹고 온 터라 네 가지 쓰유가 곁들여 나오는 우메(梅)
세트로 정했다. 날씨가 조금 쌀쌀해서인지 따뜻한 국물이 있는 가
케우동을 주문하는 사람이 여럿 보였다.

10분 정도가 지나자 우동이 나왔다. 작은 그릇에 담겨 나온 네 가
지 쓰유는 각각 쇼유쓰유, 고마쓰유, 산사이쓰유, 나메코(滑子)쓰유
다. 산사이쓰유는 잘게 썬 산채를, 나메코쓰유는 잘게 썬 나메코버
섯을 간장에 섞은 것이다. 쓰유를 살짝 맛보니 매실 향이 향긋하다.
양이 적지 않았지만 한 가락씩 서로 다른 쓰유에 찍어 먹는 재미가
쏠쏠했다. 면은 시소 시미즈야보다 덜 쫄깃하지만 쓰유가 맛있다.

두 집에서 우동을 먹고 나니 거의 5시가 되었다. 우동집도 영업
을 끝낼 시간이다. 나는 시내로 들어가는 버스 시간을 확인한 후 만
복감을 느끼면서 다시 한 번 한적한 길을 걸었다. 또다시 먼 길을 가
야 하지만, 아침 일찍부터 산 넘고 물 건너 온 보람이 느껴졌다. 우
동을 핑계로 일본의 다양한 모습을 본 것도 좋았다.

시소 시미즈야(始祖 淸水屋)
영업시간: 11:00-17:00(일요일, 공휴일은 17:30까지), 휴일: 목요일(8월은 무휴)
'미즈사와 우동가도'(시부카와역에서 버스로 약 30분)에 위치 ☎ 0279-72-3020

마쓰시마야(松島屋)
영업시간: 09:00-17:00(16:30 LO), 휴일: 수요일
'미즈사와 우동가도'에 위치 ☎ 0279-72-3618

이세 우동

미에(三重)현 이세(伊勢)시는 이세신궁(伊勢神宮)으로 유명하다. 도쿄의 메이지신궁(明治神宮), 오이타(大分)현의 우사신궁(宇佐神宮)과 함께 일본의 3대 신궁으로 불리는 곳이다. 이세신궁은 일본 각지에 걸쳐 있는 씨족신을 대표하는 총본산이라는 점에서 일본인에게 각별한 의미가 있는 곳으로, 20년에 한 번씩 건물을 헐고 새로 짓는 것으로도 유명하다. 그렇지만 이세로 가는 기차에는 사람이 별로 없었고, 이세시역은 자그마했다. '우동 한 그릇 먹으러 너무 멀리 왔나?' 하는 생각이 들었지만, 역사 밖으로 나가자 꽤 많은 사람을 볼 수 있었다. 신궁으로 향하는 거리에는 여관과 토산품을 판매하는 가게가 많았다.

이세 우동을 맛보기 위해 찾은 우동집은 이세신궁 방향 반대쪽

철도 뒤편에 있는 **쓰타야(つたや)**다. 역을 돌아가니 한적한 길에 드문 드문 자그마한 옷집이며 식료품가게, 우체국, 헌책방, 식당이 보인다. 마치 100년 전 일본을 보는 듯해 우동집 찾아가는 길이 아주 즐겁다. 한동안 예스러운 주택가를 걷다 횡단보도 하나를 건너니 멀리 우동집이 보인다. 우동집 벽에 "일본에서 가장 굵고! 일본에서 가장 부드럽고! 일본에서 가장 아름다운 이세 우동. 400년의 역사를 가진 이세 우동은 부드럽고 쓰유가 없는 것이 특징입니다. 참배를 한 여행객의 지친 위에 부담을 주지 않으면서도 우동을 빨리 내주기 위해 이런 모습으로 발전해왔습니다."라고 쓰여 있다. 이세 우동의 특징을 잘 보여주는 설명이다. 예로부터 이세신궁에 참배하러 오는 이들이 많았는데, 이곳까지 오느라 지치고 허기진 참배객에게 내놓기 위해 발달한 것이 바로 이세 우동이다.

나는 이세 우동 한 그릇을 주문했다. 500엔. 부담 없는 가격이다. 이세 우동은 국물 없는 우동이지만 쓰유에 찍어 먹는 게 아니라 다레たれ(양념)에 비벼 먹는다. 양이 적은데, 면은 아주 굵고 동글동글하고 통통하다. 다레는 새까맣다. 이 새까만 다레는 쓰타야의 비법으로 만든 것이라는데, 가쓰오부시, 멸치, 날치 등 다양한 말린 생선과 다시마로 낸 육수에 다마리쇼유(たまりしょうゆ, 보리를 섞지 않고 콩만으로 담근 진간장)와 자라메(ざらめ, 조당粗糖) 등으로 간을 맞추고 5시간 끓였다고 한다.

독특한 우동인 만큼 먹는 요령이 따로 있다. 우동이 나오면 먼저 흰 면을 한 가락만 집어 맛을 본다. 이세 우동의 면은 굵고 동글동글

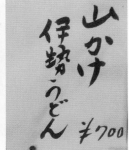

이세신궁에 참배하러 온 지치고 허기진 이들이 부담 없이 먹을 수 있도록
부드러운 면이 특징인 이세 우동. 새까만 다레는 쓰타야의 비법으로 만든 것이다.

한 게 사누키 우동과 닮았으나 아주 부드러운 것이 특징이다. '물렁물렁하다'는 표현이 더 어울릴 것 같다. 젓가락으로 면을 뒤집듯이 잘 섞어 다레 맛이 든 면을 먹는다. 면을 다 먹고 나면 소바유(소바 삶은 물, 즉 면수다)처럼 우동유를 마셔보는 것도 하나의 즐거움이다. 가게에 따라 '오유와리(お湯割り)'('뜨거운 물 추가'라는 뜻)를 부탁하면 면수를 가져다주는데, 여기에 남은 다레를 섞어 맛보자. 숭늉에 김칫국물을 부어 마시는 것과 비슷한데, 면을 삶아내면서 생겨난 적당한 끈기에 구수한 맛까지도 닮았다. 따뜻하고 부드러운 이세 우동을 먹고 나면 목욕물에 몸을 담근 것처럼 나른해진다.

야마구치야에서는 딱딱한 과자를 부드러운 이세 우동에 곁들여 씹는 맛을 더했다.

이세시역과 가까운 곳에 있는 두 번째 우동집은 **야마구치야**(山口屋)다. 메뉴판을 보니 우동 종류가 무척 많다. 나고야(名古屋) 명물 우동인 기시멘きしめん과 소바까지 있다. 쓰타야에서 이세 우동을 먹으면서 씹는 맛이 좀 있으면 좋겠다고 생각했는데, 이곳 사장님도 같은 생각을 한 모양이다. 가게 벽에 "이세 우동의 신(新)명물"이라는 문구가 붙어 있고, 그 아래에 이세 우동과 이곳에서 만든 '시골과자'를 함께 먹는 법을 설명해놓았다. "따뜻한 이세 우동에 시골과자를 반 정도 넣고 우동을 먹으면서 조금 부드러워진 과자를 먹는다. 우동을 모두 먹고 나서 남은 다레에 과자와 우동유를 넣고 먹는다." 부드러운 이세 우동에 딱딱한 과자를 곁들여 씹는 맛을 더하는 아이디어가 재밌다. 새로운 맛의 이세 우동을 만났다는 뿌듯함을 안고 밖으로 나오니 벌써 어둠이 깔려 있다. 오늘도 우동 두 그릇을 먹으러 먼 길을 달려왔다.

쓰타야(つたや)
영업시간: 11:00-18:00(준비한 우동이 다 팔리면 문을 닫는다), 휴일: 일요일
이세시역에서 도보 13분 ☎ 0596-28-3880

야마구치야(山口屋)
영업시간: 10:00-18:45, 휴일: 목요일(공휴일인 경우는 영업)
이세시역에서 도보 3분 ☎ 0596-28-3856

나
고
야

우
동

아이치(愛知)현에 속하는 나고야에는 두
가지 명물 우동이 있다. 기시멘과 미소니코미(味噌煮込み)우동이다.
이 두 음식은 간토의 소바문화와 간사이의 우동문화, 그 경계에서
태어났다. 도쿄와 오사카 중간에 있는 나고야의 위치를 반영하듯,
어느 곳에도 속하지 않는 우동의 맛과 모양새가 독특하다.

기시멘

'기시멘'이라는 말은 어떻게 생겨났을까? 꿩(きじ)고기를 얹은 기지멘에서 왔다는 설, 바둑돌(ごいし)처럼 생긴 고이시멘에서 왔다는 설, 기슈きしゅう(紀州) 사람이 만든 기슈멘에서 왔다는 설 등 여러 가지 설이 있지만 확실한 것은 없다. 기시멘의 가장 큰 특징은 폭이 1센티미터에 가까운 넓적한 면인데, 이런 면 모양을 설명해주는 설은 없다.

나고야역은 교통의 요충지답게 활기찬 분위기다. 항상 사람들로 북적이고, 음식점도 많다. 일본에서는 어딜 가든 기차역에서 판매하는 도시락 '에키벤(えきべん)'이 명물인데, 나고야역에서는 '기시멘'이 상식이다. 신칸센에서 잠시 내려 먹을 수도 있고, 역사와 연결된 '면 거리(麵通り)'나 지하상가 음식점에서도 쉽게 접할 수 있다. 역 구내 매점에도 선물용 기시멘이 여러 종류 팔고 있다. 나는 나고야역 구내 에스카 지하상가에 있는 **기시멘요시다 에스카점**(きしめんよしだエスカ店)을 먼저 찾았는데, 1890년(메이지 23)에 창업한 기시멘요시다의 직영점이다.

이곳에서는 국물 없는 차가운 기시멘인 고마스키시멘(ごま酢きしめん. 식초가 들어간 참깨소스 기시멘)을 주문했다. 납작한 기시멘 위로 달걀말이, 버섯, 오이, 양배추, 미역, 방울토마토가 올려져 있다. 고소한 참깨 맛에 식초, 면이 한데 어울려 더운 여름철에 먹으면 그 맛이 더욱 돋보일 것 같은 기시멘이다.

나고야역 구내에 있는 기시멘요시다. 여기에서는 국물 없는 차가운 기시멘을 먹었다.

나고야역에서는 승강장을 벗어나지 않고도 잽싸게 기시멘을 먹을 수 있다. 나고야를 대표하는 면답게, 나고야역 신칸센 승강장 양쪽에 기시멘집이 일곱 개나 있기 때문이다. 나고야를 떠나면서 다시 한 번 기시멘을 먹고 싶어 **나다이 기시멘 스미요시 신칸센승강장점**(名代きしめん住よし新幹線上りホーム)에 들어갔다. 식권판매기가 밖에 있어 가게에 들어가기 전에 메뉴를 고를 수 있다. 이번에는 국물이 있는 기시멘을 주문했다. 한눈에 보기에도 작은 가게는 전부 카운터 자리로만 구성되어 있다. 자리에 앉아 면 삶는 모습을 구경하고 있는데, 역내 우동집이라 그런지 우동이 엄청나게 빨리 나온다. 이곳의 모토는 '맛있고, 빠르고, 싸다'다. 가케키시멘(국물 있는 기시멘)의 기본인 가쓰오부시, 튀김, 파가 올라가 있다. 면발은 역시 넓적하다. 맛에 약간 악센트를 주고 싶다면 시치미(七味, 고추, 산초, 깨, 진피 등 일곱 가지 재료를 빻아 섞은 향신료)를 넣어 먹어보자. 나는 이곳에 여

나고야역에서는 에키벤 대신 기시멘이다. 신칸센 승장장에서 먹은 따뜻한 국물의 기시멘.

러 차례 가보았는데, 2016년에 갔더니 아이치현의 핫초미소가 들어간 미소니코미키시멘도 메뉴에 올라 있었다. 그야말로 두 가지 나고야 명물 우동의 콜라보레이션이다. 스미요시 기시멘은 신칸센 승강장에서만 하루에 1,500그릇 정도 팔린다고 한다. 역시 기시멘은 나고야역 우동의 대표라고 할 수 있다.

기시멘요시다 에스카점(きしめんよしだ エスカ店)
영업시간: 11:00-21:00, 휴일: 에스카 지하상가의 휴일에 따름.
나고야역 구내 ☎ 052-452-2875

나다이 기시멘 스미요시 신칸센승강장점(名代きしめん住よし新幹線上りホーム)
영업시간: 06:00-22:00, 연중 무휴
나고야역 신칸센 승강장 ☎ 052-452-0871

미소니코미우동

우리나라에는 칼국수를 비롯해 면을 끓이는 방법이 두 가지 있다. 하나는 삶은 면을 찬물에 잘 헹궈낸 뒤 육수를 붓는 방식('건진국수'라고 한다)이고, 다른 하나는 육수에 바로 면을 넣고 끓이는 방식('제물국수'라고 한다)이다. 일본에서는 우동, 소바, 라멘에 이르기까지 일단 삶아서 건져낸 면 위에 육수를 붓는 방식이 주를 이룬다. 이런 일본에서 나고야의 미소니코미우동은 특이한 면요리다. 미소는 '된장'을, 니코미는 '끓이기, 푹 삶기'를 뜻하는데, 면을 미소된장 푼 물에 바로 넣어 삶는 우동이다. 미소시루(된장국)에 수제비 형태의 면을 넣고 끓여 먹은 것이 시작이라고 한다.

미소니코미우동의 면은 다른 우동과 달리 진수(眞水), 즉 소금을 넣지 않은 담수로 반죽한다. 된장 육수에 넣어 삶기 때문에 염수로 반죽하면 너무 짜다. 그렇지만 소금을 넣지 않으면 반죽에 찰기가 덜해 반죽 난이도가 높다. 이를 보완하기 위해 미소니코미우동 면은 손으로 주무르지 않고 발로 밟아 반죽한다. 그렇지만 우동 이름에서도 드러나듯 주역은 면이 아니라 '미소'다. 핫초미소와 시로미소(白味噌)를 9:1로 섞어 만드는 것이 정석인데, 핫초미소는 3년 숙성시킨 것과 오래 숙성시키지 않은 것 두 종류를 사용한다. 시로미소는 여기에 약간의 풍미를 더하기 위해 넣는다. 핫초미소가 유명한 아이치현의 대표 도시인 만큼, 나고야에는 핫초미소가 들어가는 음식이 많다. 한편 미소니코미우동 육수에는 갈고등어(무로아지むろあじ)

가 빠질 수 없다. 일본 주부(中部) 지방에서는 말린 갈고등어에 다른 말린 생선을 더해 육수를 낸다. 갈고등어로 낸 육수가 핫초미소의 강한 풍미에 지지 않고 조화를 이룬 맛, 그것이 바로 미소니코미우동의 맛이다.

나는 제대로 된 미소니코미우동집을 찾기 위해 지난 6년간 다섯 번이나 나고야를 방문했다. 유명하다는 집을 여러 곳 돌아다녔지만 실망스러운 집도 꽤 있었다. 면의 쫄깃함이 부족한 곳도 있고, 미소의 맛이 조금 떨어지는 곳도 있었다. 역시 미소니코미우동은 진하고 풍미 있는 미소의 맛과 딱딱하다고 느껴질 정도로 찰기가 있는 면의 조화가 좋은 집을 찾아가야 한다.

미소니코미우동을 맛보기 위해 가장 먼저 찾은 곳은 1964년 창업한 **미소니코미 다카라**(味噌煮込みたから)다. 나고야의 옛 정서가 떠도는 오스(大須) 길모퉁이에 있다. 지근거리에 오스칸논(大須觀音)시장이 있으니, 시장 구경도 할 겸 찾아가보자. 가게는 노렌(のれん, 일본 상점 출입구에 내걸린 가림용 천)이 걸려 있는 전형적인 일본 음식점의 모습이다. 미소니코미우동은 뚜껑이 달린 둥근 토기에 담겨 나왔다. 특이하게도 뚜껑에 김빠짐 구멍이 없는데, 이런 토기를 사용한 것은 전후 물자가 부족할 때 물을 절약하기 위함이었다고 한다.

'다카라'라고 크게 쓰여 있는 뚜껑을 열면 먼저 진한 미소 향이 올라온다. 색깔도 아주 진하다. 면 위에는 가마보코(かまぼこ, 일본식 어묵), 닭고기, 반숙 달걀, 굵게 썬 대파, 튀김이 듬뿍 올려져 있다. 벽

일본에서는 거의 유일하게 면을 따로 삶지 않고 육수에 바로 끓이는 미소니코미우동.

에 미소니코미우동 먹는 방법을 설명해주는 사진이 붙어 있었다. "먼저 뚜껑을 열어 미소 향을 즐기고, 달걀을 풀고, 뚜껑에 우동을 덜어 먹는다. 국물을 반찬 삼아 밥을 덜어 말아 먹어도 맛있다." 나도 순서대로 뚜껑을 열어 먼저 눈으로 즐기고 미소 향을 음미한 뒤 맛을 보았다. 미소를 푼 국물 맛이 약간 달면서도 깊다. 색이 진해 짤 것 같지만 전혀 짜지 않아 계속 떠먹게 된다. 이런 된장 국물에 달걀이라니, 젓가락으로 휘저어 달걀을 풀면서도 조금 어색했는데 한국 된장에 비해 단맛이 강해서인지 제법 잘 어울린다. 우동 면은 아주 단단하다. 단단한 면과 깊은 된장 맛이 퍽 잘 어울린다. 모양새도 재료도 독특하지만 맛나다. 참 맛있다는 말이 입에서 절로 나온다. 무엇보다도 속을 뜨끈하게 풀어주는 게, 한국 사람 입에도 잘 맞을 것 같다.

나고야 미소니코미우동을 맛보기 좋은 또 다른 가게는 **야마모토야 소혼케(山本屋総本家)**다. 야마모토야는 1925년 오스에 문을 연 노포다. 본점은 미소니코미 다카라에서 그리 멀지 않은 곳에 있고, 나고야역 센트럴타워 13층에 지점이 있다. 나는 두 곳 모두 가보았는데, 나고야 시내를 구경하면서 옛날 모습이 남아 있는 우동집에서 미소니코미우동을 먹고 싶다면 본점을, 편하게 맛보고 싶다면 센트럴타워 식당가를 추천한다. 시내 한복판에 있는 만큼 캐주얼한 분위기에 좌석도 많다.

내가 야마모토야 소혼케에서 주로 먹는 미소니코미우동은 달걀 달달한 미소된장 맛이 밴 우동 가락을 냄비 뚜껑에 덜어 먹다 보면 어느새 바닥이 보인다.
남아 있는 국물에는 밥을 말아 먹어도 맛있다.

이 들어간 다마고이리니코미(玉子入り煮込み)다. 100퍼센트 일본산 밀가루와 물만으로 반죽하는데, 이렇게 만든 생면을 바로 삶기 때문에 면에 찰기가 있다. 역시 미소니코미우동의 본가답게 면발은 굵고 아주 단단하다. 처음 먹어본 사람은 면이 딱딱하다며 놀랄 정도다. 미소 국물은 걸쭉하지만 짜지 않다. 부드러우면서 깊은 된장 맛과 찰기 있는 면발의 궁합이 아주 좋다. 토기 뚜껑에 면을 덜어 계속 먹다보면 국물 한 방울도 남기지 않게 된다. 흰밥을 국물에 말아 먹어도 색다른 맛이다. 한 가지 눈에 띄는 건 테이블 위에 놓인 60센티미터 정도 길이의 대나무로 만든 야쿠미통이다. 야쿠미는 향신료 또는 양념을 말하는데, 워낙 많은 이들이 야쿠미를 넣어 먹기 때문에 아예 커다란 죽통을 놓았다고 한다. 나고야 미소니코미우동의 원형을 느낄 수 있는 곳이다.

미소니코미 다카라(味噌煮込みたから)
영업시간: 11:30-15:00, 17:00-20:00(일요일과 공휴일은 11:30-20:00)
휴일: 목요일(공휴일이 18일, 28일인 경우는 수요일)
지하철 쓰루마이선 오스칸논역 2번 출구에서 도보 5분 ☎ 052-231-5523

야마모토야 소혼케(山本屋総本家)
· 본점 영업시간: 11:00-22:00, 휴일: 부정기
  지하철 메이조선 야바초역 6번 출구에서 도보 7분 ☎ 052-241-5617
· 지점 나고야역사 센트럴타워 13층(역점) ☎ 052-581-9625

간사이 우동

예로부터 "간토는 소바, 간사이는 우동"이라고 할 정도로 간사이 지방은 우동으로 유명한 곳이다. 오사카나 교토를 가면 반드시 먹어야 할 음식이 바로 우동이다. 특히 간사이 지방은 육수 국물이 있는 우동으로 유명하다. 한마디로, 일본 우동 국물을 맛보려면 오사카나 교토의 우동집을 찾으면 된다.

오사카

오사카를 대표하는 우동집으로 **도톤보리 이마이**(道頓掘 今井)를 꼽을 수 있다. 이곳은 오사카 번화가 도톤보리 한가운데에 자리 잡고

오사카 하면 떠올리는 번화가 도톤보리.
이곳에 오사카를 대표하는 우동집 이마이가 있다.

간사이 우동 하면 다시, 즉 국물 맛인데, 그 맛의 진수를 보려면 기쓰네우동을 주문해야 한다.

있다. 1947년에 문을 연 노포로, 원래는 소바집이었다. 한때 자그마하고 낡은 가게였던 이곳은 현재 100석이 넘는 커다란 규모에 하루에 1,000명 이상이 다녀간다고 한다. 다양한 우동 중에서도 하루에 600그릇 이상 팔린다는 기쓰네우동이 대표 메뉴다. 보통 사누키 우동 하면 '면', 간사이 우동 하면 '다시'라고 말하는데, 이곳에서 기쓰네우동을 먹어보면 간사이 우동의 국물 맛을 제대로 맛볼 수 있다.

기쓰네우동은 유부를 얹은 우동으로, 이곳의 기쓰네우동은 투명한 황갈빛 국물에 담긴 면 위에 커다란 유부 2장과 잘게 썬 파가 올라가 있다. 먼저 국물을 들이켜니, 이게 간사이 우동의 국물 맛이구나 싶다. 약간 달달하면서도 깔끔하고 시원한 맛이 일품이다. 더욱이 국물이 짜지 않아 마지막 한 방울까지 마시고 싶은 맛이다. 그래서 '다시의 이마이'라고 불린다. 여기에 달달한 유부가 더해져 우동 맛을 한층 돋보이게 한다.

나중에 이곳을 다시 찾아 싯포쿠우동도 먹어보았다. 새우, 가마보코, 달걀말이, 표고버섯, 파가 올라간 푸짐한 우동인데, 황갈빛 국물에 담긴 하얀 면발 위로 빨강, 노랑, 파랑, 검정색이 어우러진 모양새가 정갈하고 아름답다. 달달한 표고버섯을 비롯해 부들부들한 가마보코가 간사이 우동 국물과 잘 어울린다. 그렇지만, 만약 이곳에서 한 가지 우동만 먹을 수 있다면 기쓰네우동을 선택하는 것이 좋겠다. 간사이 우동의 국물 맛을 제대로 느낄 수 있는 건 역시 기쓰네우동이다.

오사카에서 두 번째로 찾은 곳은 **우사미테이 마쓰바야**(うさみ亭マ
ツバヤ)다. 이곳 역시 1942년에 문을 연 노포로, 신사이바시(心齊橋)역
에서 그리 멀지 않다. 소박한 분위기가 마음에 든다. 이곳에서는 '오
지야우동'이라는 독특한 우동을 판다. 가게 밖에 걸려 있는 나무판
에 "원조 기쓰네우동, 후나바(船場)의 맛 오지야우동"이라고 적혀 있
다. 후나바(ふなば)는 선착장을 뜻한다. '오지야'라는 이름이 궁금해
서 주인아주머니에게 물어보니 '국물에 말아 먹는 것'을 간사이 지
역에서는 이렇게 부른다고 한다. 1940년대 일본이 전쟁 중이라 먹
을 것이 귀할 때 우동 국물에 밥을 넣어 양을 불린 것이 오지야우동
의 유래라는 것이다. 아마 옛날에 선착장에서 일하던 이들이 허기
를 달래기 위해 먹은 우동인 것 같다.

우사미테이 마쓰바야의 대표 메뉴는 우동 국물에 밥을 말아 먹는 오지야우동이다.

오지야우동은 모양도 재료도 독특하다. 도시락통 같은 네모난 철그릇에 담겨 나오는데, 철그릇이라 식사를 마칠 때까지 따뜻함이 유지된다. 달걀, 표고버섯, 가마보코, 길게 썬 유부, 파, 빨갛게 물들인 생강절임(베니쇼가べにしょうが), 파 아래에 면과 밥이 함께 들어 있다. 푸짐한 양이다. 면은 쫄깃하고 오사카답게 국물도 맛나다.

면 한 젓가락에 고명을 한 젓가락씩 집어 먹고 있는데 주인아주머니가 살갑게 말을 붙이더니 한국에서도 우동에 밥을 말아 먹는지 묻는다. 내가 한국에서는 라면을 먹고 나서 밥을 말아 먹지만 우동에는 밥을 넣지 않는다고 대답하자, 아주머니는 "이 집 국물이 맛있으니까 무엇을 넣어도 맛있다."고 자랑스럽게 말한다. 그 장담만큼이나 국물 맛이 좋다. 옆자리에서 우동을 먹고 있던 일본인이 표고버섯이 맛있다고 엄지손가락을 치켜드는데, 아닌 게 아니라 도톤보리 이마이에서 먹었던 유부만큼이나 달콤한 맛이다. 주인아주머니는 쓰유에 며칠 재워놓은 표고버섯이라고 말한다. 꼭 불고기 양념에 재워놓은 표고버섯을 연상케 한다.

오사카에는 독특한 우동이 또 하나 있다. 바로 '가스우동(かすうどん)'이다. 내가 가스우동을 맛보기 위해 찾아간 곳은 오사카 니시오하시(西大橋)역 2번 출구 바로 옆에 있는 **가스우동 야마모토(かすうどん山本)**다. 바깥에서 보면 우동집인지 술집인지 구분이 가지 않는다. 안으로 들어가니 더욱 독특하다. 한쪽은 우리나라 실내포장마차처럼 생겼고, 한쪽은 웨스턴 바처럼 꾸며놓았다. 미국의 바에서 들음

오사카 남부에서만 먹을 수 있는 가스우동.
곱창 튀김이 듬뿍 올라간 모습이 우동보다는 술국 같다.

직한 음악이 흘러나온다. 자리를 잡고 앉아 가스우동을 주문했다.
한쪽 벽에 설명문이 붙어 있다. "가스우동의 '가스'는 소 곱창을 기
름이 빠질 때까지 튀긴 '아부라카스(あぶらかす)'를 말한다. 겉은 바삭
바삭, 안은 쫄깃쫄깃 씹는 맛이 좋고, 저지방으로 콜라겐 듬뿍, 다시
의 감칠맛이 퍼져 한 번 먹으면 빠져버린다." 설명문에서도 언급되
듯 '아부라카스'는 튀긴 고기(특히 소 내장)를 가리킨다. 바싹 튀긴 소
곱창(일본에서는 '호르몬'이라고 부른다)과 작게 조각낸 곱창이 듬뿍 올라
간 가스우동은 다른 지역에서는 찾아볼 수 없는, 오직 오사카 남부
에서만 맛볼 수 있는 음식이다.

가스우동을 보니 실내를 이렇게 꾸민 이유를 알 것 같다. 튀긴 곱창에서 나온 기름이 국물 표면을 감싸듯이 덮고 있는 모습이, 우리가 흔히 생각하는 우동이라기보다는 술국 같다. 튀긴 곱창을 먼저 건져 먹어보니 바삭하면서도 고소한 맛이 올라온다. 국물 맛은 약간 달달한데 곱창에서 나온 기름이 녹아들어 절묘한 맛을 낸다. 슬쩍 옆자리를 둘러보니, 왼쪽에 앉은 남자가 '가스 모야시'(튀긴 곱창과 숙주もやし를 볶은 요리)를 시켜 술을 마시고 있다. 가스 모야시를 비롯해 오뎅, 데바사키(てばさき, 닭날개 튀김), 교자 등 안주 메뉴가 다양하다(물론 주 메뉴가 가스우동인 만큼, 가스우동 종류도 다양하다). 적당히 배를 채운 뒤에 술을 먹기에도, 곱창 튀김이 들어간 안주에 술 한잔을 한 뒤 우동으로 마무리하기에도 좋을 것 같다. 우동에 곱창을 튀겨 넣었다니 느끼한 맛일 것 같지만 생각보다 기름기가 많지 않고 고소하다.

도톤보리 이마이(道頓掘 今井)
영업시간: 11:00-21:30, 휴일: 수요일, 난바역 14번 출구에서 도보 5분 ☎ 06-6211-0319

우사미테이 마쓰바야(うさみ亭 マツバヤ)
영업시간: 11:00-19:00(금요일, 토요일은 19:30까지), 휴일: 일요일, 공휴일
지하철 신사이바시역 1번 출구에서 도보 7분 ☎ 06-6251-3339

가스우동 야마모토(かすうどん山本)
영업시간: 18:00-03:50, 휴일: 부정기
지하철 쓰루미료쿠치선 니시오하시역 2번 출구 앞 ☎ 06-6536-1551

교토

교토는 일본에서 음식미학이 가장 발달한 곳이다. 간단한 우동에서부터 연회용 코스요리인 가이세키(会席, 전채, 회, 구이, 조림, 튀김, 찜, 채소절임, 국, 밥, 술 등으로 구성)에 이르기까지, 천년고도라는 이름에 걸맞게 음식마다 옛 귀족사회의 화려함과 자부심이 드러난다. 이렇듯 맛과 멋이 뛰어나기로 이름난 교토의 요리를 '교료리(京料理)'라고 부르는데, 교토의 우동 또한 '교우동'이라 한다. '교토의 미인'이라는 의미로 '교비진(京美人)'이라고 비유하기도 한다. 하얗고 호리호리한 면발이 부드러워 보이지만 한가운데에 굳은 심이 살아 있기 때문이다. 교토 우동의 핵심은 가운데 딱딱한 심이 살아 있도록 면을 삶는 것이다. 하지만 교우동이 면에만 중점을 두고 있지는 않다. 교우동도 간사이 우동을 대표하는 우동이니만큼 국물을 중시한다. 시간을 들여 정성스럽게 우린 다시 국물과 면이 빚어내는 조화가 교우동의 진수라고 할 수 있다.

교토다운 우동을 즐길 수 있는 곳이라 하여 찾아간 곳은 바로 헤이안신궁(平安神宮)*에서 가까운 **오카키타(岡北)**다. 전철에서 내려 느긋하게 거리를 둘러보면서 찾아가보자. 교토는 온 도시가 커다란 박물관이나 마찬가지다. 어딜 가든 전통 가옥이며 세월에 바랜 상

---

* 나라에서 헤이안으로 천도한 지 1,100년이 되는 해인 1895년에 이를 기념해 지은 신사.

오카키타의 단아한 우동을 보면
교토 우동을 '교비진'이라고 하는 이유를 알 것 같다.

점을 볼 수 있다. 조용한 거리에 자리 잡은 오카키타는 외관부터 깔끔한 교토풍 가게다. 안으로 들어가면 작은 정원이 있고, 전체적으로 정갈하고 차분한 분위기다. 나는 여러 가지 우동 메뉴 가운데 교토의 풍미를 느낄 수 있는 '교노도리안카케(京の彩りあんかけ)'를 주문했다. 가격은 1,200엔으로, 일반 우동보다 조금 비싼 편이다. '안카케'란 '녹말을 풀어 넣은 국물요리'를 말한다. 녹말을 풀어 넣은 국물은 따뜻함이 오래 유지되기 때문에 겨울 음식으로 좋다. 음식이 나오기를 기다리는 동안 가게 안쪽을 구경했다. 벽에 고색창연한 옛날 사진이 걸려 있다. 당시의 주인 내외와 일하는 사람들이다. 사진을 한동안 들여다보다가 사진을 찍어도 되냐고 물어보니 오히려 "고맙다."고 한다. 1931년에 찍은 사진이라고 하는데, 지금의 주인은 증손녀뻘 되는 듯하다.

우동을 받아드니 "이게 바로 교우동이구나!" 하는 감탄사가 절로 나온다. 면 위에 푸른 채소, 나마후(生麩, 밀기울), 히료즈(飛龍頭, 다진 두부와 잘게 다진 채소, 다시마 따위를 반죽해 기름에 튀긴 음식), 아게모치(揚げ餅, 튀긴 찹쌀떡), 표고버섯 조림 등이 풍성하게 올려져 있다. 무엇보다도 색깔 배합이 매우 아름답다. 틀림없이 교토풍 우동이다. 이곳 국물은 천연 다시마를 우린 물에 가다랑어, 눈퉁멸(청어과의 바닷물고기), 고등어, 물치다래(농어목 고등엇과의 바닷물고기) 네 가지 말린 생선을 넣어 국물을 낸다. 녹말을 푼 다시 국물은 아주 뜨겁다. 녹말 때문에 국물 맛을 온전히 느낄 수는 없지만, 각각의 재료가 빚어내는 맛의 조화가 훌륭하다. 커다란 표고버섯의 달달한 맛도, 아게모치의 쫄

깃쫄깃한 식감도 우동과 잘 어울린다. 교토에 우동을 먹으러 다시
온다면 가장 먼저 이곳을 찾아야겠다는 생각이 들 정도다. 다만 교
우동의 국물 맛을 제대로 보려면 역시 기쓰네우동이 좋을 것 같다.

교토 음식점의 전형 같은 오카키타가 부담스럽다면, 니시키시장
(錦市場) 근처에 있는 **후미야(富美家)**에 가보자. 니시키시장은 '교토의
부엌'이라고 불리는 커다란 시장이다. 약 800미터 거리에 어류, 절임,
청과, 차, 음료 등을 판매하는 식품점, 칼이나 그릇 같은 주방용품을
파는 가게, 선물가게 등 130여 개의 점포가 늘어서 있다. 한나절 시간
을 내 니시키시장을 구경하다가 출출해질 때 후미야에 가면 좋다.

교토의 부엌 니시키시장.

니시키시장을 둘러보느라 출출해지면 후미야에 들러 우동 한 그릇 먹으면 된다.

이곳은 우동 외에도 파르페나 안미주(アンミ ジュ, 물엿에 팥을 섞고 다양한 토핑을 얹어 먹는 디저트) 같은 디저트 메뉴가 많아 지역 주민에게나 관광객에게나 인기 있는 우동집이다. 깔끔하고 캐주얼한 분위기라 우동 한 그릇을 비우고 디저트를 먹으며 잠시 노닥거리기에 나쁘지 않다. 그렇다고 해서 우동을 소홀히 내놓는 건 아니다. 우동 종류가 퍽 많은데, 오사카 명물 우동인 오지야우동도 먹을 수 있다. 시장과 가깝지만 시장 골목에서는 조금 벗어나 있어 주변은 조용한 편이다. 다만 폐점 시간이 시장이 닫는 시간과 같아 조금 이르다. 오후 4시 30분까지다.

오카키타
영업시간: 11:00-20:30, 휴일: 화요일
시영지하철 히가시야마역에서 도보 10분 ☎ 075-771-4831

후미야
영업시간: 11:00-16:30, 연중 무휴
한큐선 가라스마역에서 도보 10분. 니시키시장 근처 ☎ 075-221-0453

사
누
키

우
동

일본에서 가장 독특한 우동문화를 지니고 있는 곳은 시코쿠(四国)의 가가와현이다. 일본 열도를 이루는 네 개 섬 중에 가장 작은 시코쿠는 경상북도 크기인데, 가가와, 도쿠시마(德島), 고치(高知), 에히메(愛媛) 4개 현이 있다. 이 가운데 가가와현의 명물 우동이 그 유명한 '사누키 우동'으로, 사누키(讚岐)는 가가와의 옛 이름이다.

내가 처음 사누키로 우동 순례를 떠난 것은 〈우동(うどん)〉(2006)이라는 영화를 보고 나서다. 고향의 작은 잡지사에 취직한 주인공이

그 동네 명물 우동집들을 취재하며 보여주는 독특한 우동이 눈길을 끌었다. 영화의 배경이 바로 사누키다. '정말 가가와현에 그렇게 많은 우동집이 있을까?' '그렇게 독특한 우동문화가 있을까?' 하는 의문이 들었다. 우동의 종류, 가게의 위치와 모습, 우동을 먹는 방식 등 여러 면에서 다른 지역의 우동문화와는 달라 점점 궁금해졌다. 2011년, 음식 관련 수업에서 학생들에게 이 영화를 보여줬는데, 학생들도 정말 일본에 이런 우동문화가 있을까 의아해했다. 결국 학기가 끝난 뒤 학생 두 명과 함께 '우동 순례'를 떠났다. 놀랍게도, 가가와현에 가보니 영화에 나오는 것과 같은 우동집과 우동이 정말로 있었다.

가가와현은 47개 일본 도도부현(都道府県) 가운데 가장 작은 곳이다. 그런데 이곳에 무려 900개나 되는 우동집이 있다. 가가와현의 우동집을 섭렵하려면 삼시세끼 우동만 먹어도 1년 가까이 걸리는 셈이다. 한마디로 놀랍다. 누구나 이 이야기를 들으면 '나도 한번 가봐야지.' 하는 마음이 저절로 드는데, 실제로 영화 〈우동〉에서처럼 일본 각지에서 많은 사람이 사누키 우동을 먹으러 몰려든다. 나는 2011년부터 2017년까지 6년 동안 가가와현을 네 차례 찾았는데, 우동을 먹기 위해 방문하는 이들은 점점 늘어나는 것 같다. 이제 다카마쓰(高松)*역에는 아예 '사누키 우동역'이라는 이름이 붙어 있고, 예전에도 유명 우동집을 순례하는 '우동 택시'는 있었지만 이제는 많

---

* 다카마쓰는 가가와현의 현청소재지로, 가가와현의 거의 정중앙에 위치해 있다.

은 사람들을 실어 나르는 '우동 버스'까지 생겼다.

가가와현은 나름의 우동 역사를 지니고 있다. 사실인지 아닌지 확인하기는 어렵지만, 사누키 우동은 1,200년 전 견당사로서 중국에 건너간 고보こうぼう 대사(弘法大師)가 당의 제면 기술을 익혀서 돌아와 다른 승려에게 전한 데서 시작됐다고 한다. 역사적 사실은 제쳐 놓더라도, 바다를 끼고 있는 가가와현은 우동을 만드는 데 필요한 모든 것을 갖추고 있다. 특히 밀가루 반죽에 필수적인 소금, 국물을 내는 데 빠질 수 없는 멸치 같은 해산물이 풍부한 환경은 우동이 가가와현 명물로 자리 잡는 데 일조했다. 우동 국물은 주로 멸치를 우려 맛을 낸다. 그런데 사누키 우동의 큰 특징 중 하나는 국물 없는 우동이 많다는 것이다. 면은 밀가루, 소금, 물만으로 반죽하는데, 면발을 쫄깃하게 만들기 위해 발로 밟아 반죽한다. 가격도 저렴해서 여행 내내 먹어도 별 부담이 없다.

사누키 우동을 제대로 먹으려면 알아야 할 것이 몇 가지 있다.

먼저, 사누키 우동을 파는 가게는 일반점, 제면소점, 셀프점, 이렇게 세 종류로 나뉜다. 일반점은 보통 음식점처럼 종업원이 주문을 받아 우동을 가져다주는 곳이고, 셀프점에서는 말 그대로 손님이 직접 우동을 가져다가 먹는다. 제면소점은 손님이 우동을 주문하고 직접 가져다 먹는 방식이 셀프점과 다르지 않지만, 이곳에서는 우동 면을 만들어 납품하는 것이 주된 일이기 때문에 우동을 먹을 수 있는 공간이 크지 않고 영업시간도 짧은 편이다. 제면소점은 1990년대의 우동 붐을 견인했던 주역이기도 하다.

둘째, 사누키 우동을 먹으러 갈 때는 사전에 휴일과 영업시간을 확인하는 것이 중요하다. 많은 경우 사누키 우동집은 늦게까지 영업하지 않는다. 특히 제면소점은 오전에만 영업하는 곳이 많다.

셋째, 사누키 우동은 종류가 매우 다양한 데다 용어가 독특하기 때문에 메뉴를 미리 알아두어야 제대로 주문할 수 있다. 사누키 우동은 삶은 면을 처리하는 방식에 따라 미즈시메(水締め)와 가마아게(釜あげ)로 나뉜다. 면을 삶은 뒤 건져서 물기를 빼면 미즈시메라고 하고, 면을 솥(가마)에서 삶은 뒤 건져서 먹으면 가마아게라고 한다. 가케우동, 붓카케우동, 쇼유우동, 자루우동 등은 미즈시메 방식으로, 가마아게우동과 가마타마(釜玉)우동 등은 가마아게 방식으로 면을 담는다.

가마아게우동은 솥에서 건진 면을 물에 헹구지 않고 바로 그릇에 담아 진한 쇼유 국물(다시쇼유)이나 쇼유를 쳐서 먹고, 가마타마우동은 날달걀을 올린 가마아게 면에 쇼유 국물이나 쇼유를 넣어 비벼 먹는다. 삶은 면을 찬물에 헹구지 않아 면의 쫄깃함은 조금 덜하지만 부드러우며, 물기를 빼는 과정이 생략되어 물기가 많은 만큼, 진한 쇼유를 쓴다.

이렇듯 다양한 우동 메뉴 말고도 사누키 우동집에서만 들리는 희한한 용어를 숙지해두자. 히야히야('찬+찬'의 뜻)는 여름에 가장 인기 있는 우동으로, 물에 헹군 차가운 면에 찬 국물을 끼얹어 먹는다. 히야아쓰('찬+뜨거운'의 뜻)는 물에 헹군 차가운 면에 따뜻한 국물을 끼얹어 먹는 우동이다.

사누키 우동은 주로 튀김(덴푸라)을 곁들여 먹는다. 우동과 튀김 은 언제나 궁합이 좋다. 튀김 종류는 에비텐えびてん(새우튀김), 이이다 코いいだこ 덴푸라(꼴뚜기 튀김), 다마고たまご 덴푸라(달걀 튀김), 지쿠와ち くわ 덴푸라(대나무처럼 속이 빈 어묵을 튀긴 것), 게소텐(げそてん, 오징어다리 튀김), 아나고あなご 덴푸라(장어 튀김), 히야텐ひやてん(찬 튀김), 도리텐と りてん(닭고기 튀김) 등이 있다. 사람들은 보통 우동 한 그릇과 덴푸라 1 개 정도를 주문하여 먹는다. 그 밖에 오뎅이나 고로케(コロッケ) 등의 사이드 메뉴를 파는 우동집도 많다.

가가와현에는 워낙 우동집도 많고 집집마다 우동 종류도 다양하 기 때문에, 어디에서 무엇을 먹을지 미리 정하고 나서 출발해야 한 다. 가장 편하게 접근할 수 있는 곳은 아무래도 일반 음식점과 방식 이 같은 우동 전문점이다.

일반점

다카마쓰에서는 JR열차와 고토덴(琴電) 열차가 운행되는데, 아무 래도 다카마쓰 구석구석에 있는 우동집을 찾아다니려면 로컬 철도 인 고토덴 열차를 많이 이용하게 된다. '다카마쓰 고토히라 덴키텐 도(高松琴平電気鐵道)'를 줄여 고토덴이라 한다. 1911년부터 운행했고, 3개 노선이 있다. 귀여운 2량짜리 기차를 타고 다카마쓰를 천천히 구경할 수 있다. 가장 먼저 찾아가려는 **다이엔**(大エ)도 고토덴 열차

를 타고 가는 게 좋다. 경치 좋기로 유명한 리쓰린공원(栗林公園)에서 15분 거리에 있는 다이엔은 2011년 처음 사누키 우동 순례를 할 때 찾았던 우동집이다. 2017년 겨울에 이곳을 다시 찾았는데, 처음 갔던 때처럼 내가 첫 손님이었다. 이곳은 열세 가지 붓카케우동을 파는 붓카케우동 전문점이다. 물론 다른 우동도 다채롭게 내놓고 있다. 나는 쇠고기, 간 무, 유부, 미역 등이 듬뿍 들어간 '스태미나 붓카케우동'을 주문했다. 주인아주머니가 차가운 우동인지 따뜻한 우동인지 물었다. 사누키 우동의 탄력 있는 면발을 맛보려면 역시 차가운 우동이다. "쓰메타이(つめたい)"(차갑게)라고 주문하니 아주머니가

다이엔의 스태미나 붓카케우동. 푸짐한 재료가 올라가 스태미나를 줄 듯하다.

주방에 '히야(ひや)'라고 소리친다. 6년 전에는 가케우동과 오로시 붓카케 (냉)우동을 먹었다. 튀김 부스러기와 파가 올라간 가케우동은 깔끔한 국물 맛이 인상적이었는데, 가쓰오부시, 다시마, 말린 버섯 등을 우려낸 찬 국물에 우동을 말아 낸다. 반면 쓰유를 얹어 먹는 냉붓카케우동은 약간 달달한 쓰유 맛과 쫄깃한 면의 조화가 좋다.

다카마쓰 시내를 약간 벗어나 고토덴 열차를 타고 야시마(屋島)로 갔다. 야시마역에서 밖으로 나와 한적한 동네를 지나면 언덕길이 나오고 커다란 초가집이 하나 보인다. 민가박물관인 시코쿠무라(四国村)가 옆에 있고, 위쪽 오미야하치만구(大宮八幡宮)로 향하는 길목은 시코쿠 순례길 중 하나인데, 이곳에 1975년 개업한 **와라야(わら家)**가 있다. 와라야는 일본어로 '초가집'이라는 뜻이다. 350석이나 되는 대형 우동집이지만, 짚을 엮어 만든 지붕이며 나무 기둥이 소박하면서도 예스럽다. 이곳은 가마아게우동 전문점이다. 가마아게우동은 나오는 데 시간이 걸리기 때문에 전문점에서 먹는 것이 좋다.

가마아게우동을 주문하면 먼저 쓰유가 담긴 커다란 도쿠리(とくり, 술이나 쓰유를 담는 병)를 가져다준다. 도쿠리를 살짝 만져보니 매우 뜨겁다. 종업원 아주머니가 붓카케 쓰유는 짜니까 한 번에 너무 많이 넣지 말고, 먹어보면서 조금씩 넣으라고 일러준다. 쓰유 맛이 궁금해 종지에 따라 조금 찍어 먹었다. 보통 자루우동용 쓰유에 비해 단맛이 강하고 멸치 향과 맛이 듬뿍 느껴진다. 야쿠미는 무, 파, 생강, 가쓰오부시 등 여러 가지가 나온다. 솥에서 바로 건진 면을 따뜻

초가집이라는 뜻의 와라야는 가마아게우동 전문점이다.

한 쓰유에 찍어 먹으니 마음도 따뜻해진다. 나는 여름에도 겨울에도 가마아게우동을 먹어보았지만, 온몸을 따뜻하게 데워주는 가마아게우동은 역시 겨울에 잘 어울리는 것 같다. 여러 명이 함께 온다면 이곳 명물인 '가족우동'을 먹어도 좋겠다. 커다란 그릇에 사리 지은 면 10개가 담겨 나오는 가마아게우동인데, 초가지붕 아래에서 여러 사람이 머리를 맞댄 채 우동을 번갈아 덜어 먹는 모습이 어쩐지 다정스럽다.

다카마쓰와 더불어, 또 하나의 사누키 우동 성지는 고토히라(琴平)다. 다카마쓰에서 고토덴이나 JR열차를 타고 한 시간쯤 가면 고토히라역이 나온다. JR특급을 타면 30분 만에 갈 수 있다. 여기서 또 택시를 타고 10분을 가면 **오가타야**(小縣家)가 나온다. 간판에 '다이콘 극장'이라고 커다랗게 써놓은 오가타야는 무(다이콘だいこん)로 유명하다. 입구에서부터 손에 커다란 무를 쥔 곰 모형을 세워놓고 무를 강조하고 있다. 이곳은 무를 갈아 얹은 우동에 달달한 나마조유(生醬油)를 살짝 뿌려 먹는 쇼유우동으로 유명하다. 쇼유우동을 주문하면 작은 강판과 커다란 생무 하나를 통째로 가져다준다. 손님이 무를 강판에 직접 갈아 먹는 것인데, 갈린 무가 면 위로 소복소복 쌓이는 걸 보고 있으면 무슨 대회에 나간 것마냥 신이 난다. 무엇보다도 무를 원하는 만큼 실컷 먹을 수 있다. 양념 맛이 잘 밴 오뎅*도 메

* 우리는 오뎅을 어묵이라고 알고 있지만, 일본에서 오뎅은 어묵을 비롯해 무, 소 힘줄, 유부 주머니, 삶은 달걀 등 여러 가지 재료를 넣고 오랫동안 끓여 먹는 요리다.

커다란 무 하나를 손님이 직접 갈아 면에 얹어 먹는 오가타야의 쇼유우동.

뉴에 있어 우동과 함께 즐길 수 있다.

　기왕 고토히라에 온 만큼, 영화 〈우동〉에 등장한 우동집 **나가타인 가노카**(長田in香の香)에도 가보자. 다카마쓰역에서 JR열차를 타고 긴조사(金藏寺)역에서 내려 도보로 15분 거리에 있다. 이곳에서 우동한 그릇 먹고 관광객이 많이 찾는 고토히라 시내를 구경하면 좋다. 바로 가려면 JR열차로 긴조사역에서 두 정거장 더 가면 된다. 고토히라는 혼슈(本州)의 오카야마(岡山)현과 시코쿠 사이의 바다 세토나이카이(瀨戶內海)에 접해 있고, 해상을 지키는 바다의 신 곤피라(金比羅)를 모시는 전국 신사의 총본산인 고토히라구(金刀比羅宮)가 있는 곳이다. '곤피라상(こんぴらさん)'이라는 애칭으로 불리는 고토히라구는

가마아게우동이라고 커다랗게 간판에 써놓은 나가타 인 가노카.
유서 깊은 관광지를 구경하고 우동 한 그릇 먹으면 좋다.

일본 사람들이 일생에 한 번은 참배하고 싶어하는 성지로, 지상에 서 궁까지 785개, 최상단의 신사까지 1,368개의 돌계단으로도 유명 하다. 이웃한 젠쓰지시(善通寺市)에는 807년 고보대사가 창건한 젠쓰 지(善通寺)가 있다. 이 절은 시코쿠 88개 사찰 중 75번째 사찰로, 시코 쿠 참배길에 반드시 들르는 곳이다. 고토히라구와 젠쓰지는 가가와 현의 2대 성지이자 음식, 선물가게, 온천으로도 유명하지만, 찾아가 는 길은 시골 시내의 번화한 거리를 걷는 것 같다.

다이엔(大円)

영업시간: 11:00-17:30, 휴일: 화요일

고토덴 리쓰린고엔역에서 도보 15분 ☎ 087-835-5587

와라야(わら家)

영업시간: 10:00-18:30(주말과 공휴일은 09:00부터, 12~2월은 18:00까지), 연중 무휴

고토덴 야시마역에서 도보 7분 ☎ 087-843-3115

오가타야(小縣家)

영업시간: 09:30-17:30(월요일은 14:00까지, 주말과 공휴일은 17:00까지), 휴일: 화요일

JR고토히라역에서 택시로 10분 ☎ 0877-79-2262

나가타 인 가노카(長田in香の香)

영업시간: 09:00-17:00, 휴일: 수요일, 목요일(공휴일은 영업)

JR긴조사역에서 도보 15분 ☎ 0877-63-5921

셀프점

현지에서 사누키 우동의 매력을 만끽하려면 셀프점을 경험해야 한다. 문제는 초심자가 메뉴를 선택하고 주문하기가 쉽지 않다는 것이다. 우동 주문은 물론이거니와, 가케우동의 경우 면을 뜨거운 물에 헹궈 체로 건지고 다시를 붓고 야쿠미를 넣는 등 간단한 조리까지 전 과정을 직접 해야 하기 때문이다. 당연히 우동 메뉴도 구체적으로 알아야 주문할 수 있다. 또한 유명 셀프점은 회전이 빠르기 때문에 셀프점에서 우동을 처음 먹을 때에는 정신을 못 차리는 경우가 많다. 하지만 이런 과정이 아주 재미있다.

다카마쓰 시내에서 셀프점을 경험하기 좋은 곳으로 **사카에다**(さか枝)를 추천한다. 리쓰린공원에서 10분 정도 떨어진 주택가에 자리 잡은 이곳은 "싸고 빠르고 맛있게"를 모토로 아침 일찍부터 사람들을 불러 모으는 인기 음식점이다. 모토 그대로 가격도 싸고 회전도 빠르다. 나무 테이블이 나란히 놓여 있는 소박하고 편안한 분위기로, 아침 6시에 문을 열어 일찍 가게를 닫는다. 사누키 우동답게 면은 굵고 탄력 있다.

사카에다에는 자루우동, 붓카케우동, 가마아게우동 등의 메뉴에 가지 튀김, 붕장어 튀김 같은 토핑이 30여 종 있다. 셀프점에서 우동을 주문하는 요령은 가게마다 조금 다르지만, 사카에다에서는 이렇게 하면 된다.

(1) 우동을 주문하고 돈을 지불한다(가케우동의 경우).

"가케, 쇼(小)(또는 다이大), 덴푸라 히토쓰(1개)" 식으로 우동 종류와 양, 토핑이나 사이드메뉴를 주문한 뒤 돈을 낸다. 튀김은 전부 가격이 같다. 결제 방식은 가게마다 달라서, 쟁반에 우동 면을 받고 토핑을 선택하고 나서 돈을 지불하는 곳도 있다.

(2) 우동 면이 든 그릇을 받는다.

(3) 면을 뜨거운 물에 데친다.

'데보'라고 불리는 체에 면을 넣고 뜨거운 물에 담갔다가 면이 따뜻하게 데워졌다 싶으면 건져서 물기를 잘 뺀 다음 그릇에 다시 담는다.

(4) 토핑(튀김 등)을 선택한다. 덴푸라는 면 위에 바로 올리거나 다른 그릇에 담는다.

셀프점에서 면을 직접 데치고 원하는 토핑을 얹어 먹는 과정은,
조금 정신없지만 그만큼 재미있다.

(5) 파, 생강, 튀김 부스러기 등 좋아하는 야쿠미를 우동에 얹는다.

(6) 다시 국물이 든 통의 꼭지를 틀어 우동 그릇에 뜨거운 국물을 붓는다.

(7) 자리에 앉아 맛있게 먹는다.

(8) 뒤처리도 잊지 말자. 일회용 젓가락과 남은 음식은 정해진 용기에 버리고 컵과 그릇은 반납한다.

나는 2011년에 처음 셀프점을 가보았는데, 모든 게 어리둥절해 우동을 어떻게 먹었는지 기억도 나지 않는다. 사카에다처럼 유명한 집을 붐비는 시간에 찾아가면 긴 줄 가운데 서서 사람들이 어떻게 주문하는지 눈치를 보고, 무엇을 먹을지 생각하고, 사람들을 따라 우동과 덴푸라를 받아 들고 어느덧 자리에 앉게 되는데, 실제로 우동을 먹는 시간은 5분밖에 걸리지 않는다. 처음에는 정신없지만, 우동을 먹고 나면 대단한 일을 해낸 것 같은 뿌듯함이 든다. 참 재미있는 우동문화다.

몇 가지 덧붙이자면 셀프점에서 우동을 주문할 때는 먹는 양을 정해야 한다. 보통 소(小), 대(大)로 구분하는데, '소'는 '히토타마1玉'(한 다발), '대'는 '후타타마2玉'(두 다발)라고도 한다. 소는 한 끼 식사로 삼기에 양이 조금 부족하지만, 여러 집에서 우동을 맛볼 계획이라면 소가 좋다. 덴푸라를 곁들이면 양이 그렇게 부족하지도 않다. 오니기리(주먹밥)나 이나리(유부초밥)를 함께 먹어도 좋다. 바쁜 시간에 셀프점에 갈 때는 미리 잔돈을 준비하는 것이 좋다.

사카에다에서 셀프점을 경험했다면 시내를 떠나 조금 여유로운 분위기의 셀프 우동집을 찾아가보는 것은 어떨까. **이키이키우동 사카이데점(いきいきうどん 坂出店)**은 JR사카이데역에서 도보 10분 거리로, 그리 어렵지 않게 찾아갈 수 있다. 길가를 걷다 보면 커다란 간판이 눈에 띈다.

초심자라면 이곳을 먼저 가보는 것도 좋다. 아무래도 사카에다처럼 유명한 셀프점에서는 (특히 바쁜 시간대에는) 얼른 먹어치우고 나가야 할 것 같은 조바심이 드는데, 이곳은 매우 넓고 편안한 분위기여서 우선 자리를 잡고 가게 구조가 어떤지 둘러본 다음 차분히 음식을 고를 수 있기 때문이다. 먼저 가게 안쪽에 자리한 주문대에서 우동 종류와 양을 선택하고, 덴푸라를 고르면 된다. 주문대에 우동 메뉴가 사진으로 붙어 있기 때문에 이름을 잘 몰라도 주문하기 쉽다. 이곳의 우동 메뉴는 20여 가지에 이르며, 덴푸라도 상당히 다양하다. 옆에는 오뎅도 있다. 국물 있는 우동을 주문하면 국물과 야쿠미, 생강, 와사비, 양념, 튀김 부스러기 등을 직접 넣을 수 있도록 준비되어 있다.

나는 이곳에서 '반숙 달걀이 들어간 니쿠(고기) 붓카케우동'을 주문했다. 고기도 부드럽고, 달걀을 터뜨려 면에 비벼 먹으니 고소하다. 면발은 굵고 쫄깃쫄깃하다. 이곳에는 다른 곳에서 맛볼 수 없는 사라다(샐러드)우동도 있다. 우동 위에 로메인, 오이, 방울토마토, 옥

이키이키우동의 메뉴는 20여 가지에 이르며, 덴푸라도 상당히 다양하다. 오뎅도 있다.

수수, 참치 등이 올라가 있어 신선한 샐러드를 먹는 기분이다. 아침 5시부터 저녁 8시까지 문을 여는 곳으로, 다른 사누키 우동집에 비해 영업시간이 긴 데다 1년 내내 영업하므로 여러모로 편리하다.

세 번째로 찾아간 곳은 다카마쓰 시내에 있는 **지쿠세이**(竹清). 엄청나게 인기 있는 우동집이다. 문을 열자마자 만석이 될 정도다. 나는 이곳에 세 번 가보았다. 가장 최근에 간 것은 2016년 8월이었는데, 한여름 낮이라 기온이 34도였다. 가만히 있어도 더운 날씨에, 점심시간을 조금 넘겨서 갔는데도 여전히 50명 정도가 줄을 서고 있다. 주인인 듯한 할머니 한 분이 나와 사람들에게서 미리 주문을 받는다. 때문에 이곳에서 우동을 주문하려면 메뉴를 완벽하게 숙지해두어야 한다. 초심자가 여기에 처음 오면 정신없이 떠밀리듯 주문할지도 모른다. 주문을 어려워하는 외국인이 한두 명이 아니었던지, 주문 방법을 영어로 설명해놓은 안내판도 있다. 긴장되어서 그렇지, 어려울 것은 없다. 할머니가 다가오면 차가운 우동(자루우동)을 먹을지, 따뜻한 다시 국물에 담긴 우동(가케우동)을 먹을지 결정해서 말하면 된다. 그럼 '1玉×3, 冷×2, 溫×1' 식으로 받아 적은 주문지를 건네며, 가게 안에서 내라고 한다. 이곳은 아게다마고(반숙 달걀 튀김)가 유명하다. 나도 우동에 아게다마고를 주문했다.

30분 정도 기다리다가 안으로 들어갔다. 한쪽에서는 한 종업원이 이 더운 날씨에 안쓰럽다는 생각이 들 정도로 연신 달걀을 튀기고 있다. 밖에서 받은 주문지를 건네주고서 덴푸라를 선택한다. 자

지쿠세이는 셀프점이라 회전이 빠른데도 30분 정도는 줄을 서서 기다려야 겨우 들어갈 수 있다.

리에 앉으면 종업원이 주문한 덴푸라를 가져다준다. 주방에서는 한 남자가 열심히 면을 반죽하고 있다. 냉(冷)과 온(溫)을 가르는 것은 차가운 쓰유를 부어 먹느냐, 뜨거운 국물을 부어 먹느냐. 가케우동을 시켰다면 먼저 면을 받아서 직접 면을 뜨거운 물에 데친 다음 국물을 부어 먹으면 된다. 옆에 야쿠미도 마련되어 있다. 간 무, 파, 생강, 튀김 부스러기, 미역 등이다.

차가운 쓰유를 부으면 냉우동이고, 뜨거운 다시를 부으면 온우동이다.
주문한 토핑을 얹고 원하는 야쿠미도 곁들이면 나만의 우동이 된다.

우동 한 가락을 집어 맛보고 아게다마고를 젓가락으로 가른다. 노른자가 흘러나와 튀김옷을 순식간에 적신다. 면에 섞어 먹으면 고소하다. 지쿠와 덴푸라도 맛있다. 줄 서서 기다리는 것이 고역이지만, 한 번쯤 시도해볼 만한 맛이다. 사람들이 계속 들어오기 때문에 느긋하게 먹기는 힘들다. 고속도로 휴게소마냥 서서 먹는 자리도 있는데, 여기 서서 우동을 훌훌 먹다 보면 30분 기다려서 5분 만에 한 그릇을 비우게 된다.

우동을 좋아하는 이들이 감수해야 할 수고가 있다. 영화 〈우동〉에는 사람들이 먼 우동집을 힘겹게 찾아가는 장면이 많은데, 오늘 내가 찾아갈 우동집도 시내에서 멀리 떨어진 곳에 있다. 명물 우동집으로 손꼽히는 **야마고에우동**(山越うどん)이다. 이곳은 오후 1시 반이면 문을 닫기 때문에 아침 일찍 고토덴 열차를 타야 한다. 시내에서 10시 5분에 출발해 21개 역을 지나 다키노미야(瀧宮)역에 도착하니 10시 42분이다. 역무원도 보이지 않는 작은 역이다. 햇살은 따뜻하고 하늘은 파랗다. 우동 먹으러 가기에 제격인 날씨다. 야마고에에 가려면 택시를 타야 한다. 역에서 나와 조금 걸으면 허름한 택시 사무실이 보인다. 밖에서 두리번거리니 아주머니 한 분이 나온다. 나는 아주머니에게 택시를 불러달라고 했다. 야마고에까지는 택시로 7~8분 걸린다. 걸으면 1시간 정도 걸릴 것 같다. 이런 시골 우동집인데, 갈 때마다 긴 줄이 서 있다. 4~5월 봄철 연휴가 끼는 날이면 네 시간을 기다리기도 한단다. 내가 2011년에 갔을 때 택시기사는

연휴철에는 네 시간을 줄 서서 기다려야 하는 야마고에우동. 반숙 달걀을 얹어 먹는 가마타마 우동으로 유명하다.

한국인 손님이 처음이라고 했는데, 2017년에 갔더니 가게 밖에 한국어로 "먼 곳까지 오셔서 감사합니다."라고 쓰여 있었다.

이곳은 '가마타마우동'으로 유명한데, 가마타마우동은 솥에서 건져 올린 면을 찬물에 헹구지 않고 물기만 빼서 그릇에 담은 뒤 반숙 달걀과 이곳만의 간장을 뿌려 먹는다. 20여 년 전에 손님이 달걀을 가지고 와서 우동에 넣어 먹은 데서 시작됐다고 한다. 사람들을 따라 줄을 서면서 우동 종류를 말하고 튀김을 선택해 직접 접시에 얹고 계산하면 된다. 튀김 종류는 여러 가지다. 나는 가마타마우동(반숙 달걀을 함께 준다)과 야마이모(やまいも, 산마) 튀김을 주문했다. 가정집을 개조한 곳이라 구조가 독특하다. 주방에서 뒤뜰로 이어지는 방에서 먹어도 되고, 커다란 뒤뜰에 마련된 자리를 이용해도 된다. 뒤뜰은 널찍해서 공원 같다.

가마타마우동을 먹는 법은 간단하다. 찬물에 헹구지 않아 김이 모락모락 나는 따뜻한 면에 달걀을 푼 후 간장을 넣어 먹으면 된다. 역시 면은 쫄깃쫄깃하고 어떻게 만들었는지 모를 간장은 달달하니 맛있다. 여기에 반숙 달걀을 터뜨려 먹는 맛은 잊기 힘들 만큼 맛있다. 이 맛에 이 먼 곳까지 많은 사람이 찾아오는 것이겠지만. 잘 익힌 우동에 시판되는 간장만 넣어도 맛있는데, 하물며 비법 간장이라면야. 이곳 간장 맛이 너무 좋아 갈 때마다 한 병씩 사오곤 한다.

우동을 먹고 밖에 나가니 우동택시가 한 대 서 있다. 우동택시를 타면 하루에 4~5곳 유명 우동집에 데려다준다. 오늘 내가 이곳에 오기 위해 쓴 비용을 계산해보았다. 고토덴 열차 왕복 1,000엔, 택시 왕복 2,060엔, 우동 값은 300엔(우동 소 200엔, 튀김 100엔). "배보다 배꼽이 더 크다."는 표현이 딱 맞다. 하지만 사누키 우동에는 이렇게 사람을 끌어들이는 마력이 있다.

사카에다(さか枝)
영업시간: 06:00-15:00, 휴일: 일요일, 공휴일
JR리쓰린코엔기타구치역에서 도보 10분 ☎ 087-834-6291

이키이키우동 사카이데점(いきいきうどん 坂出店)
영업시간: 05:00-20:00, 연중 무휴
JR사카데역에서 도보 10분 ☎ 0877-46-0880

지쿠세이(竹淸)
영업시간: 11:00-14:30(판매 완료 시 폐점), 휴일: 수요일, 목요일
JR리쓰린코엔기타구치역에서 도보 10분 ☎ 087-834-7296

야마고에우동(山越うどん)
영업시간: 09:00-13:30, 휴일: 일요일
고토덴 다키노미야역에서 택시로 7~8분 ☎ 087-878-0420

색다른 사누키 우동

제면소 우동집을 찾아가는 것은 사누키 우동 순례의 또 다른 즐거움이다. **마쓰시타세이멘쇼(松下製麵所)**는 조용한 동네에 자리한 자그마한 제면소로, JR리쓰린코엔기타구치역 북쪽 출구에서 가깝다. 우리가 동네 정육식당에서 고기를 구워 먹듯, 동네 주민들이 이곳에서 우동을 먹고 가곤 한다. 우동 판매보다 제면에 집중하는 곳이라 메뉴는 가케우동 하나뿐이다. 몇 다발을 먹을 것인지 말하면 주문이 끝난다. 달걀은 온센타마고(온천 달걀)와 나마타마고(생달걀)가 있다. 우동 200엔, 달걀 80엔. 계산대에 선 한 남자아이가 아버지 앞에서 돈을 받는다. 나중에 이 아이가 제면소를 물려받게 될까?

제면소 우동집은 사누키에서만 경험할 수 있다.
우동 판매보다 제면에 집중해 메뉴는 가케우동뿐이다.

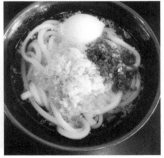

이곳에서도 셀프점처럼 우동 면을 받은 손님이 직접 국물을 붓고 야쿠미를 넣어 먹는다. 가쓰오부시, 멸치, 다시마로 우린 다시 국물은 감칠맛이 좋다. 공간이 작아 서서 먹어야 할뿐더러 아무래도 제면 위주라 일찍 문을 닫지만, 재미 삼아 한번 들려보는 것도 좋겠다. 손님들에게 우동 면을 소매로 판매하기도 하는데 유효기간을 물어보니 "반생면이라 3개월은 괜찮다."고 한다.

다카마쓰에는 전통적인 우동 말고도 새로운 우동 메뉴를 내놓는 집이 있다. 바로 카레우동 전문점이다. 내가 찾아간 두 곳의 카레우

보통 자루우동이나 가케우동에 질렸다면, 다카마쓰 시내에 있는 카레우동집을 찾아보자.
진한 카레가 굵은 면발과 잘 어울린다.

동 전문점, **우동야 고에몬**(うどん屋 五右衛門)**과 **쓰루마루**(鶴丸)는 시내 중심가에 있어 찾아가기 편할 뿐만 아니라 늦은 시간까지 영업해서 좋다. 주변은 술집이며 식당이 즐비해 항상 사람들로 붐빈다. 두 곳 모두 캐주얼한 식당 분위기에 저녁 늦게까지 영업하는 만큼 오뎅과 술을 함께 판다. 굵고 쫄깃한 면발이 진한 카레와 어우러져 사누키 우동의 색다른 맛을 느낄 수 있다. 고에몬의 카레는 진한 고기육수 맛이 느껴지고, 쓰루마루는 스파이시한 카레의 여운이 입속에 남는 다. 둘 중 어느 한 곳만 골라서 가야 한다면 참고하자. 쓰루마루에는 카레우동 외에도 덴자루우동(덴푸라와 함께 나오는 자루우동), 아사리(あ さり, 모시조개)우동 등이 괜찮으니, 혹시 카레를 싫어하는 사람이 있 더라도 걱정할 필요가 없다.

한나절 쯤을 내 사누키 우동을 직접 만들어보는 건 어떨까. **나가 노우동학교**(中野うどん学校)에서 우동을 만들어볼 수 있다. 고토덴 종 점인 고토히라역에서 가도 되고, JR열차를 타고 고토히라역에서 내 려도 된다. 우동학교는 항상 사람들로 붐비는 곤피라 관광 중심가 에 있는 데다 선물가게를 함께 운영해 다소 상업적인 분위기가 풍 기는 것은 어쩔 수 없다. 4층 건물 중 1층이 선물가게이고, 위층에서 우동 만드는 것을 배운다. 커다란 강의실 같은 방에 앉아 있으니, 먼 저 강사가 밀가루와 물의 비율(여름에는 9:1, 봄과 가을에는 11:1, 겨울에는 15:1)을 설명해준 후 실습에 들어간다. 일본어로 진행되는 수업이지 만, 따라가기에 전혀 어려움이 없다. 실습은 50분인데, 밀가루를 반

죽하는 것에서부터 발로 밟고 밀대로 밀어 썰기까지 전 과정을 배운다. 재밌게도 반죽을 발로 밟기 시작하면 신나는 음악이 나온다. 한국 사람들이 가면 한국 노래를 틀어주면서 어린아이들이 노는 것처럼 신나게 밀가루 반죽을 밟게 한다. 이렇게 만든 우동은 여기서 조리해 먹고 갈 수도 있고 집으로 가져갈 수도 있는데, 만든 지 4일까지는 괜찮단다. 나는 먹고 가기를 택했다. 면을 삶아 이곳 쇼유를 곁들여 먹어보니 제법 유명 우동집에서 먹어본 맛이 난다. 뿌듯하다. 모든 과정을 마치고 나면 수료증과 우동 밀대를 기념으로 준다.

마쓰시타세이멘쇼(松下製麵所)
영업시간: 07:00-17:30, 휴일: 일요일
JR리쓰린코엔기타구치역에서 도보 7분 ☎ 087-831-6279

우동야 고에몬(うどん屋 五右衛門)
영업시간: 18:00-27:00, 휴일: 일요일, 공휴일
고토덴 가와라마치역에서 도보 7분 ☎ 087-821-2711

쓰루마루(鶴丸)
영업시간: 12:00-14:00; 20:00-27:00, 휴일: 일요일
고토덴 가와라마치역에서 도보 7분 ☎ 087-821-3780

나가노우동학교(中野うどん学校)
영업시간: 09:00-15:00(예약제), www.nakanoya.net/school/index/html
JR고토히라역에서 도보 10분(고토덴 고토히라역에서 도보 7분) ☎ 0877-75-0001

후쿠오카 우동

후쿠오카(하카타)는 '라멘의 도시'라는 인상이 강하지만, 우동이야말로 후쿠오카 사람들의 소울푸드다. 역사도 꽤 길다. 특히 하카타(博多)는 '우동의 발상지'로 알려져 있다. 가마쿠라시대인 1241년, 중국 대륙에서 돌아온 승려 쇼이치국사(聖日国師)가 양갱, 만두, 우동, 소바의 제법과 함께 제분기술을 갖고 돌아온 곳이 하카타라고 전해지기 때문이다. 하카타역에서 도보 15분 거리에 있는 조텐지(承天寺)를 찾아가면 경내에 세워진 '우동(饂飩)·소바(蕎麦) 발상지'라는 비석을 볼 수 있다. 후쿠오카 우동을 하카타 우동이라 부르는 것은 메이지시대에 후쿠오카와 하카타가 합쳐져 지금의 후쿠오카가 됐기 때문이다. 즉 하카타는 현재 후쿠오카 동쪽의 옛 지명을 가리킨다.

하카타 우동은 사누키 우동이나 이나니와 우동과 달리 면발이 굵은 편이면서도 아주 부드럽다. 이는 하카타 뱃사람들의 급한 성미 때문이라고 하는데, 성미 급한 손님들이 우동을 주문하면 곧 내가기 위해 면을 미리 삶아놓은 곳이 많았다는 것이다. 하카타 우동은 보통 고보텐(우엉 튀김)이나 마루텐(둥근 모양의 커다란 어묵) 등 덴푸라를 올려 먹는다. 국물은 우리나라 국수 국물처럼 멸치 맛이 강하다. 면 위에는 가늘게 썬 파와 고춧가루를 야쿠미로 올린다.

일본 드라마 〈고독한 미식가〉 후쿠오카 편에서도 이 하카타 우동이 등장한다. 주인공 고로는 하카타 우동을 맛보기 위해 허름한 우동집을 찾는다. 주인이 굵고 하얀 면발 위에 커다란 마루텐이 올라간 우동을 건네주자 고로는 이를 잠시 바라보면서 "굵은 면, 맑은 국물, 후쿠오카 스타일."이라고 혼잣말을 한다. 그러고 나서 파를 듬뿍 올리고 고춧가루를 살짝 뿌린다. 면 몇 가락을 집어 후루룩 소리를 내며 먹으면서 "이곳의 우동은 부드럽지. 그런데 그게 나쁘지 않아."라며 만족스러운 표정을 짓고, 커다란 마루텐을 한입 뜯어 먹으면서는 "마루텐, 부드러운 식감."이라고 말한다. 보기만 해도 군침 돋는 장면인데, 이것이 바로 하카타 우동의 전형이다. 굵고 하얀 면, 부드러운 면발, 그 위에 놓인 덴푸라. 또한 고로가 먹는 방식이 후쿠오카 스타일로, 보통 후쿠오카의 우동집에는 테이블마다 파와 굵게 빻은 고춧가루가 담긴 통이 놓여 있다. 우동을 먹을 때 입맛에 따라 파를 올리거나 고춧가루를 뿌려 먹으면 된다.

후쿠오카 우동의 전형이라 할 만한 미야케우동의 마루텐우동.

　〈고독한 미식가〉에서 고로가 우동을 먹은 집은 후쿠오카 시내에
실제로 있는 **미야케우동(みやけうどん)**이다. 다이쇼시대(1912~1926)에
지어진 집에 파란색 노렌이 걸려 있어 옛 분위기가 물씬 풍긴다. 실
내는 테이블이 몇 개 놓여 있을 뿐 무척 소박한 분위기다. 메뉴도 우
동뿐이다. 이 집 면발은 하카타 우동 가운데서도 굵은 편으로, 지름
이 1.5센티미터 정도 된다. 우동 종류는 토핑에 따라 마루텐, 우엉
튀김, 새우 튀김, 미역, 달걀, 유부(기쓰네) 등으로 다양하다. 국물은
여느 하카타 우동처럼 다시마와 멸치 맛이 강하고 조금 짠 편이다.
살짝 단맛이 도는 간사이 우동 국물과 대조적이다. 가격도 저렴해
서, 400엔 정도면 이곳에서 우동 한 그릇을 먹을 수 있다.

　오랜 세월을 지탱해온 노포가 많은 일본답게, 60년 넘게 우동을

메이지시대에 문을 연 가로노우동. 또 다른 하카타 명물 명란젓을 얹은 멘타이코우동이다.

만들어온 미야케우동보다 더 오래된 우동집이 있다. 1822년에 문을 연 **가로노우동(かろのうどん)**이다. 후쿠오카에서 가장 긴 역사를 가진 우동집이다. 가미가와바타 상점가(上川端商店街)를 나오면 보이는 모퉁이에 자리 잡고 있다. 가로노우동은 하카타 사투리로 '길모퉁이 우동'이라는 뜻이다. 표준 일본어로 하면 '가도노우동かど(角)のうどん'이 된다. 나는 11시에 우동집이 문을 열자마자 들어갔는데, 테이블 4개에 카운터 자리만 있는 작은 식당이다. 이른 시간인데도 벌써 사람들로 가득해 합석이 당연하다. 멋쟁이 중년 신사가 주인인데, 주방에 있어서 그렇지 양복만 입으면 여느 회사의 중역처럼 보일 듯하다. 나는 이곳에서 하카타 명물인 명란젓(멘타이코)이 들어간 '가라시멘타이코(からし明太子)우동'을 주문했다. 역시 명란젓이 들어갔기 때문인지 840엔, 다른 우동에 비해 조금 비싼 편이다. 이곳 역

시 면이 부드럽고 멸치 맛이 강한 국물은 단맛이 전혀 없다. 시내를 돌아보다가 후쿠오카 우동이 생각날 때 들르기 좋은 곳이다.

한편 **이나바우동(因幡うどん)**은 1951년에 창업한 우동집으로, 시내에 여러 체인점을 가지고 있다. 나는 먼저 와타나베도리(渡辺通)에 위치한 본점을 찾았다. 본점이지만 규모는 그리 크지 않고 외관에서부터 노포 분위기가 물씬 풍긴다. 오전 10시에 문을 열자마자 들어갔는데, 노부부가 손님 맞을 준비를 하고 있다. 사람들이 하나

후쿠오카 우동의 시그니처 메뉴라 할 고보텐우동. 이나바우동은 후쿠오카 시내 곳곳에 지점이 있어 찾아가기 쉽다.

씩 들어오는데 단골들인지 할머니가 살갑게 말을 건넨다. 나는 우엉 튀김이 얹어져 나오는 고보텐우동을 주문했다. 역시 면발이 아주 부드럽다. 홋카이도산 천연 다시마와 나가사키산 멸치로 우려낸 국물이 부드러운 면에 잘 어울린다. 덴진(天神)역 부근에 위치한 솔라리아스테이점(ソラリアステージ店)에도 가보았고, 하카타역 지하 1층에 있는 지점에도 가보았는데, 맛이 비슷하니 찾아가기 편한 곳으로 가면 된다.

미야케우동(みやけうどん)
영업시간: 11:00-18:00(토요일은 17:00까지), 휴일: 일요일, 공휴일
지하철 고호쿠마치역에서 바로 ☎ 092-291-3453

가로노우동(かろのうどん)
영업시간: 11:00-19:00, 휴일: 화요일(공휴일인 경우 영업)
지하철 나카스가와바타역에서 도보 5분 ☎ 092-291-6465

이나바우동(因幡うどん)
· 와타나베도리점 영업시간: 10:00-20:00, 연중 무휴(연초에 휴일 있음)
  야쿠인역에서 도보 5분 ☎ 092-711-0708
· 솔리리아스테이점 영업시간: 10:00-21:30, 연중 무휴(연초에 휴일 있음)
  덴진역 솔라리아스테이지 지하 2층(지하철 공항선 덴진역 7번 출구에서 도보 3분).
  ☎ 092-733-7085
· 하카타역점 영업시간: 07:00-23:00, 연중 무휴(연초에 휴일 있음)
  하카타역 구내 지하 1층 1번가 ☎ 092-441-7851

そば

소바

소바의 역사

소바?

소바(蕎麦)는 원래 곡물인 '메밀'을 뜻하는 말이었지만, 오늘날 소바는 '메밀'뿐 아니라 '메밀국수'를 가리키는 말로 사용된다. 메밀국수를 가리키는 말은 따로 있었다. '소바키리(そば切り)'가 그것이다. 이 말이 에도시대 말기에 이르러 '소바'로 바뀌었다.

'소바'의 어원은 메밀 열매의 생김새에서 찾아볼 수 있다. 메밀 열매는 삼각형처럼 끝이 뾰족한데, 이렇듯 뾰족하게 각진 것을 일본어로 '소바(稜)'라고 부른다. 옛날에는 메밀을 '각진 보리'라는 뜻으로 '소바무기(ソバムギ)'라고 불렀다. 메밀을 '소바무기'라고 부른 것은 일본어로 밀과 보리를 가리키는 고무기こむぎ(小麦), 오무기おおむ

ぎ(大麦)와 구분하기 위해서였다. 소바무기를 소바로 줄여 부르기 시작한 것은 무로마치시대부터이며, '蕎麦(소바)'라는 한자를 사용하기 시작한 것은 12세기 이후다.

메밀의 원산지에 관해서는 여러 가지 설이 있지만, 지금으로부터 약 3,500년 전 일본의 조몬시대(繩文時代, 기원전 8000~300) 후반에 중국의 삼강(三江)지역(윈난성, 쓰촨성, 동티베트 경계 영역)에서 한반도를 거쳐 대마도를 중계점으로 규슈 지역에 들어와, 일본 열도로 북상했다는 설이 유력하게 받아들여진다. 또 다른 설은 메밀이 중국 북부, 시베리아, 연해주, 홋카이도를 통해 들어와 일본 열도로 남하했다고 추정한다. 일본에서 메밀에 관한 기록은 《고사기(古事記)》(712)나 《일본서기(日本書紀)》(720)에도 등장한다.

거친 땅에서도 잘 자랄뿐더러 생육 기간이 짧은 메밀은 예로부터 배고픔을 달래주는 귀중한 구황작물이었다. 일본인은 국수 형태로 먹기 전부터 여러 형태로 메밀을 먹었다. 죽으로 쒀 먹기도 했고 (소바카유そば粥), 잡곡 형태로 쌀과 섞어 밥을 지어 먹는가 하면(소바고메そば米) 물로 반죽한 메밀가루를 동글게 빚어 익혀 먹었다(소바가키そば搔き). 메밀 반죽에 채소절임이나 팥을 넣어 떡으로 빚어 먹기도 했다(소바모치そば餅). 하지만 식감이 거칠고 반죽하기도 힘든 메밀은 가난한 자들의 음식이었으며, 야마나시(山梨)현이나 나가노(長野)현처럼 쌀과 밀을 재배하기 힘든 산간 지역의 음식이었다.

소바가 '면'이 되다

밀가루로 만든 국수는 9~10세기 문헌에 처음 나타나지만, 메밀로 만든 국수가 등장한 것은 이보다 상당히 늦은 15~16세기다. 앞서 말했듯 메밀국수는 원래 '소바키리'라고 불렀다. 소바키리의 발상지에 관해서는 두 가지 설이 있다. 하나는 신슈(信州)설이다. 1645년 간행된 서적《모취초(毛吹草)》를 보면, 신농국(信濃国, 시나노노쿠니)의 명물로 소비키리가 언급된다. 신농국은 오늘날 신슈 지역을 가리키는 옛 지명이다. 다른 하나는 고슈(甲州)설이다. 고슈는 나가노현과 도쿄도 사이에 자리한 야마노시현의 북동부에 있는 도시다. 일본 고전을 연구하는 학자인 아마노 사다카게(天野信景)가 1704년경에 쓴 《잡록(雜錄)》에 "소바키리는 고슈에서 시작되었다."고 기록되어 있다. 이 밖에 오사카 발상설이나 교토 발상설도 있다. 어쨌든 소비키리가 에도(옛 도쿄)가 아닌 다른 지역에서 시작된 것만은 확실하다.

국수 형태의 소바, 즉 소바키리에 대한 가장 오래된 기록은《정승사문서(定勝寺文書)》에 나온다.《정승사문서》는 나가노현 기소(木曾)군의 고찰(古刹) 조쇼지에 전해지는 문서로, 그 내용을 보면 1574년 불전의 수리공사 후 준공을 축하하는 잔치에서 "긴에이(金永)이라는 사람이 소바키리를 대접했다."라고 쓰여 있다. 메밀을 소바가키 형태로 먹던 당시에, 소바키리가 결혼식이나 섣달그믐 같은 축일에 먹는 특별 음식이었음을 알 수 있다. 17세기 초 다가신사(多賀神社)의 승려가 쓴《자성일기(慈性日記)》에도 소바키리가 등장한다. "1614년 2

월 3일에 소바를 먹었다."라는 기록이 있어, 당시 소바키리가 쇼진 (精進)요리, 즉 사찰음식이었음을 짐작할 수 있다. 일설에 따르면, 승려들이 즐겨 먹던 소바가 점차 일반인에게 전해졌다고 한다. 오늘날에도 일본 사찰 앞에 소바집이 즐비하게 서 있는 모습을 볼 수 있는데, 이곳 소바는 '몬젠(門前)소바'라고 불리면서 참배객의 음식으로 정착했다.

에도의 패스트푸드, 소바

1603년, 도쿠가와 이에야스(德川家康)는 전국시대를 마감하고 에도 막부를 세워 초대 쇼군(將軍)(막부 수장)이 된다. 이때부터 에도는 무가(武家)를 중심으로 한 도시로 새로 태어나게 됐다. 에도시대 전까지 일본의 중심지는 교토, 오사카, 나라, 고베가 위치한 간사이 지역이었으나 에도가 신흥도시로 발전하면서 간토 지역뿐 아니라 전국 각지에서 많은 사람이 유입되었다. 인구 구성을 보면 단연 남성이 많았다. 특히 '조닌(町人)'이라 불린 상인과 장인이 늘어났다. 이들 대부분은 가족을 고향에 두고 혼자 에도에 올라와 살았다. 한편 도쿠가와 막부는 지역 영주인 다이묘(大名)를 임명하여 지역을 통치할 수 있는 권한을 부여하고, 쇼군은 이들을 다스리는 중앙집권적 통치제도를 확립했다. 이때 다이묘들의 저항을 원천봉쇄하기 위해 도입된 제도가 '참근교대(參勤交代)'다. 다이묘들은 이 제도에 따라 1년은 자기 영지에, 1년은 에도에 거주해야 했다. 당시 일본 전역의 다이묘는 260여 명에 달했다. 이들이 참근교대를 위해 이동할 때에는 수백 명에서 수천 명에 이르는 수행원이 함께 움직였으며, 다이묘와 연락을 취하기 위해 매년 30만에서 40만 명의 무사들이 에도를 찾았다. 때문에 당시 에도는 남성 인구가 에도 전체 인구의 70퍼센트에 육박할 정도였다. 한마디로 '남자의 도시'였던 것이다. 사정이 이러하니 당시 에도 면적의 60~70퍼센트가 다이묘나 무사들의 거주지로 할당됐다. 절과 신사가 15퍼센트, 상인이나 장인들의 거주지가 나머지 15퍼센트를 차지했다.

토지를 갖지 못한 많은 상인과 장인들은 '나가야(長屋)'라는 곳에 세 들어 살았다. 나가야는 낮은 목재 가옥이 다닥다닥 붙어 있는 연립주택이었다. 3평밖에 안 되는 셋방은 매우 좁은 데다 화재 위험이 커, 집에서 밥을 해 먹지 않는 사람들이 많았다. 이런 연유로 에도시대에 외식문화가 발달하는데, 조닌들을 위한 야타이(이동식 포장마차)나 이자카야(선술집)가 성행하기 시작한 것이 바로 이때다.《누들》의 저자 크리스토프 나이트하르트에 따르면, 1804년 에도에는 6,165개의 야타이가 있었다고 한다. 주민 170명당 한 개꼴인 셈이다. 이 야타이에서 덴푸라, 스시, 가바야키(장어구이), 오뎅, 경단, 소바, 과일 등 간단히 먹을 수 있는 음식들을 팔았다. 당시 에도에서 소바는 세 종류의 음식점에서 먹을 수 있었다. 첫째는 간이식당, 둘째는 마을을 돌아다니는 야타이, 셋째는 사원 경내나 선착장, 건축 현장 가까이에 작은 집을 지어 소바를 파는 전문점이다. 처음에는 간이식당에서 다른 음식과 소바를 함께 팔았으나 점차 골목마다 소바 전문점이 생겨나기 시작했다.

1800년대 초반 에도 인구는 급격하게 늘어나 100만 명에 이른다. 당시 베이징 인구가 60만, 파리 인구가 55만, 런던 인구가 70만 명이었음을 고려하면, 에도는 바야흐로 세계 최고의 인구과밀도시가 된 것이다. 늘어난 인구에 따라 소바 수요도 증가했다. 당시 에도 시내에 소바집은 3,700여 개가 있었다. 밀가루와 메밀가루를 2:8 비율로 반죽해 만든 니하치(二八)소바가 고안된 것도 이 무렵이었다. 에도 초기의 소바는 메밀가루에 아무것도 섞지 않은 100퍼센트 메밀면으로, 이런 반죽은 끈기가 없어 물에 삶으면 풀어져버렸기 때문에 주로 쪄서 먹었다. 밀가루를 섞기 시작한 것은 18세기 초인데, 일설에 따르면 조선인 승려가 메밀 반죽에 밀가루 섞는 기술을 일본에 전해주었다고 한다. 어찌 됐든 이제 밀가루가 섞여 끈기가 생긴 메밀 반죽을 밀대로 밀어 칼로 가늘게 썰 수 있게 됐는데, 이를 '자른 소바'라는 의미로 '소바키리'라고 부르기 시작한 것이다.

한편, 소바가 에도 사람들의 주식으로 떠오르게 된 이유는 당시 에도에 유행했던 각기병과도 관계가 있다. 이 무렵 일본에서는 '밥과 반찬'으로 구성된 식단이 일본인의 주된 상차림으로 자리 잡았다. 쌀 도정 기술도 발달해 상류층에서 서민에 이르기까지 백미(白米)가 널리 보급됐다. 하지만 백미가 인기를 끌면서 각기병이 나타나기 시작했다. 에도시대 중기 이후 각기병으로 사망하는 조닌이 많아 '에도병'이라고 부르기도 했다. 이런 가운데 "소바를 먹는 사람들은 각기병에 걸리지 않는다."라는 이야기가 사람들 사이에 퍼져나가면서, 소바는 일약 우동을 능가하는 인기 음식이 됐다. 과거 가난한 자들의 배를 채워주는 음식이었던 소바가 18세기에 이르러서 기호식품으로 떠오른 것이다.

먹는 방식도 바뀌었다. 원래 소바키리는 소멘처럼 '모리'라는 작은 그릇에 담긴 장국(쓰유)에 찍어 먹는 면이었는데, 에도시대에 야타이가 유행하면서 면에 국물을 끼얹어 먹는 방식이 유행했다. 야타이 소바 장수들은 면을 미리 삶아놓았다가 손님이 오면 끓는 물에 데쳐 물기를 뺀 후 국물을 부어 내주었다. 이렇게 국물을 끼얹어 파는 소바를 가케소바(가케는 '끼얹다'라는 뜻이다)라고 불렀다. 가케소바는 재료를 준비하기도 편하고, 간단하게 먹기도 좋고, 값도 저렴했기 때문에 에도시대의 패스트푸드이자 서민음식으로 정착했다. 점포를 갖춘 소바집에서는 가케소바와 함께 찐 소바도 팔았다.

간장과 가쓰오부시

모리소바건 가케소바건 소바를 먹는 데 가장 중요한 것은 쓰유, 즉 장국이다. 에도에서 소바가 인기를 끈 또 하나의 이유도 장국의 변화에 있다. 여기서 중요한 식재료는 간장과 가쓰오부시다. 원래 에도시대 전기까지 소비키리는 된장 국물(시루)에 찍어 먹었다. 1643년 발간된 《요리물어(料理物語)》에는 소바키리 제법과 함께 소바

쓰케지루(そばつけじる, 소바에 곁들이는 장국)에 관한 기록이 나온다. 이에 따르면 장국(소바지루)은 된장, 물, 가쓰오부시를 끓인 다음 자루에 거른 맑은 국물로 만들었다. 이처럼 된장으로 만든 장국이 간장으로 맛을 낸 장국으로 바뀐 것은 에도시대 중기부터다.

에도 막부가 서기 전까지는 대부분의 간장이 간사이 지방에서 만들어졌다. 도쿠가와 이에야스가 에도에 막부를 세우면서 간토 지방에도 간사이 간장이 도입됐다. 이후 18세기 에도시대 중기에 접어들면서 두 지방에서는 각기 다른 간장이 발달했다. 에도를 비롯한 간토 지방에서는 색이 진하고 맛이 순한 '고이구치(濃口) 쇼유'가, 간사이 지방에서는 색이 옅고 맛이 강한 '우스구치(淡口) 쇼유'가 발달한 것이다.

고이구치 쇼유는 우스구치 쇼유보다 숙성기간이 긴데, 긴 숙성을 거치는 동안 글루탐산이 풍부해져 감칠맛이 강하다. 때문에 고이구치 쇼유에는 글루탐산을 함유한 다시마가 따로 들어갈 필요가 없다. 반면 우스구치 쇼유는 짠맛이 강하고 감칠맛이 떨어지기 때문에 다시마를 넣어 글루탐산을 보충했다. 이런 이유로 간사이풍 다시는 다시마로, 간토풍 다시는 가쓰오부시로 맛을 낸 다시 국물이 발달한 것이다.

이처럼 에도시대에 간장과 함께 장국 맛을 향상시키는 데 결정적인 기여를 한 식재료는 바로 가쓰오부시다. 가쓰오부시에는 아라부시あらぶし(荒節)와 가레부시かれぶし(枯節) 두 종류가 있는데, 무로마치시대에 등장한 아라부시는 가다랑어를 해체해 찐 후 연기에 훈증

해 만든다. 반면 에도시대에 등장한 가레부시는 아라부시에 곰팡이가 피게 해 만든 가쓰오부시다. 이 가레부시의 출현은 에도시대의 소바 장국에 커다란 맛의 변화를 불러왔다. 색이 진하고 맛이 순한 고이구치 쇼유에 훈연과 발효로 맛이 깊어진 가쓰오부시를 더해 오늘날과 같은 소바 장국이 완성된 것이다. 오늘날 기코만간장회사와 함께 일본 간장 시장을 지배하고 있는 야마사간장회사가 1645년에 창업해 고이구치 쇼유를 다량 생산하기 시작했고, 1758년 가쓰오부시 건훈법이 완성된 이후 소바는 점차 '에도음식'으로 자리 잡았다. 에도 인근에 메밀 생산지로 유명한 나가노현, 이바라키(茨城)현, 후쿠이(福井)현 등이 있는 것도 에도시대에 소바가 유행하는 데 영향을 주었다.

한편, 계층 간 소바를 즐기는 양상에 차이가 나타나기 시작했다. 나가야에 거주하던 상인 및 노동자 계층은 주로 포장마차를 이용했지만, 상급 무사와 경제적으로 여유가 있는 조닌은 노상에서 음식 먹는 것을 천하게 여기며 제대로 된 점포를 갖춘 소바집을 찾았다. 당시 소바집에서는 술을 함께 팔았는데, 오늘날에도 다른 면요리를 파는 곳과 달리 소바집 중에는 다양한 안주며 일본 전통주를 갖춘 곳이 많다.

이처럼 소바가 고급스런 취향과 연결되면서 소바 장인들은 소바 제조 기술을 연마했으며, 소바 애호가들 중에는 소바집 분위기며 그릇, 장인들의 기술 등을 종합적으로 평가하고 즐기는 소바통(通)이 늘어났다. 지금으로 치면 소바 마니아라 할 수 있겠다. 특히 에도

의 니하치소바는 도쿄 토박이, 즉 '에돗코(江戸子)'라 불리는 에도내기 특유의 미의식을 뜻하는 '이키いき(粋)'*와 결부되면서 중요한 에도 식문화로 자리 잡았다. 이후 소바는 문인이나 무가로부터 지지를 받아 '취미의 음식'으로 꽃피웠고, 에도의 소바문화는 성숙기를 맞았다. 에도시대 말기에 이르러서는 신분에 관계없이 모든 사람이 즐겨 먹는 음식이 됐는데, 종류가 다양해진 것은 물론, 야타이에서부터 소바 전문점까지 여러 곳에서 소바를 먹을 수 있게 됐다. 오늘날까지 이어지는 '에도의 시니세(老舗) 소바' 대부분이 에도시대 후반 들어 개점한 곳이다.

소바문화는 도시와 시골에서도 다르게 나타났다. 도시에서는 소바가 '미각의 음식'으로 자리 잡으면서 장인들은 제 솜씨를 뽐내며 하얗게 뽑은 면을 가늘고 길게 잘라 내놓았다. 반면 시골에서는 소바가 허기진 배를 채우고 원기를 보충해주는 '노동을 위한 음식'이었으므로, 메밀 특유의 검은 색감을 살린 면을 두툼하게 자르는 방식으로 자리 잡았다. 생김새가 다른 만큼 먹는 방식도 달랐다. 면발이 가는 에도 소바는 고이구치 쇼유에 살짝 찍어 먹지만, 굵은 면발에 때로는 무, 부추, 고사리 등을 얹어 푸짐하게 먹었던 시골 소바(이나카 소바)는 쓰유에 흠뻑 담가 먹는다.

* 도회적인 세련됨과 멋짐을 뜻하는 말.

소바 르네상스

이처럼 에도의 '이키'문화와 결부되면서 널리 퍼져나가던 소바 문화는 메이지유신 이후 쇠락의 길로 접어들었다. '문명 개화' 풍조 속에서 소바가 옛것 중 하나로 경시됐기 때문이다. 여기에 불을 지핀 것은 1888년 시판된 기계식 제면기였다. 모든 소바집에서 기계로 소바 반죽을 하기 시작했다. 문제는 기계로 반죽하려면 밀가루를 다량 넣어야 한다는 데 있었다. 밀가루 대 메밀가루 비율이 3:7이면 고급 소바, 5:5면 보통 소바로 여겨지는 상황이 한동안 이어졌다. 더욱이 제2차 세계대전 중 식량난이 벌어지자 대용식으로 취급됐던 소바는 그 맛이나 문화를 논할 상황이 아니었다. 자연히 손으로 반죽한 '데우치(手打ち)'니 메밀가루만으로 만든 '기코우치(生粉打ち)' 같은 말도 사라졌다.

데우치 소바가 부활한 것은 전후 일본사회 부흥이 한창이었던 1970년대 들어서다. 그 이유 중 하나는 아이러니하게도 인력난이었다. 당시 일본 경제가 고도성장기에 진입하면서 소바집에서 장인을 구하려 해도 나서는 이가 없었다. 이에 위기감을 느낀 소바 업계가 소바를 고급화하는 것 말고는 방법이 없다고 생각하고서 데우치 소바를 되살리기 시작한 것이다. 이는 밀가루와 메밀가루 비율이 2:8인 '니하치소바'에 불과했지만 종래의 소바에 비하면 맛이 뛰어났다. 이렇게 부활한 데우치 소바는 '소바의 뉴웨이브(new wave)' 또는 '소바 르네상스'로 불리면서 세간의 주목을 받았다.

에도시대의 우키요에, 소바점 「二八」.

소바를 즐기기 위해 알아두어야 할 몇 가지

주와리소바

소바를 좋아한다면 반드시 먹어봐야 할 것이 바로 '주와리じゅうわり(十割り)소바'다. 주와리소바는 100퍼센트 메밀가루로 만든 소바를 말한다(보통 우리나라에 판매되는 메밀국수에는 메밀이 30퍼센트가량 들어간다). 일본의 이름난 소바집에서는 70퍼센트(7할), 80퍼센트(8할), 90퍼센트(9할), 또는 100퍼센트(10할) 메밀가루로 반죽한 소바를 판다. 일본어로는 이를 각각 '나나와리(七割)', '하치와리(八割)', '규와리(九割)', '주와리(十割)' 소바라고 부른다. 10할 소바는 '기코우치(生紛打ち)' 또는 '기소바(生蕎麦)'라고도 부른다.

글루텐이 없는 메밀가루만을 반죽해 면을 빚기가 여간 어려운 게

아니다. 때문에 밀가루와 같은 쓰나기(繫ぎ, 반죽 등에 찰기를 주기 위해 넣는 재료)를 사용하는데, 소바의 쓰나기로 사용되는 밀가루를 '와리코(割り粉)'라고 한다. 밀가루는 메밀가루 반죽을 쉽게 해줄 뿐만 아니라 목구멍을 부드럽게 넘어가면서도 쫄깃쫄깃하게 씹히는 식감을 더해준다.

쓰나기로 간 참마나 달걀흰자도 쓸 수 있는데도 주로 밀가루를 사용하는 이유는 밀가루가 구하기 쉽고 반죽하기에 편하며 가격도 싸기 때문이다. 밀가루는 메밀 고유의 풍미를 해치지 않는다는 장점이 있지만, 너무 많이 넣었다가는 소바의 맛이 떨어질 수 있다. 메밀가루가 많이 들어갈수록 소바 고유의 향과 식감을 느낄 수 있음은 물론이다. 따라서 100퍼센트 메밀가루로 만든 주와리소바는 소바 애호가들 사이에서 최상급 소바로 손꼽히며, 일본 전국의 유명 소바집에서는 주와리소바, 적어도 하치와리소바(니하치소바)를 내놓는다.

쓰유와 다시

"쓰유가 맛있으면 소바는 어떤 것이라도 좋다."는 말이 있을 정도로 소바의 맛을 크게 좌우하는 것이 바로 쓰유다. 쓰유는 가케소바 국물을 만드는 데에도, 면을 찍어 먹는 데에도 쓰인다.

이렇게 중요한 쓰유는 어떻게 만들까? 간단하게 말하자면, 쓰유는 '가에시(かえし)'와 '다시'를 섞어 만든다. '가에시'는 '니가에시にか

えし(煮返し)'(되끓인 음식이라는 뜻)의 약칭으로, '다레(たれ)'라고도 한다. 가에시는 끓인 물에 그래뉴당(감미료의 일종)과 간장을 차례로 넣고 재차 끓여서 만든다. 한편 '다시'는 육수('다시지루'라고 부른다)를 말하는데, 가쓰오부시나 멸치, 다시마, 말린 버섯을 우려 맛을 낸다. 일본에는 가쓰오부시로 육수를 내는 소바집이 많다. 소바 쓰유에서 가장 중요한 것은 고쿠(こく), 즉 '깊이 있는 감칠맛'이다. 쓰유에 고쿠가 있는가 없는가를 결정하는 것이 다시다.

가에시와 다시를 섞어 만드는 쓰유는 크게 두 종류로 나뉜다. 하나는 간장의 짠맛이 강한 '가라쓰유'고, 다른 하나는 간장의 단맛이 강한 '아마쓰유'다. 이 두 종류의 쓰유를 만들 때 가에시와 다시의 비율이 달라진다. 가라쓰유(쓰케쓰유)는 가에시와 다시의 비율을 1:2~3으로 섞은 후 미림을 넣어 끓이고, 아마쓰유(가케쓰유)는 가에시와 다시의 비율을 1:9~10으로 하여 미림을 넣고 끓인다.

감미료가 들어간 가에시가 높은 비율로 들어가는데 왜 아마쓰유가 아니라 가라쓰유인가 하겠지만, 가라쓰유의 주인공은 감미료보다 간장이다. 즉 간장이 들어 있어 짠맛이 나니 가라쓰유인 것이다. 그래서 가라쓰유는 소바를 찍어 먹는 용도로 쓰이는 데 반해, 아마쓰유는 소바 국물을 만들 때 쓰인다. 이 중에서도 가라쓰유는 다른 음식을 만들 때 조미료로 사용하기 편해, 한 병 만들어놓으면 다른 조미료 없이도 생선조림이며 돈부리 등 다양한 요리가 가능하다.

야쿠미

소바집에서 소바를 주문하면 작은 접시에 다진 파, 간 무, 와사비 등이 담겨 나온다. 이처럼 양념이나 향신료를 일본어로는 '야쿠미 (薬味)'라 한다. 일본에서는 예로부터 "야쿠미도 맛의 하나"라고 했다. 음식에 풍미를 더하고 식욕을 돋울 뿐 아니라, '약미'라는 문자 그대로 건강을 증진시키는 효용도 있기 때문이다. 때문에 야쿠미를 '가야쿠(加薬, 약을 더하다)'라고도 한다.

이 세 가지 야쿠미는 제각각 맡은 역할이 있다. 파는 메밀에 풍부한 비타민B$_1$의 흡수를 도우며, 살균 작용이 있는 와사비는 메밀이 잘 소화되게끔 돕는다. 쓰유와 궁합이 특히 좋은 것은 매운맛을 내는 무다. 막 갈아놓은 무는 비타민C가 풍부할뿐더러 소화를 촉진하며, 소바가 지닌 단맛을 끌어낸다. 이 세 가지 야쿠미 외에도 김, 참깨, 메추리알, 양하, 차조기 잎, 생강이 곁들여지는 경우가 있다.

소바유

소바 먹기는 소바유(そば湯)로 마무리한다. 소바집에서는 빨간색의 나무 주전자 유토유(湯桶)에 메밀 면 삶은 물을 담아 내주는데, 그것이 바로 소바유다. 소바유 마시는 풍습은 신슈 지역에서 시작해 에도로 퍼져나갔다고 한다. 메밀에는 비타민P로 불리는 루틴이 풍부하게 함유돼 있는데, 메밀의 루틴과 단백질은 수용성이기 때문

에 면을 끓일 때 면수에 녹아 남는다. 따라서 소바유를 먹는 것은 영양상 이치에 맞는다. 물론 소바유는 메밀가루가 70~80퍼센트 이상 들어간 면을 사용하는 소바집에서만 나온다. 소바유는 그대로 마셔도 되지만 소바를 찍어 먹고 남은 쓰유를 섞어 마시기도 한다.

소바마에

소바집에서 마시는 술을 '소바마에(蕎麥前)'라고 한다. 문자 그대로 소바를 먹기 '전에' 마신다고 해서 이런 이름이 붙었는데, 이는 에도시대에 생긴 풍습이다. 앞서 언급했듯, 에도 소바는 면발이 가는 데다 양이 적었다. 이렇게 가벼운 식사는 세련됨을 추구하는 에돗코의 기질과도 잘 맞았다. 지금도 도쿄 소바집에 가면 소바 양이 많지 않은데, 이는 예로부터의 전통이 반영된 것이라 볼 수 있다. 그렇지만 소바 한 그릇만 비우고 가기에는 좀 허전했던 걸까. 이들은 가볍게 술 한잔을 걸친 뒤 소바 먹는 것을 '이키(멋)'로 여겼다. 이러한 풍습 역시 도쿄의 에도풍 소바집에 이어지고 있다.

소바집 안주는 양을 강조하기보다 술맛을 살짝 돋우는 간단하고 깔끔한 음식으로 구성된다. 야키노리(やきのり), 이타와사(板わさ), 다마고야키(たまごやき), 덴푸라, 덴누키(てんぬき), 야키미소(やきみそ) 등인데, 그중에서도 가장 에도풍 소바집 안주다운 것이 바로 야키노리다. '구운 김'으로, 독특하게도 구운 다음에 내놓는 것이 아니라 나무상자 위에 김을 올려서 낸다. 이 나무상자 아랫단에 약간의 숯불이 살아 있어 술을 다 마실 때까지 김이 눅눅해지지 않고 바삭하다. 먼저 김 한 장을 그대로 먹어본 다음, 바삭해지는 김을 간장과 와사비에 찍어 먹어보자. 이타와사는 어묵에 와사비를 곁들인 안주다. 어묵 특유의 탱탱한 식감이며 달달한 맛이 술과 잘 맞는다. 주문하면 바로 나오는 것도 이타와사의 장점이다. 다마고야키는 일본식 달걀말이다. 평범한 안주처럼 보이지만 스시집이나 일식 전문점에서 매우 신경 써서 만드는 음식이다. 이렇게 간단한 음식에서 진가가 드러나기 때문이다. 따끈하고 부드러운 다마고야키도 술을 재촉한다. 소바집다운 술안주로는 '누키(抜き)'가 있다. '누키'란 '~이 빠진 것'이라는 뜻인데, 소바요리에서 소바를 '뺀 것'을 가리킨다. 예를 들어 '덴누키'라면 덴푸라소바에서 소바를 빼고 덴푸라와 쓰유만 나오는 안주고, '오카메누키(おかめ+ぬき)'는 오카메소바(어묵, 표고버섯, 김 등을 올린 가케소바)에서 소바를 뺀 안주다. 야키미소는 불에 구운 된장으로, 불맛을 입은 된장에서 풍기는 구수한 향이 일품이다.

에도풍 소바집에서는 먼저 세이로소바나 모리소바를 주문하고, 소바가 만들어지는 동안 가벼운 안주에 술 한잔을 기울인 뒤, 소바를 즐기고 나서 소바유를 마시는 것이 정석이라 할 수 있다.

자루소바 먹는 요령

국물과 함께 나오는 가케소바와 달리, 자루소바를 맛있게 먹기 위해서는 요령이 필요하다.

(1) 소바가 나오면 먼저 젓가락으로 두세 가락 집어 쓰유 없이 먹어보자. 입안에서 면을 잘 씹어 삼키다 보면 메밀 향이 더없이 잘 느껴질뿐더러 식감이며 삶은 상태가 어떤지도 확인할 수 있다. 그다음 쓰유를 살짝 맛보면 그 소바집의 특징을 알 수 있다.

(2) 작은 도쿠리에 담긴 쓰유를 조쿠ちょく(猪口, 종지)에 조금씩 따른다. 이때 쓰유를 한꺼번에 따라놓으면 안 된다. 면을 찍어 먹을 때마다 농도가 차츰 옅어지기 때문에, 소바를 먹으면서 점점 양을 더해가야 끝까지 맛있게 먹을 수 있다.

(3) 와사비는 쓰유에 풀지 말고 소바 면에 묻혀 먹자. 쓰유에 풀어버리면 쓰유 맛이 변하는 데다 아릿한 와사비 맛도 제대로 느낄 수 없다. 회를 먹을 때도 마찬가지다. 회를 먹을 때 와사비를 간장에 푸는 경우가 많은데, 이는 잘못된 방식이다. 회에 와사비를 묻힌 다음 간장에 살짝 찍어 먹는 것이 맞다. 야쿠미도 간장에 풀지 말고 소바에 얹어 먹자. 그중에서도 다진 파는 소바유에 넣어 먹어야 하니 조금 남겨두는 것이 좋다.

(4) 끝으로 소바유를 맛본다. 메밀의 영양분이 녹아든 소바유는 그대로 마셔도 되고 남은 쓰유를 부어 마셔도 된다. 보통 쓰유가 2~3이라면, 소바유는 7~8 정도의 비율로 넣어 먹곤 한다. 다진 파를 약간 넣어 먹으면 색다른 맛이다.

소바집의 시나가키

일본에서는 메뉴판을 '시나가키しながき(品書き)'라고 부른다. 소바집 시나가키에는 다양한 소바 메뉴에서부터 안주, 술 종류가 적혀 있다. 소바집에서 제대로 즐기려면 먼저 소바의 종류를 알아두는 것이 중요하다. 소바 메뉴는 다음과 같다.

모리, 자루, 세이로

소바에는 찬 소바와 따뜻한 소바가 있다. 차가운 소바 가운데 가장 대표적인 것이 모리(もり), 자루(ざる), 세이로(せいろ) 소바다. 찬 소바는 쓰유에 찍어 먹는다. 소바집마다 모리, 자루, 세이로를 부르는 방법이 다르기 때문에 주문할 때 좀 망설여진다. 모양은 비슷하지만 소바가 담긴 그릇에 따라 부르는 이름이 다른데, 자루소바는 자루(대나무 발로 엮은 용기)에, 세이로소바는 세이로(나무 찜기)에 담아 낸다. 찰기가 없는 메밀 면을, 예전에는 삶지 않고 쪄서 먹었는데, 그 찜기의 이름을 쓴 것이다. 그렇다면 모리소바는 무엇일까? 원래 소바는 쓰유에 찍어 먹는 것으로, 그 쓰유를 담는 그릇이 모리(もり)다. 에도시대에 소바의 왕은 세이로소바였다. 그런데 어느 날 한 게으른 남자가 소바에 쓰유를 부어 먹었고, 이후 쓰유를 소바에 부어 먹는 '붓카케(かけ)소바'가 유행하게 됐다. 이때 예전처럼 쓰유에 찍어 먹는 소바를 붓카케소바와 구별해 모리소바라 부르기 시작했다는 것이다. 즉 자루소바, 세이로소바, 모리소바는 모두 면을 찬물에 헹구어 물기를 빼고, 쓰유에 찍어 먹는 소바다.

오로시소바와 도로로소바

자루소바나 세이로소바 같은 찬 소바 위에 무엇을 얹어 내는가에 따라 메뉴가 나뉜다. 예컨대 간 무(おろし)를 얹어 내면 오로시소바, 간 참마(とろろいも)를 얹어 내면 도로로소바다. 찬 소바를 주문하면 늘 오로시가 곁들여 나오지만, 오로시소바를 주문하면 이보다 훨씬 많은 양의 오로시가 소바 위에 얹어 나오거나 따로 종지에 담겨 나온다. 이를 쓰유에 듬뿍 넣어 면을 찍어 먹어보자. 아니면 그릇에 담긴 소바에 오로시와 차가운 쓰유를 넣고 비벼 먹기도 한다. 한편 도로로소바는 간 참마를 쓰유에 섞어 면을 찍어 먹는다. 참마 특유의 끈적임과 매끈함이 소바를 부드럽게 만들어줘서 훌훌 먹기 좋다.

덴세이로

'덴푸라 세이로'의 약칭으로, '덴자루' 혹은 '덴모리'라고도 한다. 튀김을 따로 담아낸 모리소바다. 1950년대에 도쿄 주오(中央)구 니혼바시의 무로마치 스나바(室町 砂場)에서 팔기 시작했다.

가케소바

'붓카케소바'의 약칭. 일반적으로 따뜻한 국물에 면을 만 소바를 말하지만 차가운 가케소바도 있다.

기쓰네소바

따뜻한 가케소바에 달달하게 조린 아부라아게(자르지 않은 유부)를 넣은 것을 도쿄에서는 '기쓰네소바'라고 부른다. 일본어에서 여우를 '기쓰네'라고 하는데, 여우가 유부를 좋아한다고 하여 생긴 이름이다. 한편, 오사카에서는 '기쓰네' 하면 기쓰네우동을 말하고, 기쓰네소바는 '다누키'라고 한다.

다누키소바

오사카에서는 기쓰네소바를 가리켜 '다누키'라고 부르지만, 도쿄에서 '다누키소바'는 덴푸라를 튀길 때 나오는 잘고 동글동글한 튀김 부스러기인 덴카스(또는 '아게다마'라고도 한다)가 들어간 가케소바를 말한다. 도쿄에서 다누키소바는 (기쓰네소바와 함께) 무척 대중적인 메뉴다. 일설에 따르면 아게다마와 파 외에 '다네(種)', 즉 '재료'다운 것은 하나도 들어 있지 않다고 해서 '다네누키'('재료가 빠졌다')라고 부르다가 '다누키'가 됐다고 한다. 보통 따뜻한 쓰유와 함께 먹지만 차가운 '히야시다누키'도 있다.

덴푸라소바

따뜻한 가케소바에 튀김을 얹은 것이다. 새우 튀김(에비텐)을 올린 소바가 많다.

가모난반

오리고기(가모かも)와 파(난반なんばん)를 넣은 따뜻한 가케소바를 말한다. '가모난'이라고 줄여 부르기도 한다. '난반(南蛮)'은 남쪽 오랑캐를 가리키는 한자지만, 일본에서는 무로마치시대부터 에도시대에 이르기까지 베트남을 비롯해 태국, 필리핀, 인도네시아 지역을 일컫는 말로 쓰였다. 16세기 이후에는 포르투갈, 네덜란드 등을 위시한 유럽을 가리킬 때에도 '난반'이라는 단어가 사용됐다. 그런데 이러한 '난반'이 독특하게도 소바와 관련해서는 '파'를 가리킨다. 옛날 일본에 온 포르투갈 사람들이 병을 무서워해 살균 작용이 있는 파를 많이 사용한 데서 유래했다고 한다. 소바에 닭고기를 넣은 것은 '도리난'이라고 부른다.

가모 세이로

달달하게 조린 오리고기가 들어간 따뜻한 쓰유에 차가운 면을 찍어 먹는 소바다. 오리고기 기름에서 나오는 강한 향과 감칠맛이 메밀 면과 상당히 잘 어울린다. 찬 날씨에 잘 맞는다.

そばロード ^{소바 로드}

    소바문화는 에도시대 중기에 이르러 그야
말로 꽃을 피운다. 1860년경 에도에 4,000개 이상의 소바집(야타이
포함)이 있었을 정도였다. 많은 소바집이 서로 맛을 경쟁하면서 나
타났다가 사라졌다. 이런 가운데 사람들로부터 좋은 평판을 얻고
확고한 입지를 구축하여 오늘날까지 전통을 지켜오고 있는 소바집
들이 있다. 이들이 바로 에도시대부터 이어진 도쿄의 '3대 소바 계
보'다. 각각 스나바(砂場), 야부(藪), 사라시나(更科)라 불린다. 이 계보
는 원조 가게의 자손이나 제자들에 의해 전수되며, 원조 가게에서

배운 방식대로 소바를 만드는 가게를 개업함으로써 이어진다. 따라서 이 계보는 분점이나 프랜차이즈와는 확연히 다르다. 소바를 만드는 방식이나 메뉴에서 통일성을 유지하되 각각의 가게 운영은 독자적으로 하면서 계보를 형성한다. 의외로 직계는 적다.

스나바계

스나바계 소바는 가장 오랜 역사를 자랑한다. 소바는 에도시대의 음식으로 잘 알려져 있지만, 스나바계 소바는 오사카에서 시작됐다. 그 역사는 도요토미 히데요시가 오사카성을 축성하던 때로 거슬러 올라간다. 당시 공사용 모래를 쌓아놓은 곳 주변에 쓰노쿠니야(津国屋)와 이즈미야(和泉屋)라는 소바집이 있었다. 사람들은 두 소바집을 '모래(스나)가 있는 곳'이라는 뜻으로 '스나바すなば(砂場)'라고 불렀다. 1751년 문헌에 따르면, 이즈미야의 방계가 에도에 가게를 내면서 에도에 처음으로 스나바계 소바집이 생겼다. 당시는 조닌이 중산층을 형성하던 때로, 스나바는 에돗코 사이에서 호평을 얻어 간토 전역으로 퍼져나갔다.

현재 도쿄에는 116개의 스나바계 소바집이 '스나바회'라는 모임을 중심으로 오랜 역사를 이어가고 있다. 도모에초(巴町) 스나바, 무로마치(室町) 스나바, 도라노몬(虎ノ門) 스나바, 미나미센주(南千住) 스나바가 대표적인 스나바계 소바집이다. 하지만 스나바회는 가맹점

시스템이 아니기 때문에 가게마다 독자적인 소바문화를 추구한다.

스나바계 소바집들은 메밀의 1번 분(粉)을 사용해 하얗고 가는 면에 쓰유는 약간 달달한 편이다. 보통 소바집에서는 다양한 종류의 메밀가루를 사용한다. 메밀은 배아(胚芽), 배유(胚乳), 감피(甘皮), 과피(果皮)로 구성되는데, 간단히 말해서 배유부는 하얗고 겉면인 과피는 검은색을 띤다. 메밀을 제분할 때는 중앙 부분부터 갈려 나오는데, 가장 처음 나오는 메밀가루를 1번 분이라고 한다. 1번 분은 배유 중심부가 주를 이루기 때문에 하얀색을 띠며 탄수화물이 많고 감미가 있는 것이 특징이다. 다음으로 내측 배유와 배아 부분이 갈려 나온다. 이를 2번 분이라고 부른다. 2번 분은 메밀다운 향과 맛, 식감이 뛰어나고 영양가가 높다. 옅은 녹색을 띤다. 3번 분은 감피 부분이다. 색이 짙고 다양한 영양분이 있지만 섬유질이 많아 식감이 조금 떨어진다. 보통 소바집에서는 2번 분과 3번 분을 섞어 사용한다.

도쿄 도덴아라카와(都電荒川)선의 종점인 미노와바시(三ノ輪橋)역을 나오면 아케이드 상점가가 눈에 들어온다. 이 아케이드 한쪽에 자리 잡은, 소박하지만 역사를 머금은 듯한 2층 목조건물이 바로 **미나미센주 스나바(南千住砂場)**다. 미나미센주 스나바는 스나바회 소바집의 직계라고 할 수 있다. 이 집의 원류는 에도시대로 거슬러 올라가지만, 미나미센주 지역에서 영업을 개시한 것은 1912년이다. 옛날 오사카에서 도쿄로 넘어왔을 때는 신주쿠 지역에 자리를 잡았

스나바계의 직계라 할 수 있는 미나미센주 스나바.
미나미센주 지역에서 영업을 개시한 것은 1912년이다.

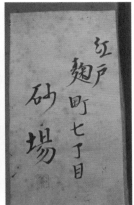

지만 물 좋은 이곳으로 옮겨 왔다고 한다. 2층 목조건물은 1954년
에 지은 것으로, 아라카와(荒川)구 문화재로 등록되어 있다. 긴 역사
만큼이나 이런저런 이야깃거리도 많다. 바로 앞에 대중목욕탕이 있
어 예전에는 목욕을 마친 사람들이 이곳에 들러 소바를 먹고 갔다
고 하고, 우리에게도 친숙한 역도산의 레슬링 경기를 보기 위해 찾
는 사교장 역할도 했다고 한다.

　스나바계 원조 소바집이라는 명성에 비해 규모가 작은 편이지만,
옛 분위기를 만끽하면서 소바를 즐기기에 좋다. 가게 안에는 제2차
세계대전 전후의 가재도구 등이 전시되어 있고, 한쪽 벽에는 스나

바회를 결성하던 당시에 찍은 사진이 붙어 있는데, 이들 가운데 미나미센주 스나바의 선대 모습도 볼 수 있다. 지금 사장은 14대째라고 한다. 내가 소바를 먹기 위해 일본 전역을 돌아다니고 있다고 말하자, 사장은 가게의 역사를 자랑스럽게 설명하면서 오래된 책 한 권을 꺼내온다. 1848년에 편찬된《에도명물음식점수첩》이다. 이 책에 관해 알고는 있었지만 이곳에서 볼 수 있을 거라고는 생각지 못했다. 이 책은 당시 에도시대의 명물 음식점으로 여섯 곳의 스나바계 소바집을 소개하고 있는데, 그중 미나미센주 스나바가 가장 정통파 소바집이다. 주인도 이를 자랑스럽게 이야기하면서 이곳이 원류임을 강조한다.

　더운 여름철인 데다 에도 소바집에 온 것이라, 에돗코처럼 소바마에를 즐기기로 했다. 이타와사, 오신코(おしんこ, 채소절임), 히야얏코(ひややっこ, 냉두부)에 맥주를 주문했다. 간단한 안주지만 전부 맛있다. 이곳의 인기 메뉴는 덴자루(덴푸라가 곁들여 나오는 자루소바)와 고모쿠(五目)소바(여러 재료가 들어간 소바)다. '인기 메뉴 베스트 3'에 카레난반도 올라 있다. 일행과 같이 갔기에 다양한 소바를 먹어볼 수 있었는데, 덴자루, 고모쿠소바, 자루소바를 주문했다. 가장 인상적인 것은 갖가지 튀김이 가득 담긴 덴자루다. 전부 채소 튀김이었는데, 큼직한 게 먹음직스럽다. 튀김을 찍어 먹을 간장이 없어 주인아저씨에게 물어보니 먼저 소금을 찍어 먹어보라고 한다. 튀김 맛이 잘 느껴진다. 이곳에서는 덴푸라를 찍어 먹는 쓰유를 따로 만들지 않고 소바 쓰유를 그대로 사용한다. 고모쿠소바는 말 그대로 각종 재료

간단하지만 맛이 좋은 안주와 함께 소바마에를 즐긴 후 소바를 먹으며 에돗코의 흉내를 내본다.

가 풍성하게 들어가 있다. 음식 사진을 찍고 있으니 주인아저씨는 면이 불까 걱정됐는지 "자루소바는 빨리 먹는 것이 좋다."며 독촉한다. 아니나 다를까, 사진을 찍고 나서 자루소바를 먹으려니 면 위에 얹어 나온 김이 달라붙어버렸다. 정성스럽게 소바를 만들어 내놓은 주인에게 미안한 마음이 든다.

이곳 면은 보통 소바 면보다 가늘며, 그리 검지 않다. 메밀가루는 1, 2, 3번 분을 섞어 사용하며, 이를 밀가루와 8:2 비율로 반죽한다. 반죽은 비장탄(備長炭)을 재운 물로 한다는데, 이렇게 하면 부드러우면서도 메밀 특유의 향과 식감이 살아난다고 한다. 쓰유는 조금 짭짤한 편으로, 가늘고 하얀 면에 잘 어울린다. 다음에 온다면 이곳 주민들처럼 대중목욕탕에서 개운하게 씻은 뒤 술 한잔에 자루소바 한 그릇을 앞에 놓고 먹고 싶다.

또 다른 스나바계 소바집인 **무로마치 스나바**(室町 砂場)는 지하철 간다(神田)역과 가깝다. 무로마치 스나바도 그 역사를 헤아리려면 에도시대로 거슬러 올라가야 하지만, 가게가 니혼바시(日本橋)로 이전한 1869년을 창업년도로 삼고 있다. 당시에는 현재 위치에서 북측으로 100미터 정도 떨어진 곳에 있었는데, 1974년에 지금 장소로 옮겼다고 한다. 4층 건물의 1층과 2층에 자리 잡은 무로마치 스나바의 간판은 단아하면서도 품격이 느껴진다. 문을 열고 들어가면 안쪽에 작은 일본식 정원이 보인다. 1층에는 테이블과 의자가 놓여 있고, 2층에는 작은 방들이 있다.

이곳 자루소바는 메밀가루 1번 분에 쓰나기로 달걀흰자를 써서 반죽해 하얀색을, 모리소바는 2번 분을 사용해 약간 검은색을 띤다. 이곳은 '덴모리(天モリ)'를 처음 내놓은 곳으로도 알려져 있다. 덴모리는 덴푸라와 모리소바를 합친 말로, '차가운 면을 덴푸라가 들어간 따뜻한 쓰유에 찍어 먹는 소바'를 말한다. 1950~1951년에 생겨난 음식으로 추측된다. 당시 가게 영업을 끝내고서 직원들이 소바를 먹는데, 그중 한 명이 아게다마, 즉 덴푸라를 튀기고 남은 튀김 부스러기를 쓰유에 넣어 먹은 것이 시작이라고 한다. 이후 아게다마를 덴푸라로 바꾸어 내놓은 것이 바로 덴모리다.

무로마치 스나바는 작은 튀김이 여러 조각 들어간 따뜻한 쓰유에 찬 모리소바를 찍어 먹는 덴모리소바를 처음 낸 집으로 유명하다.

나는 이곳 간판 메뉴인 덴모리를 주문했다. 찬 소바에 튀김 부스러기와 덴푸라가 든 쓰유, 와사비, 다진 파가 곁들여진다. 새빨간 유토(湯桶, 옻칠을 한 목제 주전자)도 눈에 띈다. 깔끔한 메밀 면은 튀김이 들어가 기름기 농후한 쓰유에 제법 잘 어울린다. 별미다. 야쿠미로 나오는 와사비며 다진 파가 기름기를 한 번 정리해준다. 소바 양은 매우 적어서, 끼니로 먹으려면 세 판은 주문해야 배가 찰 것 같다. 덴모리를 먹고 나서 마시는 고소한 소바유가 더욱 돋보인다.

무로마치 스나바에서 느낄 수 있는 작은 즐거움은 앙증맞은 성냥갑이다. 이곳 성냥갑에는 계절의 변화를 담은 그림이 그려져 있다. 일본의 세시풍속을 담은 성냥갑은 손님들에게 인기가 높아 이 성냥갑을 가져갈 목적으로 소바를 먹으러 오는 손님도 많다고 한다.

미나미센주 스나바(南千住砂場)
영업시간: 10:30-20:00, 휴일: 목요일
도덴 아라카와선 미노와바시역에서 도보 2분
또는 지하철 히비야선 미노와바시역 3번 출구에서 도보 7분 ☎ 03-3891-5408

무로마치 스나바(室町 砂場)
영업시간: 11:00-21:00(토: 11:00-16:00), 휴일: 일요일, 공휴일, 제3 토요일
JR간다역 남쪽 출구에서 도보 3분 ☎ 03-3241-4038

야부계

야부계 소바집의 시작은 도쿄 단고자카(團子坂)에 있었던 쓰타야 (蔦屋)인데, 1833년에 영업을 했다는 기록이 있다. 쓰타야 근처에 대 나무 숲(야부やぶ)이 많아 '야부'라는 별명이 생겼다. 그 후 이 가게가 간다(神田)에 지점을 냈다가 폐점하자, 1880년 호리다 시치베에(堀田 七兵衛)라는 사람이 간판을 양도받아 소바집을 낸 것이 현재 야부소 바의 총본가 '간다 야부소바'의 시작이다. 그 후 호리다 시치베에 의 차남이 간다 야부소바를 이었고, 셋째 아들이 1913년 아사쿠사 의 나미키(並木) 야부소바를 얻어 독립했으며, 나미키 야부소바의 아 들이 분가해 1954년 우에노의 이케노하타(池の端) 야부소바를 창업 하여 이 세 집이 도쿄의 '3대 야부소바'로 불린다. 여기에 더해 간다 야부소바의 직계로 잘 알려진 소바집이 1892년 창업한 우에노(上野) 야부소바, 1904년 창업한 하마초(浜町) 야부소바다. 오늘날 도쿄뿐 아니라 일본 전역에서 약 45개의 야부계 소바집이 '야부소바친목 회'라는 모임을 통해 유대관계를 맺으면서 야부의 전통을 이어가고 있다.

야부계 소바는 제분할 때 감피 부분도 사용해 면 색깔이 약간 검 은 편이다. 앞서 시골 소바로 소개했던 이나카 소바보다는 덜 검다. 쓰유는 맛이 진하고 짜다. 특히 나미키 야부의 쓰유는 도쿄에서 가 장 짠 것으로 유명해, 야부계 소바를 먹을 때는 쓰유를 살짝만 찍어 먹는 것이 좋다.

일본 전역에 흩어져 있는 야부계 소바의 본가이자 도쿄를 대표하는 소바집인 **간다 야부소바**(かんだやぶそば)는 137년의 역사를 자랑하며 현재 5대째 운영되고 있다. 지하철 이와지초(淡路町)역에서 내려 걷다 보면 간다 야부소바를 알리는 표지판이 군데군데 보인다.

나는 2011년에 한 번, 2016년에 한 번 이곳을 찾았다. 2011년 처음 갔을 때 간다 야부소바는 나무 벽으로 둘러싸인 커다란 정원이 있는 기와집으로, 외관과 내부 모두 에도의 정서가 흐르는 노포였다. 지금은 이런 모습을 찾아볼 수 없다. 아쉽게도 2013년 화재로 전부 소실되고 말았다. 간다 야부소바는 새롭게 단장해 2014년 다시 문을 열었는데, 정원을 둘러싸고 있던 고풍스러운 나무 벽은 사라지고 내부는 모던한 분위기로 바뀌었다. 다만 기모노를 입은 여주인이 안쪽 카운터에 앉아 음식 나가는 것을 엄격하게 관리하는 모습만은 변함이 없다.

2016년에는 지인들과 함께 방문했다. 나는 소바를 먹기 전에 술 한잔할 요량으로 안주 몇 가지를 주문했다. 가마보코(어묵), 야키노리(구운 김), 야키다마고(달걀말이), 와사비이모(와사비를 곁들여 먹는 곱게 간 참마), 소바미소(야키미소와 비슷한 음식으로 된장에 메밀 알갱이, 술, 설탕, 미림 등을 섞어서 볶은 것)를 주문하고, 허기를 달래기 위해 소바즈시(메밀 김밥)도 곁들였다. 나이 지긋한 종업원이 가모로스(오리 등심요리)를 추천하기에 그것도 하나 시켰다. 술은 차가운 청주(일본주にほんしゅ)와 따뜻한 청주를 도쿠리로 주문했다.

안주는 거의 주문하자마자 나왔다. 가장 먼저 나온 것은 소바미

137년의 역사를 자랑하는 간다 야부소바.
화재로 고풍스러운 옛 건물의 정취를 잃어 아쉽지만 소바 맛은 이어지고 있다.

오리 등심을 얇게 저민 가모로스, 작은 숯불 위에 김을 올려 술을 다 마실 때까지
바삭함을 유지하는 야키노리. 버섯이 듬뿍 들어간 나메코소바로 마무리한다.

소였다. 약간 달달한 야키미소 같은데, 청주 한 잔 마시기에 좋은 아주 단출한 안주다. 청주로 입가심을 하고 나서 다양한 소바를 맛보기 위해 찬 소바의 대표 격인 세이로소바와 따뜻한 소바의 대표 격인 가케소바, 그리고 여름철에 잘 어울리는 나메코소바를 주문했다. 소바가 차례대로 나오자 일행이 "와!" 하고 탄성을 질렀다. 세이로소바는 메밀 풍미가 느껴지지만 거칠지 않고 잘 넘어간다. 종업원에게 반죽 비율을 물었더니 메밀가루가 10, 밀가루가 1이라고 한다. 전통 소바집에서는 보통 8:2(니하치소바), 9:1(규와리소바), 10:0(주와리소바) 비율로 반죽을 하지만, 가끔 이렇게 10:1 비율로 반죽하는 집이 있다. 이를 '소토이치(外一)'라고 부른다. 이곳에서는 매일 아침 손으로 반죽해 소바를 만든다.

쓰유는 다시마와 가쓰오부시를 우려낸 육수로 만드는데, 아마 우리나라 메밀국수에 익숙한 이들에게는 이곳 쓰유가 짜게 느껴질 것이다. 이는 소바를 먹는 방식이 서로 다르기 때문이다. 우리나라 소바집에서 내놓는 쓰유는 짜지 않고 달기 때문에 면을 푹 담가 먹지만, 일본에서 내놓는 쓰유는 일종의 소스이기 때문에, 세이로소바를 먹을 경우 젓가락으로 집은 면의 3분의 1에서 2분의 1 정도만 쓰유에 묻혀 먹는 것이 좋다.

일행 중 한 사람이 "요새 일에 지쳐 입맛을 잃었는데 맛난 안주와 여러 가지 소바를 먹고 나서 입맛을 되찾았다."고 연신 호평을 했다. 노포의 오랜 전통이 말로만 그치는 게 아니라는 생각이 다시금 들었다. 외국인을 위해 음식 사진이 실린 영어 메뉴판도 준비해놓고 있어 주문하기 편하다.

간다 야부소바에서 가까운 **간다 마쓰야**(神田 まつや)도 항상 사람들로 북적이는 곳이다. 이 집은 에도 3대 계열 소바집에는 들지 않지만, 1884년에 창업한 오랜 역사를 자랑한다. 개점과 폐점을 거듭하면서 오늘날의 간다 마쓰야에 이르게 됐다. 양 옆에 놓인 빌딩에 끼인 듯 자리 잡은 자그마한 2층 목조 건물은 도쿄도(都)의 역사적 건물로 선정됐는데, 에도 소바집의 분위기가 고스란히 살아 있다. 건물 2층 가운데에는 '간다 마쓰야'라고 적힌 사각 제등이, 양 끄트머리에는 '수제 소바'라고 적힌 둥근 제등이 걸려 있다. 노렌에도 마찬가지로 가게 이름과 '수제 소바'가 적혀 있다.

이 집이 수제 소바를 강조하는 이유가 있다. 한때 일본에서는 에도시대의 소바 전통을 잃어버리고 상업적 이익을 위해 기계식 제면기로 소바를 만들었다. 이런 상황에서 전국에서 가장 일찍(1963년) 수제 소바를 부활시킨 곳, 그리하여 소바 르네상스를 연 곳이 바로 간다 마쓰야다.

나는 어느 휴일 점심시간이 훌쩍 지난 1시 50분에 이곳을 찾았는데, 여전히 많은 사람이 줄을 서서 차례를 기다리고 있었다. 이곳은 항상 손님으로 붐벼, 다른 소바집과 달리 합석이 기본이다. 가게 내부는 소박하면서도 격조가 느껴진다. 안쪽에 걸려 있는 오래된 벽시계가 이곳의 역사를 말해준다. 간다 마쓰야에서는 신선한 소바를 내놓기 위해 평일에는 약 20회, 토요일에는 30회 이상 반죽을 한다.

가장 일찍 수제 소바 전통을 부활시킨 곳이 바로 간다 마쓰야. 평일에는 20회,
토요일에는 30회 이상 직접 손으로 반죽해 언제나 신선한 소바를 먹을 수 있다.

쓰나기로 달걀을 넣는데, 독특하게도 메밀가루와 쓰나기를 10 대 2 비율로 넣는다고 한다. 이를 '소토니(外二)'라고 부른다. 나와 일행은 자루소바와 이집 명물인 '고마소바'를 주문했다. 고마소바는 참깨를 갈아 넣은 쓰유에 면을 찍어 먹는 소바다. 면은 가늘고 그리 검지 않은데 풍미가 살아 있고, 씹는 맛도 목 넘김도 좋다. 고소한 참깨 맛이 녹아든 쓰유는 조금 짠 편이지만 전체적으로 깔끔하다. 슬쩍 옆 테이블을 보니 많은 사람이 에비덴푸라소바를 먹고 있었다. 가케소바에 곁들여 나오는 큼지막한 새우 튀김 두 개가 탐날 정도로 맛있어 보인다. 역시 소바에는 덴푸라가 제격이다. 다음에 이곳에 오면 꼭 에비덴푸라소바를 먹어봐야겠다.

간다 야부소바(かんだやぶそば)
영업시간: 11:30-20:00(19:30 LO), 1월과 8월 외 연중 무휴
지하철 오가와마치역/아와지초역 A3 출구에서 도보 3분 ☎ 03-3251-0287

간다 마쓰야(神田 まつや)
영업시간: 11:00-20:00(토요일과 공휴일은 19:00까지), 휴일: 일요일
지하철 오가와마치역/아와지초역 A3출구에서 도보 1분 ☎ 03-3251-1556

사라시나계

사라시나계의 역사는 1789년으로 거슬러 올라간다. 당시 신슈 (나가노현)에서 포목상을 하던 누노야 다헤이(布屋太兵衛)가 영주의 조언에 따라 에도 나가사카(永坂)에 '신슈 사라시나 소바도코로(信州更科 蕎麥処) 누노야다헤이'라는 소바집을 연 것이 시작이다. 가게 이름이 퍽 복잡한데, 까닭이 있다. 누노야 다헤이가 가게를 열면서 자기 고향이자 메밀 집산지인 신슈 사라시나군(更級郡)에서 '사라(更)'를 따오고, 자신이 섬기던 주군의 이름인 호시나(保科)에서 '시나(科)'를 따와 '신슈 사라시나 소바집'이 된 것이다. 손님들이 이 긴 이름을 '사라시나(更科)'로 줄여 부르면서 가게 이름이 됐다.

현재 도쿄에서는 누노야 다헤이의 후손이 대를 이어 운영하고 있는 소바집인 '나가사카 사라시나 누노야 다헤이((永坂 更科 布屋太兵衛)'와 '소혼케 사라시나 호리이(総本家 更科 堀井)'를 비롯한 여러 소바집이 사라시나의 이름을 걸고 영업 중이다. 이들이 내놓는 사라시나계 소바는 면이 하얗고 가늘어 씹을 때 혀에 느껴지는 감촉이 좋기로 유명하다. 쓰유는 맛이 옅고 달달하여 면발이 가는 소바와 잘 맞는다.

도쿄의 아자부(麻布) 거리는 에도시대 시다마치(下町, 에도시대 조닌들이 살던 곳)의 정서가 흐르면서도 모던한 분위기를 느낄 수 있는 곳이다. 이 거리에 약 230년의 역사를 가진 소바집이 있다. 바로 **소혼케 나가사카 사라시나 누노야 다헤이**(総本家 永坂 更科 布屋太兵衛)다. 그 이름만큼이나 길고 커다란 간판이 걸려 있다. 이 긴 이름을 풀면 '누노야 다헤이가 나가사카에 문을 연 사라시나의 총본가'라는 뜻이 된다. 나가사카는 개업 당시의 지명으로, 지금은 미나토구(港区)가 있는 곳이다. '총본가'라고 쓴 것은 이곳이 여러 개의 지점을 거느리고 있기 때문이다.

가게는 88석 규모로 꽤 크다. 실내 한편에는 가게 이름의 유래를 설명하는 글이며 에도시대 가게 모습을 담은 사진과 함께, "가늘고 하얀 면이 특징으로 에도시대에 평판을 얻은 집"이라는 문구가 걸려 있다. 메뉴판을 펼쳐 훑어보니, 이 집 대표 메뉴인 고젠(御前)소바는 "도쿠가와 막부 시절 최고 통치자인 쇼군에게 진상한 소바"를 가리킨다고 한다. 고젠소바 말고도 메밀가루만으로 반죽해 메밀 맛과 향이 강한 기코우치소바, 사라시나산 메밀가루에 막차를 섞은 오차

사라시나소바는 하얗고 가는 면으로 대표되지만,
내가 주문한 기코우치소바는 두툼한 면발에 메밀 본연의 색과 향이 좋다.

키리소바(お茶切りそば), 마찬가지로 사라시나산 메밀가루에 달걀노른자를 넣어 반죽한 란기리소바(卵切りそば) 등이 있다. 나는 기코우치소바를 선택했는데, 메밀 본연의 색깔에 두툼한 면발이 매혹적이다. 쓰유는 단맛과 짠맛 두 종류를 내놓아 취향에 맞춰 먹을 수 있다. 가늘고 찰랑대는 듯한 사라시나소바에는 감칠맛 있는 쓰유가, 두툼한 기코우치소바에는 짠맛이 강한 쓰유가 잘 어울린다. 입맛에 맞게 섞어 먹어도 좋다. 일반적으로 야쿠미와 와사비는 면에 묻혀 먹지만, 이곳에서는 쓰유에 넣어 먹는다.

아자부 거리에는 사라시나소바의 또 다른 대표 격인 **소혼케 사라시나 호리이**(総本家 更料 堀井)가 있다. 빨간색 벽돌 건물에 검은 간판이며 차양만 해도 눈에 띄는데, そば라고 적힌 커다란 제등까지 걸려 있어 찾기 쉽다. 이곳 역시 도쿄 사라시나계 소바집을 대표하는 집이다. 한때 문을 닫기도 했지만, 아자부주반 주민들의 도움으로 다시 운영을 시작해 현재 9대째 이어지고 있다.

나는 이곳을 두 번 찾았다. 첫 번째 가서는 사라시나소바를 먹었고, 두 번째 가서는 색다른 소바를 즐기기 위해 가모난반을 먹었다. 이곳 대표 메뉴인 사라시나소바는 메밀 알갱이에서 15퍼센트밖에 되지 않는 심(芯)만으로 눈처럼 하얗고 가늘게 면을 빚어 은은한 단맛과 가벼운 식감이 특징이다. 메밀가루와 밀가루 비율은 8:2이며, 쓰유는 약간 달달한 편이다. 따뜻한 국물 위로 오리고기에서 우러나온 기름이 살짝 떠 있는 가모난반은 추운 겨울에 몸을 덥혀주는

오리고기의 기름이 떠 있는 육수 속에 하얗고 가는 면이 담긴 가모난반은
겨울철에 몸을 풀어줄 별미다.

소바로 제격이다. 겨울에 이곳을 찾는다면 꼭 한번 먹어보자. 두툼
한 오리고기며 큼직하게 썬 파가 빚어내는 풍미에 속이 훌훌 풀릴
테니 말이다. 계절마다 바뀌는 24종의 '가와리소바(変りそば, 메밀가루
에 여러 가지 재료를 넣어 만든 소바)'도 인기 메뉴다.

소혼케 나가사카 사라시나 누노야 다헤이(総本家 永坂 更科 布屋太兵衛)
영업시간: 11:00-21:30(21:00 LO), 연중 무휴(1월 1~3일은 휴무)
지하철 아자부주반역에서 도보 5분 ☎ 03-3585-1676

소혼케 사라시나 호리이(総本家 更料 堀井)
영업시간: 11:30-20:30, 휴일: 수요일
지하철 아자부주반역에서 도보 5분 ☎ 03-3403-3401

몬젠소바

승려가 만든 소바를 '데라가타소바(寺方そば)', 절이나 신사 앞에 형
성된 마을, 즉 사하촌(寺下村)에서 먹는 소바를 '몬젠소바(門前そば)'라
한다. 예로부터 소바는 절과 관계가 깊다. 에도시대에는 소바 명인
으로 이름 난 승려가 있었는가 하면 참배객들에게 소바를 대접한
절도 많다. 승려가 소바를 만들게 된 것은 소바문화와 관련이 있다.
당시 사원은 문화의 최전방에 서 있는 곳이었기에 승려들은 소바문
화를 일찍 접했다. 더욱이 소바는 살생을 금하는 종교 계율을 어기
지 않고도 먹을 수 있는 음식이었을뿐더러, 메밀은 오곡에 속하지
않기 때문에 오곡을 끊는 수행 중에도 먹을 수 있었다. 이런 소바문
화가 자연스럽게 사하촌에 퍼져나가면서 몬젠소바가 발달했다.

도쿄도 조후(調布)시에 위치한 진다이지(深大寺)는 도쿄 중심가에
서 그리 멀지 않아 잠시 시간을 내 몬젠소바를 즐기기에 좋다. 733
년에 창건된 진다이지는 아사쿠사(淺草)에 있는 센소지(淺草寺)에 이
어 도쿄도에서 가장 오래된 절로 꼽힌다. 진다이지의 몬젠마치는
이따금 까마귀 소리가 들리는 조용하고 자그마한 마을이다. 진다이
지에서 버스 정거장까지 이어지는 거리에는 소바집이며 간식거리
를 파는 가게, 특산품 가게가 늘어서 있다.

진다이지에서 만든 소바가 알려진 것은 1688년에서 1703년 사이
이고, 진다이지 앞에 소바집이 생기기 시작한 건 1963년부터라고
한다. 현재 '진다이지 소바 조합'에 가입된 소바집은 20여 곳인데,

그중 내가 찾은 곳은 '진다이지 소바 스스메노오야도'와 '유스이'다. 두 곳 모두 조용한 사하촌의 분위기를 느끼면서 몬젠소바를 즐길 수 있는 곳이다.

먼저 진다이지를 돌아본 뒤 왼쪽 길로 걸어 나오면 자그마한 가게들이 보이는데, 그중 긴 목조 담장에 나무 대문이 달려 있는 곳이 **진다이지 소바 스스메노오야도(深大寺そば雀のお宿)**다. 이름이 퍽 긴데 '진다이지 소바를 파는 참새의 집'이라는 뜻이다. 들어서면 나무가 우거진 커다란 정원이 눈에 띈다. 건물은 여러 개의 방으로 이루어져 있는데, 나는 정원 오른편에 있는 자그마한 방에 들어갔다. 산채소바의 분위기를 느끼기 위해 찬 기노코소바를 먹어보기로 했다. 작은 버섯이 들어간 찬 소바다. 면 위에 버섯, 미쓰바(三つ葉, 파드득나물), 파, 무즙을 얹은 정갈한 모습이 조용한 산사를 연상시킨다. 면은 조금 가는 편이며, 쓰유는 그리 짜지 않고 살짝 단맛이 돈다. 각각의 재료가 내는 맛과 면의 조화로움이 좋다. 양이 꽤 많아 먼저 한 그릇 비운 뒤 진다이지를 돌아보며 소화시키는 것도 좋겠다. 종업원에게 반죽 비율을 물으니 메밀가루가 7할, 밀가루가 3할이라고 한다. 먹기 편하고 목 넘김이 좋은 이유를 알겠다.

진다이지 입구에서 도보 3~4분 거리에는 **유스이(湧水)**가 있다. 차가 오가는 길가에 자리해 있지만 분위기가 차분하다. 테이블 7개가 놓여 있는 자그마한 가게다. 나는 이 집 대표 메뉴인 유스이 모리소

진다이지 소바를 대표하는 스스메노오야도(위)와 유스이(가운데). 소바 맛도 일품이지만, 소바 한 그릇 먹은 후 고찰 진다이지(아래)를 둘러보는 재미도 있다.

바를 주문했다. 750엔으로 가격도 적당한 편이다. 면은 가늘지만 씹는 맛이 좋다. 메밀가루가 9할 들어간 규와리소바다. 쓰유는 알맞게 짠 편이다. 소바 한 그릇을 비우고 천천히 한가한 마을을 산책하니 마음이 차분해진다. 이게 진다이지 몬젠마치에서 맛보는 몬젠소바의 매력이다.

진다이지 소바 스스메노오야도(深大寺 そば 雀のお宿)
영업시간: 11:00-18:00(주말, 공휴일 11:00-19:00), 연중 무휴
조후역(신주쿠역에서 케이오선 특급(준특급)으로 15분 소요)
북쪽 출구로 나와 14번 정거장에서 34번 버스 승차, 진다이지 정거장 하차(종점. 15분 소요)
☏ 0424-86-1188

유스이(湧水)
영업시간: 10:30-17:00. 연중 무휴
진다이지 입구 버스 정거장에서 도보 2분 ☏ 0424-98-1323

야
마
가
타

혼슈 북서부에 있는 야마가타(山形)현은 일
교차가 커 메밀 재배에 최적인 곳이다. 때문에 야마가타 소바는 애
호가들에게 인기가 높다. 야마가타에는 이타(板)소바, 니쿠소바, 산
사이(山菜)소바 등 다채로운 소바가 있으며, 소바집이 밀집해 있는
'야마가타 소바가도(街道)'로 유명하다.

나는 먼저 야먀가타현의 명물 소바인 이타소바를 먹으러 **소바도
코로 쇼지야**(そば処押司屋)를 찾아갔다. JR야마가타역에서 도보로 10
분 거리에 있는 쇼지야는 1820년에 창업해 4대째 이어가고 있는 노
포다. 이곳 대표 메뉴인 이타소바를 주문하면, 가는 나무 막대를 이
어붙인 판(이타)에 소바를 담아 내온다. 커다란 나무판에 담긴 면은
족히 2~3인분이기 때문에 혼자 먹기에는 조금 양이 많은 편이다.

나는 두 가지 소바가 함께 담겨 나오는 '아이모리이타소바(相もり板そ
ば)'를 주문했는데, 한쪽에는 가느다랗고 하얀 사라시나소바가, 다
른 한쪽에는 굵고 검은 이나카 소바가 담겨 나온다. 두 면을 비교하
면서 먹는 맛이 쏠쏠하다. 이곳 면은 메밀가루가 10할, 쓰나기가 1
할 들어가는 소토이치다. 쓰유를 만들 때는 야마가타현의 자오산(蔵
王山) 샘물을 쓴다고 한다.

　야마가타 시내에 분점도 있다. 본점을 찾았을 때는 혼자였기 때
문에 덴푸라와 함께 나오는 이타소바를 주문하지 못했지만, 지인들
과 함께 분점을 찾았을 때는 아오모리이타텐(相もり板天, 덴푸라 세트가
곁들여진 아오모리소바)이며 가모난반을 주문해 실컷 먹었다. 둘 중 어

이타라고 불리는 나무판 위에 소바를 내주는 이타소바가 야마가타를 대표하는 명물 소바다.

느 곳에 가든 맛있지만 야마가타역 근처에 머문다면 본점이, 시내에 머문다면 나노카초(七日町)에 있는 분점이 찾아가기 쉽다.

야마가타의 또 다른 명물 소바는 '니쿠소바'다. 말 그대로 '고기가 들어간 소바'인데, 그 맛이 궁금해 야마가타역에서 택시로 7~8분 거리에 있는 **야마가타 촛토테이**(山形一村亭)를 찾아갔다. 이곳은 야마가타 시내에서 조금 벗어난 조용한 야쿠시마치(薬師町)에 있다. 자그마한 소바집 입구의 약수가 눈에 들어와 먼저 약수 한 모금을 마시고 안으로 들어갔다. 가족이 운영하는 이 소바집의 간판 메뉴가 니쿠소바로, 찬 것과 따뜻한 것이 있다. 나는 차가운 면을 좋아하므로 '히야시니쿠소바'를 주문했다.

가늘게 썬 닭고기가 면 위를 가득 덮고 있다. 즉 니쿠소바의 '니

촛토테이의 니쿠소바는 깔끔한 닭 국물과 쫄깃한 닭고기의 식감이 잘 어우러져 독특하면서도 맛있다.

야마가타에는 3대 소바가도가 있는데, 그중 가장 오래된 것이 무라야마에 있다.

쿠'는 닭고기다. 간장 맛이 살짝 올라오는 국물은 깔끔하다. 닭고기도 쫄깃쫄깃한 것이 맛있다. 무엇보다 차가운 육수와 닭고기 풍미가 찰떡궁합이다. 야마가타는 히야시라멘으로도 유명한 곳인데, 유난히 차가운 면요리가 발달했다. 다른 곳에서는 맛볼 수 없는 소바를 먹어봤다는 만족감을 뒤로한 채 동네 구경도 하고 산책도 할 겸 택시로 왔던 길을 걸어서 되돌아가니 시내까지 35분 정도 걸린다.

야마가타현에서 소바를 즐길 때 '야마가타 소바가도'를 빼놓을 수 없다. 야마가타에는 '모가미가와 산난쇼(最上川三難所) 소바가도'(13개 점), '오쿠노호소미치 오바나자와(おくのほそ道尾花沢) 소바가도'(12개

점), '오이시다(大石田) 소바가도'(14개 점), 이렇게 3대 소바가도가 있다. '소바가도'라는 이름을 처음 사용한 곳은 무라야마(村山)시에 있는 모가미가와 산난쇼 소바가도다. 야마가타시를 기준으로 하면 모가미가와 산난쇼가 가장 가깝고 오쿠노호소미치 오바나자와, 오이시다 순으로 거리가 멀어진다. 이들 모두 JR기차역에서 차로 5~15분 거리에 있어 택시나 자동차를 이용해서 가야 한다. 나는 이 가운데 신칸센으로 접근이 용이한 모가미가와 산난쇼 소바가도에 가기로 했다. 야마가타역에서 신칸센으로 20여 분 걸리는 JR무라야마역에서 내려 택시를 타고 가면 된다.

내가 찾아간 곳은 1920년 문을 열어 4대째 이어온 **아라키소바(あ らきそば)**다. 정오쯤에 갔더니 가게는 벌써 사람들로 가득 차 있다. 우리 일행은 10분 정도 기다리다가 자리를 잡았다. 회전율이 빠른 편인데, 이곳 메뉴가 이나카 소바 단 한 가지이기 때문이다. 현지산 겐소바(玄そば, 도정하지 않은 메밀 낟알)를 직접 제분해 손으로 반죽해 만든다. 이 집 이나카 소바는 도쿄의 소바와 여러모로 다르다. 먼저, 이나카 소바가 나오면 커다란 판 위에 놓인 엄청나게 푸짐한 면에 놀란다. 보통 소바 1인분이 80~100그램인데, 이곳은 약 250그램이나 된다. 두 번째로 면의 두께에 놀란다. 검정색에 가까운 묵색을 띤 두터운 면은 가늘고 하얀 에도풍 소바 면과 선명하게 대조된다. 다소 딱딱하게까지 느껴지는 투박한 면발이지만 메밀 특유의 거친 맛이 일품이다. 한입 먹어보면 이나카 소바의 특징을 확연히 알 수 있다. 가게에서 직접 담근 미소된장에 하루 동안 푹 삶아 만든 니신(청

모가미가와 산난쇼 소바가도 중 한 곳인 아라키소바.
일본의 시골 소바가 궁금하다면 이곳에서 맛볼 수 있다.

어)조림도 이나카 소바와 함께 맛보기 좋다.

식사를 마치고 종업원에게 부탁하면 택시를 예약해준다. 무라야 마역에서 아라키소바까지 편도 택시요금으로 2,580엔을 지불했다. 다소 먼 거리에 택시요금도 만만치 않지만 이나카 소바를 제대로 맛볼 수 있는 곳이다.

소바도코로 쇼지야(そば処押司屋)
- 본점 영업시간: 11:00-20:00(LO), 휴일: 월요일(공휴일인 경우 영업)
  JR야마가타역에서 도보 10분 ☎ 023-622-1380
- 시내점 영업시간: 11:00-21:00(20:30 LO), 휴일: 부정기
  버스 나노카초 정거장에서 도보 2분 ☎ 023-673-9639

야마가타 쏫토테이(山形一村亭)
영업시간: 11:00-15:00(토요일은 11:30부터), 17:00-19:00(4~8월은 20시까지), 휴일: 수요일
JR야마가타역에서 차로 7분 ☎ 023-631-2910

아라키소바(あらきそば)
영업시간: 11:00-17:00, 휴일: 수요일
JR무라야마역에서 차로 15분 ☎ 0237-54-2248

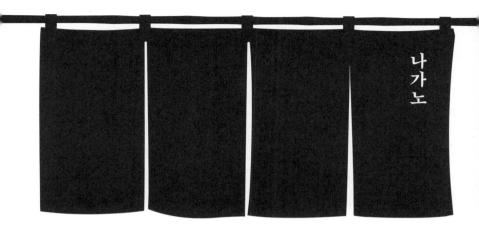

소바 하면 가장 먼저 떠오르는 곳이 바로 신슈, 즉 나가노현이다. 보통 신슈를 나가노현이라고 말하지만, 사실 신슈는 나가노현과 조금 다르다. 원래 '신슈'는 일본의 옛 지명인 시나노쿠니(神濃国)에서 유래했다. 1876년 행정구획이 재편되면서 시나노쿠니 전역은 나가노현으로 바뀌었고, 시나노쿠니를 가리키던 신슈는 나가노현 전역과 인접한 기후(岐阜)현, 야마나시(山梨)현, 후지야마(富山)현 일부를 포함한 지명이 됐다. 요컨대 신슈는 혼슈 지방 거의 중앙에 자리해 8개 현으로 둘러싸인 곳으로, 동서 약

120킬로미터, 남북 약 212킬로미터의 넓은 지역을 점하고 있다.

그렇다면 신슈 소바는 왜 그토록 유명한가? 바로 기후, 역사, 지역성이라는 삼박자를 갖춘 곳이기 때문이다. 메밀은 냉랭한 기후에서 잘 자라는데, 신슈는 고도가 높아 여름에도 평균기온이 25도에 머무는 등 예로부터 좋은 메밀이 나는 곳으로 유명했다. 특히 이곳 고원지대는 맛과 향이 뛰어나 메밀의 대명사로 불리는 '기리시타(霧下, 안개)소바'의 명산지로 알려져 있다. 한랭한 기후와 큰 일교차 때문에 안개가 끼는 날이 많아 이곳에서 나는 메밀을 '기리시타소바'라고 부른다. 메밀 생산량이나 소바집 수를 보아도 "신슈 하면 소바"라는 말이 나오는 것을 이해할 수 있다. 나가노현의 메밀 생산량은 홋카이도에 이어 전국 2위이며, 2014년 나가노현에 등록된 소바집은 1,016개이니, 신슈 어딜 가든 소바집을 만날 수 있다는 말이다. 더욱이 신슈에는 전국에서도 보기 드문 '소바 슈라쿠(集落)'들이 있다. 메밀 재배지와 소바집이 모여 있는 촌락으로, 각 지역마다 독자적인 소바문화를 만들어가고 있다. 이들 가운데 도카쿠시(戶隱) 소바, 구로히메(黑姬) 소바, 신쿄(信行) 소바, 가이다(開田) 소바 등이 기리시타소바를 대표하는 지역 명물 소바다.

역사적으로 보아도, 신슈는 소바키리의 발상지로 알려져 있다. 소바키리의 발상지는 신슈 기소지(木曾路)의 절 조쇼지(定勝寺)라는 설이 유력하다. 또한 신슈는 '고토치(御当地) 소바', 즉 지역 소바의 보고라 불릴 만큼 지역마다 특색이 분명한 소바문화를 갖고 있다. 가령 매운 무를 간 즙과 구운 된장(야키미소)을 넣은 쓰유에 면을 담가 먹

는 '다카토(高遠)소바', 겨울의 풍물시라 불리는 기소(木曾) 지방의 '슨키(すんき)소바', 한입 크기의 체에 소바를 건져 먹는 '도지(投汁)소바', 호두를 갈아 넣은 쓰유에 면을 담가 먹는 '구루미(くるみ)소바' 등 다른 곳에서는 맛볼 수 없는 다양한 소바가 있다.

기리시타소바를 맛보기 위해 나가노현의 기소후쿠시마(木曾福島)로 향했다. 조용한 마을이다. 먼저 기차역 앞의 자그마한 안내소에 들러 소바집으로 가는 버스 시간을 확인하고 짐을 맡겼다. 짐을 맡아준 직원들이 친절하게도 버스 정거장 위치까지 가르쳐준다. 버스 정거장은 안내소 바로 앞에 있는데, 버스가 자주 오지 않으므로 오가는 버스 시간을 확인해둘 필요가 있다. 40분가량 차창 밖으로 보이는 산골 마을 풍경을 감상하다 보니 한적한 마을이 나온다. 소바집을 알리는 커다란 목조 안내판이 있을 뿐, 사방이 고요하다.

내가 찾아간 곳은 **소바도코로 마쓰바(そば処 まつば)**다. 널찍한 주차장이 있는 2층 건물이다. 차분한 분위기에 실내가 넓어 느긋하게 먹기 좋다. 나는 신슈에서도 기소 지방의 명물인 슨키소바를 주문했다. 슨키란, 빨간 순무를 소금을 사용하지 않고 식물성 유산균만으로 발효시킨 것이다. 날씨가 추울수록 슨키가 맛있어진다고 해 주로 겨울에 먹는 소바지만, 다행히 여름철인데도 슨키소바가 메뉴에 있었다. 우리 일행은 따뜻한 슨키소바와 산사이(산채)소바, 간 참마가 올라간 도로로자루소바를 주문했다.

이곳 소바는 가이다 고원에서 키운 겐소바를 그날 쓸 만큼만 자기소 지방의 특산물 슨키를 넣은 슨키소바(가운데). 다른 소바도 맛있지만 모처럼 이곳에 왔으니 꼭 이곳 특산 소바를 먹어보자.

가 제분해 손으로 반죽한다. 반죽에 밀가루는 아주 조금 들어간다. 거의 주와리(10할)에 가까운 소바다. 옅은 검은빛이 도는 면은 조금 거칠고, 면발은 가는 편이다. 야쿠미는 파와 와사비뿐이다. 먼저 슨키소바를 맛보니 슨키의 산미(酸味)와 사각거리는 식감이 메밀 면과 어우러져 절묘한 맛을 낸다. 국물에 갖은 산채가 듬뿍 들어간 산사이소바도, 끈적한 마즙이 색다른 맛을 내는 도로로자루소바도 나가노 고원의 느낌을 전해준다. 일본 어느 지역에서 출발해도 찾아 가기가 만만치 않은 곳이지만, 나가노 고원의 풍광과 함께 즐기는 기리시타소바는 별미다.

나가노역에서 차로 한 시간 거리에 있는 도카쿠시(戸隠) 산간 마을은 스키 캠프장과 도카쿠시신사로 유명한 곳이다. 버스 창밖으로 보이는 산간 마을은 한적하면서도 평화롭다. 내가 찾은 곳은 나가노역에서 버스를 타고 50분 가야 하는 **오쿠보노차야**(大久保の茶屋), '도카쿠시소바'를 대표하는 가게다. 버스에서 내리니 산간 마을의 분위기가 물씬 풍긴다. 가끔 자동차가 지나갈 뿐 인적이 드물다. 잠시 산속 공기를 마시면서 산책을 하다가 가게로 들어갔다. 이곳은 1805년에 차(茶)를 파는 곳으로 문을 열어, 도카쿠시신사 참배객들의 휴식처로서 잘 알려져 있다. 200년이 넘도록 소바의 풍미를 지켜온 이곳은, 매년 해가 바뀔 때마다 도카쿠시신사에 소바를 봉납하는 집이기도 하다.

도카쿠시소바는 삶은 면을 솥에서 건져 물기를 빼지 않고 한입

한입 크기의 작은 면 사리를 여러 개 소쿠리에 담아내는 도카쿠시소바.
간 참마를 섞은 쓰유에 찍어 먹으면 별미다.

정도 양으로 작게 사리를 지어 소쿠리에 담아내는 게 특징이다. 이를 '봇치모리(ぼっち盛り)'라고 부른다. 내가 주문한 도카쿠시소바도 이렇게 정갈하게 담겨 나왔다. 화려하지는 않지만 전통의 맛이 응축된 수타면으로, 메밀 풍미와 면의 탄력이 강한 것이 특징이다. 소바를 먹고 한동안 여유로운 시간을 즐긴 후, 다시 버스에 몸을 실었다. 한가로운 풍광을 바라보며 소바의 여운을 만끽할 수 있어 더없이 좋았다.

나가노현에는 약 1400년 전에 창건된 젠코지(善光寺)가 있다. 지금도 전국 각지에서 연간 약 600만 명의 참배객이 다녀가는 대사원이다. 나가노역에서 버스로 10분 거리에 있는 젠코지 앞 몬젠마치는 다양한 가게며 많은 참배객으로 활기차다. 이곳에서는 예로부터 젠코지 참배객에게 제공했던 몬젠소바를 맛볼 수 있다.

젠코지의 몬젠소바를 먹기 위해 찾아간 곳은 젠코지 인왕문(仁王門) 근처에 있는 **고스케테이**(小菅亭)다. 고스케테이는 1895년 창업한 노포다. 옛날에 젠코지 참배객이 많을 때에는 임시열차를 편성할 정도였는데, 열차가 도착하면 1,000명이 넘는 이들이 젠코지를 찾아 참배를 하고 나서 오후에 소바를 먹었다고 한다. 이런 날에는 고스케테이에서 아침부터 면을 삶고 사리를 지어 젠코지로 운반했다고 한다.

나는 한 시간 정도 젠코지를 돌아본 후 오전 11시에 첫 손님으로 들어갔다. 고양이를 모티브로 한 그림이며 장식이 가득하다. 주인

젠코지의 몬젠소바집 고스케테이. 대부분의 손님이 주문하는 덴모리소바는
모리소바와 튀김, 메밀 양갱이 같이 나온다.

이 고양이를 매우 좋아한다고 한다. 대부분의 손님이 주문하는 메뉴는 덴푸라가 딸려 나오는 덴모리소바다. 새우 튀김에서부터 호박 튀김, 제철 채소 튀김 등 갖가지 덴푸라가 가득 나오는 데다 소바 양도 적지 않아, 혼자서는 다 먹기 버거워 보인다. 이곳에서는 하치와리(8할)로 반죽한다고 한다. 양이 많다 싶었는데 튀김 한입, 면 한입을 반복하다 보면 어느새 함께 나온 수제 메밀 양갱까지 전부 먹어 치우게 된다.

소바도코로 마쓰바(そば処 まつば)
영업시간: 11:00-17:00, 휴일: 월요일
JR기소후쿠시마역에서 니시노행 버스로 43분. 오하타노 정거장에서 바로
☎ 0264-42-3100

오쿠보노차야(大久保の茶屋)
영업시간: 10:00-18:00(겨울철은 17:00까지), 연중 무휴(12~3월 중순은 화요일 휴일)
JR나가노역에서 도카쿠시 캠프행 버스로 50분. 오쿠보 정거장에서 바로
☎ 026-254-2062

고스케테이(小菅亭)
영업시간: 11:00~16:00, 연중 무휴
젠코지 인왕문에서 도보 3분 ☎ 026-232-2439

효고현 이즈시

효고현 도요오카(豊岡)시에 위치한 이즈시
(出石)에는 '사라소바(皿そば)'라는 명물 소바가 있다. 도요오카는 해
마다 500만 명 이상의 관광객이 찾는 꽤 이름난 관광도시인데, 특
히 이즈시성(出石城)을 둘러싼 이즈시 지역은 도요오카시의 전통건
조물보존지구로 지정돼 있다. 크고 작은 절들과 함께 전통 가옥이
잘 보존되어 있을뿐더러 멀지 않은 곳에 오랜 역사를 자랑하는 기
노사키(城岐) 온천이 있어 관광객이 많이 찾는다. 그리고 이 지역에
약 300년의 전통을 자랑하는 사라소바 전문점이 50개 이상 오밀조
밀 모여 있다.

이즈시성 아랫마을을 걷다 보면 사라소바집이 여기저기 눈에 띈
다. 사라소바는 이즈시에서 만든 접시, 즉 '사라さら(皿)'에 면을 조금

씩 나눠 담아내는 소바를 말한다. 에도 막부 말경 이즈시에서 접시를 굽기 시작하면서 그 접시에 소바를 담아 먹게 됐는데, '사라소바'라는 명칭이 정착한 것은 1950년대 중반에서 1960년대 초반이라고 한다. 오늘날 사라소바집에 가면 다섯 접시가 1인분으로 나온다. 물론 추가도 가능하다. 여기에 날달걀, 간 참마, 간 무, 파, 와사비 등이 야쿠미로 나온다.

이즈시는 열차가 다니지 않는 곳이다. 오사카에서 JR특급으로 2시간 반 거리에 있는 도요오카역에서 이즈시영업소행 젠탄버스(全但バス)로 갈아타 종점에서 내렸다. 버스로 약 30분 걸리는 거리다. 버스에서 내려 2~3분쯤 걸어 마을 안쪽으로 들어가면 옛날 이즈시 성을 지키던 망루가 눈에 들어온다. 좀 더 안쪽으로 들어가면 오래된 식료품가게, 책방, 선물가게 등이 늘어선 역사거리가 나온다. 관광객도 제법 많이 눈에 띄고, 곳곳에 소바집이 있다. 골목 안쪽에 위치한 **가쓰라**(桂)는 이즈시의 다른 소바집처럼 사라소바를 전문으로 한다. 외관과 내부 모두 고풍스러운 분위기다. 안으로 들어가면 한쪽에 이로리(いろり)*가 자리 잡고 있어 따뜻한 분위기가 감돈다.

하얀 접시에 담긴 소바를 받아 드니 먼저 눈이 즐겁다. 생와사비를 강판에 갈아 쓰유에 넣고 면을 담가 먹어보았다. 식감이 상당히 좋다. 이어 간 무, 간 마, 날달걀도 차례로 맛보았다. 이렇듯 다양한

* 일본의 전통적인 난방 장치로, 방바닥 한가운데를 네모나게 파낸 다음 그곳에 난방용, 취사용 등으로 불을 피운다.

이즈시에서 구운 접시에 조금씩 담아내는 사라소바. 다섯 접시가 1인분이다.

야쿠미에 더해 이즈시 소바집들은 면 굵기며 색깔, 쓰유의 맛이 제각각 달라 매번 서로 다른 소바를 먹을 수 있다. 이즈시에서 다양한 소바를 즐기려면 이즈시관광센터에 들러 '이즈시 사라소바 메구리(巡り)' 티켓을 구입하는 것도 한 방법이다. 1,680엔을 내면 엽전 모양의 티켓 세 개를 주는데, 하나면 한 가게에서 소바 세 접시를 먹을 수 있다.

　이즈시 역사거리 안쪽에 자리 잡은 **간베에(官兵衛)**는 풍경이 인상적인 가게다. 이 집 간판 메뉴는 당연히 사라소바지만, 그 밖에 니신소바나 가케소바 같은 따뜻한 소바도 있고 100퍼센트 메밀가루로 반죽한 이나카 소바도 있다. 이곳에서는 메밀을 맷돌로 직접 제분해 쓴다. 자리에 앉으니 커다랗게 '간베에'라고 쓰여 있는 쓰유병이

각각의 접시에 담긴 소바를 야쿠미를 바꿔가며 비우는 재미가 쏠쏠하다.

먼저 눈에 띈다. 사라소바를 주문하니 야쿠미로 파, 생와사비, 마가
나온다. 이곳에서도 손님이 와사비를 직접 갈아 간장에 넣어 먹는
다. 아주머니가 와사비를 갈 때 설탕을 조금 넣으면 톡 쏘는 맛이 더
해진다고 설명해준다. 야쿠미를 바꿔가면서 소바 한 그릇씩 비우는
재미가 쏠쏠하다. 소바 맛은 가쓰라와 그리 다르지 않다.

가쓰라(桂)
영업시간: 10:30-17:00, 휴일: 목요일
젠탄버스 이즈시에이교쇼행 종점 하차 도보 5분 ☎ 0796-20-6021

간베에(官兵衛)
영업시간: 10:00-17:00(판매 완료되면 폐점), 휴일: 부정기
젠탄버스 이즈시에이교쇼행 종점 하차 도보 5분 ☎ 0796-52-3632

시마네(島根)현 이즈모(出雲)시에 있는 이즈
모타이샤(出雲大社) 주변에는 소바집이 많다. 이즈모타이샤는 일본
신화에서 신이 명해서 지은 신사라고 하며, 인연을 맺어주는 신이
있다고 해서 '연인의 신사'라고도 불린다. 또 매년 음력 10월이면
일본 전국의 800만 신이 모여든다고 해서 '신들의 고향'이라고도
불린다. 이즈모타이샤를 중심으로 발달한 몬젠마치에는 오래된 소
바집이 많이 모여 있는데, 이곳 명물은 '와리코소바(わりこそば)'다.

예로부터 시마네현에서는 찬합을 '와리코(割子)'라고 불렀다. 옛
날에는 정사각형이었는데 그것이 직사각형으로, 직사각형에서 타
원형으로 바뀌었다가 지금의 둥근 모양이 됐다. 와리코소바는 이
둥근 칠기 찬합에서 붙여진 이름이다. 보통 3단 찬합 혹은 5단 찬합

에 소바가 나뉘어 담겨 나온다. 이처럼 적은 양으로 나뉘어 나오는 방식은 다도(茶道)의 영향이라고 한다. 소바와 함께 김, 모미지오로시(紅葉下ろし, 붉은 고추로 물들인 무즙), 파 등의 야쿠미가 나온다.

특이한 형식으로 나오는 만큼, 와리코소바를 먹는 방법이 따로 있다. 그릇마다 다른 반찬이 담긴 도시락을 먹듯이 찬합을 다 벌여놓는 것이 아니라, 한 단씩 차례대로 먹는다. 첫 번째 찬합에 담긴 면 위에 야쿠미를 얹고(가게에 따라서는 야쿠미를 미리 면 위에 올려 내는 곳도 있다), 그 위에 쓰유를 살짝 뿌린다. 쓰유 맛이 진한 편이기 때문에 너무 많이 뿌리지 않는 것이 좋다. 첫 번째 소바를 먹은 다음, 남은 쓰유를 두 번째 소바 위에 뿌린 후 빈 찬합은 아래칸으로 옮긴다. 두 번째 소바에도 야쿠미를 얹고 쓰유가 모자라면 추가한다. 두 번째 소바를 먹고 나면 마찬가지로 남은 쓰유를 마지막 찬합에 뿌리고 야쿠미를 얹어 먹으면 된다. 마지막 소바를 다 먹을 때 정확히 쓰유가 없어지는 것이 제대로 먹는 방식이다. 마무리는 소바유를 마시는 것이다.

이즈모타이샤에서 4~5분 거리에 있는 **가네야**(かねや)는 1929년 창업한 이래 이즈모타이샤에 소바를 납품해온 유서 깊은 집이다. 이곳에서는 여러 가지 와리코소바를 맛볼 수 있는데, 나는 날달걀이 올라간 '삼색 와리코 3단(三色割子 3段)'이라는 메뉴를 주문했다. 하얀 마즙, 노란 달걀, 파란 파가 각각 올라가 삼색을 이루고, 빨간 모미지오로시와 검은 김이 어우러져 보기만 해도 식욕을 자극한다. 와리코소바는 5단까지 주문할 수 있다.

하얀 마즙, 노란 달걀, 파란 파가 제각각 올라간 삼색 와리코소바.

이곳에서는 메밀을 속껍질째 제분하는데, 때문에 색이 검고 씹는 맛이 좋다. 이곳은 정통 소바집의 불문율인 '히키다테(바로 제분함)', '우치다테(바로 반죽함)', '유데다테(바로 삶음)'의 '3다테'를 지키는 소바집이다(다테立てる는 '바로(막, 갓) ~한 것'을 뜻한다). 면은 직접 끌어올린 지하수로 반죽하고, 쓰유는 눈퉁멸과 홋카이도산 다시마를 우려서 낸 육수를 이용한다. 한 단씩 다양하게 맛보는 와리코소바는 미각뿐만 아니라 시각적인 즐거움까지 안겨준다.

가네야에서 멀지 않은 곳에 위치한 **아라키야(荒木屋)**도 230년이 넘는 역사를 자랑한다. 이즈모에서 가장 오래된 소바집으로, 8대째 이어오고 있다. 벽에 걸린 사진을 보니 세 자매가 이곳을 맡아 운영

첫 번째 찬합의 소바부터 차례로 먹으면서 야쿠미와 쓰유를 추가해가는 게
와리코소바 먹는 법이다.

하는 것 같다. 이곳에서도 쓰유는 호리병에, 면은 빨간색 둥근 찬합
에 나뉘어 담겨 나온다. 엄선한 이즈모산 겐소바를 맷돌로 제분하
고 천연수로 반죽해 풍미가 좋다. 눈퉁멸로 낸 국물로 만든 쓰유는
맛이 깔끔하다. 야쿠미가 조촐하지만 소바는 맛난다.

가네야(かねや)
영업시간: 09:30-17:00, 연중 무휴
이치바타전차 이즈모오야시로마에역에서 도보 15분(버스 정거장 이즈모오야시로에서 도보 4분)
☎ 0853-53-2366

아라키야(荒木屋)
영업시간: 11:00-17:00(재료가 다 떨어지면 폐점), 휴일: 수요일
이즈모타이샤 참배로 입구에서 도보 5분 ☎ 0853-53-2352

모리오카

도호쿠(東北) 지방 이와테(岩手)현에는 독특한 소바문화가 전해지고 있다. 바로 모리오카(盛岡)의 명물, 완코소바わんこ(椀子)そば다. 완코소바는 모리오카 냉면, 자자じゃじゃ멘과 함께 모리오카를 대표하는 3대 면요리다. 모리오카역에 내리면 이 세 가지 음식을 알리는 문구며 그림을 도처에서 볼 수 있을뿐더러, 역내 식품 코너에서 손쉽게 구입할 수도 있다.

모리오카의 완코소바는 앞서 소개한 나가노현의 도카쿠시소바, 이즈모의 와리코소바와 함께 일본의 3대 명물 지역 소바로도 손꼽힌다. 완코소바는 작은 그릇에 든 소바를 말하는데, 먹는 방식이 독특하다. 간단히 말해, 완코소바는 일정한 값을 내고 무제한으로 먹을 수 있는 소바다. 이 소바의 기원에 관해서는 여러 가지 설이 있지만, 산이 높은 도호쿠 지방의 냉랭한 기후, 결코 풍족하다고는 말할 수 없는 환경과 관련이 있다. 그런 척박한 곳에서 자란 메밀로 만든 귀한 음식인 소바를, 연회 중에 손님에게 몇 번이고 '오가와리'(같은 음식을 더 청하여 먹는 것을 말함)하도록 권하는 풍습에서 비롯됐다는 것이다.

완코소바를 맛보기 위해 찾은 곳은 **아즈마야 본점(東家 本店)**. JR모리오카역에서 걸어서 20분 걸리는 위치에 있다. 비가 부슬부슬 내리는 늦은 오후였지만, 천천히 걸어서 찾아갔다. 호젓한 골목 안에 자리 잡은 2층 건물이 눈에 들어온다. 문 위에는 "모리오카 명물 완코소바"라고 쓰여 있다. 아즈마야는 1907년에 창업해 110년의 역사를 자랑한다.

다다미가 깔린 커다란 방에 자리 잡고 앉아 3,150엔짜리 완코소바를 주문했다. 아홉 가지 야쿠미가 딸려 나오는 완코소바다. 일곱 가지 야쿠미가 나오는 완코소바는 이보다 가격이 좀 싸다. 종업원이 여러 가지 야쿠미를 가져다 놓으면서 완코소바 먹는 방법을 자세히 설명해준다. 먼저 소바가 담긴 작은 그릇 15개가 나오는데, 취향에 맞게 쓰유에 야쿠미를 더해가면서 한 그릇씩 먹으면 된다. 종업원은 "첫 번째 그릇은 면만 먹어보라."고 일러준다. 이곳 면은 기계로 반죽하는데 메밀가루가 7할, 밀가루가 3할 들어가 부드럽게 넘어간다. 소금기가 살짝 느껴진다. 야쿠미는 그야말로 다양하다. 김, 참깨, 와사비, 모미지오로시, 파 같은 기본 야쿠미부터 마구로

3대 지역 명물 소바 중 하나인 완코소바.
소바는 무제한으로 먹을 수 있는 대신 야쿠미의 수로 가격대가 나뉜다.

(鮪, 다랑어)회, 나메코오로시(간 무에 얹은 버섯), 도리 소보로(찐 생선을 으깨어 말린 식품), 도로로(간 참마), 채소절임까지 있다.

15그릇을 전부 비우면 다시 15그릇을 가져다준다. 몇 그릇이고 원하는 만큼 먹을 수 있지만, 남기면 안 된다. 종업원이 여성은 45그릇, 남성은 60그릇 정도를 먹는다고 알려준다. 나도 목표를 60그릇으로 잡았다. 종업원이 옆에 붙어 "조금 더, 조금 더" 하면서 응원해준다. 마치 누군가의 응원을 받으면서 운동 경기를 하는 기분이다. 60그릇을 먹었지만 그리 배가 부르지는 않다. 종업원이 꽤 잘 먹는다고 나를 칭찬하면서 혁대를 풀면 더 먹을 수 있다고 조언한다. 희한하게도, 먹다 보니 계속 들어간다. 115그릇을 먹고 나니, 그녀는

15그릇을 전부 비우면 다시 15그릇을 가져다준다. 몇 그릇이고 원하는 만큼 먹을 수 있지만, 남기면 안 된다는 점을 유의하자.

기왕 먹은 김에 '123'을 만들라고 한다. 조금 더 힘을 내 123그릇으로 완코소바 먹기를 종료했다. 남성 평균의 두 배를 먹은 셈이다. 먹은 시간을 재보았더니 약 35분이 걸렸다. 더 이상 먹을 수 없으면 소바 그릇의 뚜껑을 닫으면 된다. 한 번 뚜껑을 닫으면 다시 열 수 없는 것이 완코소바의 규칙이다.

이곳에서는 100그릇 이상 먹은 사람에게는 나무로 된 증표를 준다. 내가 먹는 것을 지켜본 옆 테이블 손님들이 "스고이"(대단하다)를 연발한다. 나도 내가 이 정도까지 먹을 줄은 몰랐다. 이제까지 최고 기록은 여성이 570그릇, 남성이 450그릇이라고 한다. 원래 계획은 저녁 9시경 모리오카 냉면을 먹는 것이었으나 완코소바를 123그릇이나 먹고 나니 아무 생각이 없어졌다. 이날 면 기행은 완코소바로 종료다.

아즈마야 본점(東家 本店)
영업시간: 11:00-20:00, 휴일: 부정기
JR모리오카역에서 도보 20분 ☎ 0120-733-1303

모리오카 냉면(盛岡冷麺)

모리오카는 냉면(れいめん), 완코소바, 자자멘 등 3대 면요리로 유명한 곳으로, 특히 냉면과 자자멘은 모리오카에서 독자적으로 진화한 면요리라고 할 수 있다. 이 가운데 자자멘은 중국식 자장면이 전해진 것으로, 우리나라 자장면보다는 중국이나 대만에서 맛볼 수 있는 자장면에 가깝다. 내 입맛에는 우리나라 자장면이 더 맛있는 것 같다.

모리오카 냉면은 한국 냉면이 전해져 모리오카의 명물 음식이 된 것이다. 1954년 일본으로 이주한 양용철 씨가 한식당 쇼쿠도엔(食道園)을 열면서 한국식 냉면을 일본인의 입맛에 맞게 만들어 내놓은 것이 시작이라고 전해진다. 일본에 소바가 있다면, 우리나라의 대표적인 메밀 면요리로 평양냉면과 막국수가 있다. 이 때문에 모리오카 냉면이 소바의 본고장인 일본에서 인기를 얻었다고 생각할 수 있겠지만, 모리오카 냉면은 메밀이 아니라 밀가루, 녹말가루 등으로 만든 면을 쓴다. 쫄깃쫄깃한 것이 꼭 쫄면 같다. 한국에서 유래한 음식임을 증명하듯 김치, 깍두기를 더해 먹는 방식으로 정착했다.

모리오카 냉면은 어떤 맛으로 면요리의 천국 일본에 정착할 수 있었을까? 나는 먼저 모리오카역에서 3분 거리에 있는 **푠푠샤 에키마에점(ぴょんぴょん舍 駅前店)**을 찾았다. 푠푠샤는 모리오카 시내에 4개 점, 그리고 도쿄와 센다이에도 분점을 두고 있는 모리오카 냉면집이다. 실제로 이곳은 모리오카 냉면의 이름을 높인 대표적인 가게로 손꼽힌다.

세련된 빌딩 안으로 들어가니 카페처럼 꾸며진 공간이 펼쳐진다. 이곳은 250석 규모로 매우 넓다. 테이블마다 고기를 굽는 화로가 놓여 있다. 메뉴를 보니 갈비, 불고기, 파전, 비빔밥 등이 있어 모리오카 냉면이 한국음식임이 금방 드러난다. 냉면을 주문할 때 매운 정도를 조절할 수 있다. '보통'에서 '아주 매움(激辛)'까지 4단계가 있다. '아주 매움'은 '보통'보다 4배 맵다고 적혀 있다. 초심자에게는 김치가 따로 담겨 나오는 '베쓰가라(別辛)'를 추천한다.

모리오카 냉면은 우리나라 물냉면과 비슷하게 면 위에 고기, 오이, 배가 올라가 있다. 거기에 김치가 곁들여진 것이 좀 독특하다. 국물을 맛보니 쇠고기 육수에 간장 맛이 나는데, 조금 달달하다. 한국식의 시원한 맛은 아니다. 일본인 입맛에 맞게 변형됐음을 알 수 있다. 이곳 육수는 일본산 쇠고기와 쇠뼈 육수를 베이스로 하고, 닭 뼈 육수를 더해 만든다고 한다.

하얀색 면의 식감이 독특하다. 밀가루로 빚은 굵고 탱글탱글한 면이 흡사 쫄깃한 냉우동 같다. 따로 나온 김치는 전혀 맵지 않다. 테이블에 식초는 있지

한국식 물냉면의 모양이지만, 면에는 메밀가루가 들어가지 않았고
육수는 일본식으로 달달하다. 그럼에도 매력 있는 맛이다.

만 겨자가 따로 없는 것도 조금 다르다. 우리나라 물냉면과는 다른 맛이지만 매력 있는 맛임에는 틀림없다. 나는 도쿄 긴자에 있는 푠푠샤 지점에서도 모리오카 냉면을 먹어보았는데, 모리오카 푠푠사와 차이가 없었다. 모리오카에 가기 어렵다면 도쿄에서 모리오카 냉면을 맛보는 것도 좋겠다.

모리오카까지 와서 원조집인 **쇼쿠도엔**을 그냥 지나칠 순 없다. 모리오카 시내 중심가인 오도리(大通り) 거리에서 조금 들어온 곳에 위치한 쇼쿠도엔은 차분한 느낌으로, 푠푠사에 비하면 조금 엄격한 분위기마저 감돈다. 자리에 앉아 슬쩍 주변을 둘러보니 혼자 맥주를 마시면서 고기를 구워 먹는 사람이 여럿 보인다. 이곳 냉면도 푠푠샤의 것과 거의 닮았다. 면 위에 고기, 오이, 배, 김치가 올라간 모습이며 달달한 간장 맛 육수가 비슷하다. 쇠고기와 쇠뼈 육수에 닭 뼈 육수를 더한다는 점도 같다. 하얀 면은 쫄깃쫄깃하니 씹는 맛이 좋다.

면 위에 고기, 오이, 달걀이 올라간 것이 한국의 냉면과 꼭 닮았다.

나는 맵기를 '보통'으로 주문했는데 전혀 맵지 않다. 옆에 앉은 일본인 남성이 "아주 매운맛(特辛)을 시켰는데 전혀 맵지 않네."라고 말한다.

두 곳에서 모리오카 냉면을 먹어보았더니 일본화된 냉면 맛을 알겠다. 평양 냉면에 비하면 육수는 시원하기보다는 단맛이 강하고, 면은 쫄면처럼 굵고 탱탱하다. 모리오카 냉면에 나름의 매력이 있는 것은 틀림없지만, 많은 일본인이 원조 냉면을 맛보기 위해 한국에 오는 이유도 알겠다.

냉면 한 그릇을 비우고 다시 모리오카역으로 돌아오는 길에 모리오카 냉면집 여럿이 눈에 띈다. 역사 지하 1층에도 냉면집과 자자멘집이 있고, 역 구내 매점에서도 유명 냉면집의 냉면과 자자멘을 팔고 있다. 역시 모리오카는 면요리로 유명한 곳임을 다시 확인할 수 있었다.

푠푠샤 에키마에점(ぴょんぴょん舎 駅前店)
영업시간: 11:00-24:00, 연중 무휴
JR아오모리역에서 도보 3분 ☎ 019-606-1067

쇼쿠도엔(食道園)
영업시간: 11:30-23:30(일요일, 공휴일은 21:30까지), 휴일: 제1, 3 화요일
JR아오모리역에서 니가타현 교통버스 덴덴무시를 타고 주오잇초메에서 하차,
도보 2분(또는 JR아오모리역에서 도보 15분) ☎ 019-651-4590

니가타

　　소설 〈설국〉의 배경인 니가타(新潟)현은 '헤기소바(へぎそば)'가 유명하다. 삼나무로 만든 커다랗고 네모난 판에 '데구리てぐり(手繰り)'라는 기법을 써서 U자 모양으로 사리를 지어 아름답게 담겨 나오는 소바다. 한입에 먹을 수 있도록 조금씩 여러 다발이 정갈하게 담겨 나오는데, 그 모양이 도카쿠시소바의 '봇치모리'와 닮았다. 데구리는 실을 꼬는 동작에서 온 말인데, 소바를 담는 그릇을 '헤기'라고 불러 '헤기소바'가 됐다.

　　독특하게도 헤기소바는 쓰나기로 밀가루가 아니라 해초의 일종인 후노리(布海苔, 청각채)를 사용한다. 니가타는 눈이 많이 내리는 지역이라 밀가루 재배가 어려웠기에 후노리를 쓴 것이다. 후노리의 점성에 항암 효과가 있다고 알려지면서 헤기소바는 건강식품으로

도 주목받고 있다. 보통 헤기소바집에서는 헤기에 2~3인분의 소바를 담아 내놓는다. 야쿠미로는 와사비가 아니라 와카라시(和からし, 일본 겨자)를 내는 것이 일반적이지만, 요즘에는 가게에 따라 와사비를 내기도 한다.

니가타 명물인 헤기소바를 맛보러 간 곳은 니가타현의 현관이라고 일컬어지는 에치고유자와(越後湯沢)역 구내인데, 이곳에 헤기소바의 상징과도 같은 **고지마야 에치고유자와역점**(小嶋屋 越後湯沢駅店)이 있다. 고지마야 본점은 도카마치에 있는데, 이곳이 바로 헤기소바

데구리 기법으로 아름답게 사리 지은 면이 헤기에 담겨 나오는 헤기소바.

의 원조다. 1922년에 창업해 한때 황실에 소바를 헌상했다고 한다. 원래 후노리가 들어간 소바는 가정에서 해 먹던 요리였는데, 이곳에서 처음으로 손님에게 상품으로 내놓았단다. 최근에는 니가타역에도 지점이 생겼다.

고지마야 에치고유자와역점은 기차역 안에 있는 소바집답게 깔끔하다. 헤기 위에 가지런히 놓인 면은 보기만 해도 먹음직스럽다. 이곳 소바는 지역에서 난 겐소바를 맷돌에 갈아 만든다. 후노리가 들어가서인지, 면이 쫄깃하면서도 약간 미끈거리는 식감이 더해져 부드럽게 넘어간다. 해조류가 풍부한 우리나라에서도 응용할 수 있는 아이디어라는 생각이 들었다.

고지마야 에치고유자와역점(小嶋屋 越後湯沢駅店)
영업시간: 11:00~19:00(12월 중순에서 3월 말까지 20:00 LO), 연중 무휴
신칸센 에치고유자와역 구내 ☎ 025-785-2081

교토

니신(청어)소바는 교토의 명물 요리다. 지금은 니신소바를 일본 어디에서나 맛볼 수 있지만, 그 발상지는 교토다. 니신소바는 말린 청어를 구운 다음 달짝지근하게 쪄서 가케소바 위에 얹은 것이다. 이 달달한 맛의 청어구이는 소바집 술안주로도 제격이다. 예전에는 홋카이도에서 잡은 청어를 가공해 교토나 오사카로 운반했지만, 지금은 청어가 홋카이도 연안에서 자취를 감춰 캐나다 등지에서 수입해서 사용한다.

니신소바를 처음 내놓은 소바집은 교토 중심가를 흐르는 가모가와(鴨川) 강가에 있는 **소혼케 니신소바 마쓰바**(総本家 にしんそば 松葉)다. 1861년 창업한 노포로, 2대 주인이 고안했다고 한다. 사람들이

많이 오가는 번화한 거리에 자리 잡은 가게는 1, 2층으로 나뉘어 있다. 다양한 소바 모형이 놓인 진열대가 가장 먼저 눈에 띄는데, 1층에는 포장 구매를 할 수 있는 매장 겸 계산대가 있고, 2층에서는 가모가와 강가를 내려다보면서 소바를 먹을 수 있다.

당연히 니신소바를 주문했다. 살짝 검은색을 띠는 면이 따뜻한 국물에 담겨 나온다. 국물은 약간 달달하면서 깔끔하다. 제법 커다란 청어는 달짝지근하면서도 훈제 향이 살짝 올라오는 게 참 독특한 맛이다. 먹으면 먹을수록 청어 맛이 스며든 국물에서 감칠맛이 난다. 결국 국물 한 방울도 남기지 않고 깨끗이 비우고 말았다.

소혼케 니신소바 마쓰바(総本家 にしんそば 松葉)
영업시간: 10:30-21:00(LO), 휴일: 수요일(공휴일일 경우는 영업)
게이한 본선 기온시조역에서 바로 ☎ 075-561-1451

니신소바를 처음 내놓은 교토의 마쓰바. 다양한 소바 모형이 놓인 진열대가 눈에 띈다.
훈제 향이 살짝 올라오는 청어의 달짝지근한 맛이 국물에 배어 감칠맛이 두드러진다..

ラーメン

라멘

라
멘
의 역
사

라멘의 원조, 난킨소바

일본의 대표적인 면요리 가운데 가장 늦게 등장한 것이 라멘이
다. 라멘은 메이지시대 이후 중국에서 들어와 일본화된 면요리다.
250년 동안 지속된 도쿠가와 막부는 1867년에 막을 내렸다. 메이지
유신을 완성한 일본은 개방과 근대화로 눈을 돌렸다. 역사적으로
보면, 라멘의 출현은 메이지유신 이후의 개국정책과 관련이 깊다.
먼저 항구를 중심으로 중국인 거리와 중국음식점이 생겨났다. 메이
지시대 중기에는 일본의 대표적인 항구도시인 요코하마 남경가(南
京街, 지금의 중화가)의 야타이에서 중국식 면요리를 팔기 시작했다. 하
지만 이는 본격적인 요리라기보다는 식사 끄트머리에 나오는 간단

한 음식이었다. 약하게 소금 간을 한 닭고기 국물에 수타면과 파만 넣은 음식이었던 것이다. 당시에는 다레(양념)도 사용하지 않았고, 고명도 올리지 않았다. 일본 사람들은 중국 상인이 만든 이 국수에 명나라의 최초 수도인 남경을 이름으로 붙여 '난킨소바(南京そば)'라고 불렀다.

한편, 일본에서 라멘이 만들어진 것은 메이지유신 이후의 육식 해금(解禁)과도 관련이 깊다. 일본은 7세기 덴무(天武) 천황이 쇠고기, 말고기, 개고기, 원숭이고기, 닭고기 섭취를 금하는 육식금지령을 선포한 이래 1,000년 넘게 요리에 고기를 사용하지 않은 나라다. 19세기 말까지는 고기 국물에 국수를 넣어 먹는다는 것을 상상도 할 수 없었다. 그러다 서양인의 체구에 대한 열등감을 극복하기 위해 메이지 천황이 1872년 육식금지령을 폐지하고 육식을 장려하는 정책을 폈다. 이는 국수를 비롯한 일본 음식문화의 대변혁이었고, 오늘날 일본에서 가장 인기 있는 면요리인 라멘의 탄생을 알리는 전조였다.

하지만 초기에는 혼슈의 요코하마와 고베(神戶), 규슈의 나가사키(長岐), 홋카이도의 하코다테(函館) 같은 조약항*의 외국인 거류지에 살고 있던 중국인 노동자나 상인, 학생 정도가 라멘을 먹었다. 외국인 거류지의 문화를 아는 극소수 일본인을 제외하면, 일본인 중에 난킨소바를 먹은 사람은 거의 없었다.

* 19세기 중엽, 중국과 일본 같은 아시아 나라에서 서구 열강의 압력에 의해 무역과 외국인의 거주를 위해 문을 연 항구.

난킨소바가 조약항 너머로까지 퍼져나간 것은 일본 정부가 외국인 거주 지역을 일본 전역으로 완화한 1899년 이후였다. 이제 일본에 체류하는 외국인은 일본 어느 곳에서든 자유롭게 거주하고 장사를 할 수 있게 됐다. 이에 따라 중화가 밖에서 일본인을 상대로 음식을 판매하는 중국음식점이 처음 등장했다.

도쿄에서는 야타이에서 요코하마식 라멘을 내놓았으며, 상인들이 밤마다 차루메라(チャルメラ)*를 불면서 거리를 돌아다니며 중국식 면요리를 팔고 다녔다. 여전히 소금 간을 한 닭고기 국물에 면을 말고 파만 넣은 간단한 음식이었다.

쇼유라멘의 시작, 라이라이켄

1910년, 당시 도쿄의 환락가였던 아사쿠사(淺草)에 최초로 점포를 갖춘 라멘집 라이라이켄(來々軒)이 문을 열었다. 라이라이켄은 일본인이 소유한 최초의 중화음식점으로, 난킨소바와 달리 쇼유 다레를 사용한 국물에 차슈(チャーシュー), 나루토어묵, 삶은 시금치, 김을 고명으로 올린 면요리를 내놓았고, 이것이 도쿄 라멘의 원형이 됐다. 이 면요리는 중국 란저우(蘭州)의 면요리 이름을 따 '라미엔(拉麵, 칼을 쓰지 않고 손으로 늘려 뽑은 면)'이라 했다. 수타면임을 강조한 이름이

---

* 포르투갈어 샤라멜라(charamela)에서 나온 말로, 소바, 라멘 등을 포장마차에서 파는 상인들이 손님을 끌 때 부는 피리를 가리킨다.

었다. 외래음식인 중화면이 일본의 쇼유간장을 만나 일본식 면요리로 탄생한 것이다. 지금은 사라지고 없지만, 당시 라이라이켄은 서민들로부터 큰 인기를 얻은 전설적인 라멘집이었다. 이후 아사쿠사 지역을 중심으로 도쿄에서 입지를 넓힌 쇼유라멘은 간토 지역 전체로 퍼져나갔고, 지역에 따라 그 모습이 조금씩 변화했다.

1920년 이후 라멘은 '중국에서 온 소바(국수)'라는 뜻으로 '지나(支那)소바'라 불리면서 일본 전통음식인 소바와 공존하게 됐다. 지나소바를 파는 야타이가 많이 생겨났다. 이에 더해 1920~30년대 상업 경제활동이 급격히 확대됨에 따라 많은 사람이 일자리를 찾아 농촌에서 도시로 흘러들었다. 당시 일본 내의 인구 이동을 살펴보면, 제1차 세계대전 중 도시 인구는 140만 명이 증가한 반면 농촌 인구는 120만 명 감소했다. 1923년 공식 조사에 따르면 도쿄에는 1,000여 곳의 중국음식점과 5,000여 곳의 양식 레스토랑이 있었는데, 중식과 양식 가리지 않고 대부분의 음식점에서 지나소바를 팔았다. 이처럼 지나소바는 도쿄의 도시 생활자들에게 인기 음식이었으며, 슈마이, 차한(볶음밥), 니쿠만(돼지고기만두)과 함께 일본의 대중적인 중화요리 메뉴로 정착했다.

라멘이라는 이름을 갖다

다채로운 라멘을 맛볼 수 있는 홋카이도는 일본 라멘사에서 단

연 빠질 수 없는 지역이다. 홋카이도 최초의 라멘집은 1922년 홋카이도대학 정문 앞에 문을 연 다케야쇼쿠도(竹家食堂)다. 당시 이곳에서 일하던 요리사 왕문채(王文彩)는 러시아의 중국음식점에서 일하다 러시아혁명 때 일본으로 망명한 중국인이었는데, 그가 로스멘(肉絲麵)이라는 중화면을 고안해 메뉴에 올린 것이 홋카이도 라멘의 시작이다. 노계(老鷄)와 돼지고기로 낸 국물에 소금으로 간을 했으며, 여기에 다시마도 넣었다고 한다. 사람들이 이 중화면의 이름을 묻자 왕문채는 수타면 제법을 뜻하는 납면(拉麵)이라고 대답했고, 이것이 '라-멘ら-めん'이라는 이름으로 메뉴에 올랐다. 처음으로 '라멘'이라는 이름이 등장한 것이다.

하지만 문제가 있었다. 왕문채가 만든 라멘은 중국인 유학생에게는 인기 있었지만, 일본인에게는 기름기가 너무 많았다. 때문에 왕문채가 떠난 후 일본인 입맛에 맞는 깔끔한 쇼유간장 맛의 국물로 바뀌었다. 이로부터 '라멘'이라는 말이 삿포로에 퍼져나갔고, 라멘은 홋카이도의 서민음식으로 정착했다.

잡지 《생활의 수첩(暮しの手帖)》을 창간한 하나모리 야스지(花森安治)가 《주간 아사히》에 '삿포로, 라멘의 마을'이라는 기사를 쓴 것이 1953년. 이 기사는 폭발적인 반향을 불러일으켜 '삿포로 라멘'이 일약 유명세를 타게 됐을뿐더러, 다른 지역에서는 여전히 지나소바 (전후에는 중국을 비하하는 말인 '지나'를 '주카中華'로 바꿔 '주카소바'로 불렸다)라 불리던 중화풍 면요리의 이름을 '라멘'으로 통일하는 계기가 됐다.

고토치 라멘 붐

한편, 1960년대 들어 미국의 밀가루 원조를 받으면서 면과 빵은 일본인의 일상에서 점차 주식(쌀)의 자리를 위협했다. 당시 전후 재건에 한창이던 일본에서는 건설업과 중공업이 발전했다. 고칼로리 음식을 필요로 하는 노동자들을 비롯해, 가난한 서민과 학생들에게 라멘은 요긴한 식사였다. 당시 라멘은 어느 동네에나 있던 중국음식점에서 파는 값싼 음식이었다.

1980년대 들어 상황이 바뀌었다. 일본 전역에 라멘 전문점이 생겨났고, 각 지역마다 특색을 지닌 라멘집이 우후죽순 들어섰다. 이에 발맞추어 인기 방송 프로그램이며 잡지, 여행 가이드북 등에서 라멘에 대한 최신 정보나 유명 라멘집을 경쟁적으로 소개하면서 각 지역의 유명 라멘집에 가서 라멘을 먹는 것이 유행이 됐다. 이처럼 관광에 라멘이 결합되면서 1990년대에는 도쿄, 규슈, 홋카이도 같은 라멘의 발상지를 넘어 일본 전역에서 다채로운 라멘문화가 꽃피기 시작했다. 이를 '지역 라멘'이라는 뜻으로 '고토치 라멘(ご当地らめん)'이라고 부른다.

1998년 홋카이도의 아사히카와(旭川) 라멘을 필두로 간사이(関西)의 와카야마(和歌山) 라멘, 시코쿠의 도쿠시마(德島) 라멘 등이 주목받기 시작하면서 지역 라멘 붐이 일어났다. 현재 일본 각지의 '고토치 라멘'은 약 40여 종에 이른다. 라멘의 원형을 유지하면서도 지역마다 뚜렷한 개성을 지닌 고토치 라멘에서 풍요로운 일본 면문화의 한 단면을 볼 수 있다. 1994년 요코하마에 라멘 테마파크라고 할 수 있는 '신요코하마 라멘박물관'이 세워진 것도 고토치 라멘을 알리는 데 일조했다. 이제 라멘은 일본의 국민음식으로 자리 잡았을 뿐만 아니라 일본을 상징하는 음식으로서 전 세계에 수출되고 있다.

라멘이 번창한 데에는 경제적인 요소도 한몫했다. 큰돈을 들이지 않고도 열 수 있는 라멘집은 적은 자본을 가진 이들이 선호하는 창업 아이템이었다. 더욱이 우동이나 소바에 비해 역사가 짧고 전통에서 자유로워 새로운 라멘이 속속 등장할 수 있는 여건도 갖춰져 있다. 여기에 일본인 특유의 창의와 노력이 더해져 진화를 거듭하고 있는 것이 바로 오늘날의 라멘이다.

라멘을 즐기기 위해 알아야 할 몇 가지

라멘의 정체성은 국물에서

라멘은 국물, 면, 고명(토핑)으로 구성된 음식이다. 국물은 다시(육수)와 다레(양념)로 만든다. 다시는 기본적으로 돼지 뼈, 닭 뼈, 해산물(말린 멸치, 가쓰오부시, 다시마) 등을 우려서 내는데, 지역에 따라 쇠뼈를 쓰는 곳도 있다. 여기에 향미채소를 넣어 잡내를 제거한다. 라멘의 맛을 결정하는 다레는 크게 간장, 소금, 된장으로 나뉜다. 이 중 어떤 다레를 넣느냐에 따라 라멘 종류가 달라진다. 예컨대 육수에 간장을 넣으면 '쇼유라멘'이고, 소금으로만 간을 하면 '시오라멘', 된장을 더하면 '미소라멘'이다. 이들이 일본의 3대 라멘인데, 여기에 규슈 지역을 중심으로 퍼져나간 돈코쓰라멘을 더한 것이 일본의

4대 라멘으로 꼽힌다.

다만 쇼유라멘, 시오라멘, 미소라멘은 어떤 다레를 넣었느냐에 따라 붙여진 이름인 데 반해, 돈코쓰라멘은 다시를 내는 방식에 따라 붙여진 이름이다. 사실 일본 대부분의 지역에서 육수를 낼 때 돈코쓰(돼지 등뼈)를 이용했지만, '돈코쓰라멘'은 규슈 구루메(久留米)시에서 생겨나 규슈 각 지역으로 퍼져나간 진한 백탁(白濁) 돼지 뼈 국물의 라멘을 가리키는 용어로 자리 잡았다. 여기에 사용된 부위는 도가니, 등뼈, 돼지머리, 돈족 등인데, 감칠맛과 깊은 맛을 더하기 위해 배지(背脂)라고 하는 돼지 등 부위의 비계를 넣기도 했다. 이 비계는 오늘날 라멘에서 빠질 수 없는 재료다.

돼지 뼈나 닭 뼈 말고도 니보시(말린 멸치), 가쓰오부시, 사바부시(말린 고등어), 다시마 등 해산물을 이용해 다시를 내는 곳도 많다. 특히 도쿄를 비롯해 기타카타(喜多方)나 사카타(酒田), 쓰가루(津輕) 등 동일본을 중심으로 발달한 해산물(일본에서는 '어개계'라고 한다) 라멘은 진한 육수의 중화면보다는 소바를 닮았다. 2000년대 들어 도쿄에서는 돈코쓰 다시에 해산물 다시를 합한 'W수프'가 폭발적인 인기를 끌었다. 이런 다시를 돈코쓰어개계라고 부르는데, 이는 돈코쓰어개계의 다레에 찍어 먹는 쓰케멘 붐과 함께 일시에 일본 전역으로 퍼져나갔다. 예로부터 해산물 다시는 주재료라기보다 가쿠시아지(隱し味, 숨겨진 맛)로 많이 사용됐지만, 최근에는 말린 멸치를 주재료로 삼은 라멘을 내놓는 집이 늘고 있다.

한편, 닭 국물은 라멘이 들어오기 전부터 일본에서 애용된 육수인데, 가볍고 맑은 풍미에 부드러운 맛을 내 일본에서 라멘이 도입된 초기부터 육수 재료로 사용됐다. 닭 뼈나 닭발, 닭껍질을 우려내기도 하고, 닭을 통째로 삶아 내기도 한다. 향을 내기 위해 닭 지방질을 가열해 추출한 기름인 지유(鷄油)를 사용하는 집도 많다.

닭은 돈코쓰에 비해 콜라겐이 적기 때문에 맑은 국물(청탕 수프)이 만들어지는데, 이 때문에 예로부터 깔끔한 맛을 내는 쇼유라멘의 다시로 쓰였다. 닭 뼈만 우려내거나, 닭 뼈에 돈코쓰를 섞어서 우려낸다. 원래 도쿄에는 깔끔한 맛을 내기 위해 닭 뼈만으로 국물을 내는 집이 많았으나, 1990년 들어 진한 국물을 찾는 소비자가 늘면서 주류가 돈코쓰로 바뀌었다. 닭 국물로 육수를 낸 라멘은 교토를 비롯해 다카야마(高山), 오노미치(尾道), 오카야마(岡山) 등지에서도 맛볼 수 있다.

국물과의 조화가 면의 형태와 굵기를 결정

면 또한 일본 라멘을 다채롭게 만드는 주역이다. 일본에서는 라멘을 만들 때 생면을 쓴다. 면을 직접 반죽하는 가게도 있지만 주로 제면소에서 받아서 사용한다. 라멘 면은 밀가루, 물, 간수, 소금, 달걀 등으로 반죽한다. 베이킹소다를 넣은 간수는 면에 노란 색감과 독특한 향, 그리고 씹는 맛을 더해준다. 지역에 따라 면을 반죽할 때 넣는 간수의 양이 다른데, 도쿄를 비롯해 삿포로, 도호쿠 지방에서는 반죽에 들어가는 물의 30~40퍼센트를 간수로 넣는 반면 남서쪽으로 갈수록 간수 양이 적어져서 후쿠오카의 하카타 라멘에는 간수가 들어가지 않는다.

면을 만들 때 또 다른 중요한 요소는 가수율(加水率)이다. 면을 반죽할 때 물이 어느 정도 들어가는지를 나타내는 비율로, 예를 들어 밀가루 100그램에 물 0.4리터가 들어가면 '가수율 40퍼센트'가 된다. 가수율이 낮을수록 면이 국물을 빨리 흡수하기 때문에 삶은 시간이 짧은 세면(細麵)에 사용된다. 반대로 가수율이 높을수록 쫄깃하고 빨리 붇지 않기 때문에 태면(太麵)에 사용된다. 면 가수율은 대체로 '서저동고(西低東高)'를 보인다. 즉 서쪽으로 갈수록 가수율이 낮고 동쪽으로 갈수록 가수율이 높은 경향이 있다. 일반적으로는 30~35퍼센트인데, 도쿄 라멘은 35퍼센트 전후이며 요코하마 라멘은 30퍼센트가 조금 넘는다. 가수율이 30퍼센트 이하인 저가수면은 서일본에 많다. 오노미치, 하카타, 구마모토는 30퍼센트가 조금 안 되며, 구루메는 30퍼센트, 가고시마(鹿児島)는 30퍼센트를 조금 넘는다. 가수율이 40퍼센트 이상인 다가수면은 동일본에 많다. 요네자와(米沢)는 40퍼센트가 넘고, 삿포로는 36~38퍼센트, 하코다테도 조금 높은 편이다. 특이하게도 아사히카와는 일본 동쪽에 있지만 26~30퍼센트 정도로 가수율이 낮다.

라멘 면은 모양으로도 구분되는데, 반듯한 스트레이트 면과 꼬불꼬불한 면이 있다. 또 굵기에 따라 극세면, 세면, 중면, 태면, 극태면으로 나뉜다. 어느 곳은 극세면을, 어느 곳은 극태면을 쓰는 등 지역에 따라 면 굵기가 다양하다. 그렇다 해도 면 굵기는 종류별로 거의 일정한데, 제면소 칼날 간격이 일본공업규격에 의해 정해져 있기 때문이다. 라멘은 12번(직경 2.5밀리미터)에서 28번(직경 1.1밀리미터) 사이의 칼날로 자른 면이 가장 많이 쓰인다. 칼날 간격이 가장 넓은 12번은 기타카타나 삿포로 지역의 라멘, 혹은 쓰케멘의 태면에 사용되고, 칼날 간격이 가장 좁은 28번은 하카타의 돈코쓰라멘이나 요코하마의 극세면에 사용된다. 덧붙이자면 일반적인 중화면은 17번(직경 1.9밀리미터)에서 22번(직경 1.4밀리미터) 사이에서 결정된다.

고명

라멘에서 빠질 수 없는 것이 바로 고명(토핑)이다. 보통 차슈(삶은 돼지고기), 멘마メンマ(발효시킨 죽순), 삶은 달걀, 파, 숙주나물, 나루토어묵 등 다양한 토핑이 올라간다.

차슈 차슈는 돼지고기를 덩어리째 삶은 후 간장 등의 양념에 조려 얇게 썬 것이다. 국물을 낼 때 돼지 뼈와 돼지고기를 이용하다 보니 자연스럽게 돼지고기 수육이 생기게 마련인데, 그걸 조려 토핑으로 얹은 것이다. 보통 어깨 등심, 넓적다리, 삼겹살 등의 부위를 쓴다(이 중 삼겹살이 가장 부드럽다). 차슈의 한자 표기는 叉燒로, 여기서 알 수 있듯이 원래 차슈는 '야키부타やきぶた', 즉 구운 돼지고기를 말한다. 하지만 돼지고기를 굽는 데에는 손이 많이 가기 때문에 주로 삶아서 썼다. 일설에 따르면 이렇게 삶은 형태의 차슈는 군대 조리법에서 왔다고 한다. 제2차 세계대전 중 일본 육군이 작성한《군대 조리법》에 삶은 돼지의 조리법이 적혀 있는데, 전쟁이 끝난 후 귀환한 병사들이 이 조리법에 따라 만든 차슈를 라멘에 토핑으로 얹어 먹었다는 것이다. 가게에 따라 커다란 차슈를 올리거나 잘게 자른 차슈를 올리는 등 그 크기도 다양하고 1장을 올리는 곳, 2장을 올리는 곳 등 양도 다양하다. 차슈를 많이 올린 라멘은 '차슈라멘'이라고 부르기도 한다.

멘마 면과 차슈 등 비교적 부드러운 재료로 구성된 라멘에 씹는 맛을 더해주는 것이 멘마다. 멘마는 아열대 지역에서 나는 커다란 대나무 마치쿠(麻竹)의

순을 유산 발효시킨 것이다. '면(멘) 위에 얹은 마죽('마'치쿠)'에서 '멘마'라는 이름이 생겨났다고 한다. 라이라이켄이 개점할 때부터 라멘 토핑으로 사용됐던 멘마는 원래 대만요리에서 유래했다는 설이 있는데, 때문에 멘마를 시나치쿠 しなちく(支那竹)라고도 부른다.

아지다마(味玉) 아지다마는 글자 그대로 '맛을 낸 달걀'을 가리킨다. 삶은 달걀을 간장, 육수 등에 조려 맛을 낸 것으로, '아지쓰케다마고'(맛을 낸 달걀) 또는 '니다마고'(삶은 달걀)라고도 부른다. 라멘에 얹는 토핑 중 차슈 다음으로 중요하다. 라이라이켄이 창업했을 당시에는 달걀이 들어가지 않은 것으로 추정되는데, 정확히 언제부터 들어가기 시작했는지는 분명치 않다. 어쨌든 처음에는 삶기만 한 달걀이 들어갔다고 한다. 이를 조려서 맛을 낸 아지다마가 토핑으로 올라가기 시작한 것은 2000년대 이후다. 아지다마 또한 대만에서 온 것으로 추정된다. 원래는 완숙 달걀을 썼지만, 최근에는 반숙 달걀이 주를 이루고 있다. 특이하게도 도쿠시마 라멘에는 날달걀이 들어간다.

김 고소한 김(海苔, 노리)은 모든 라멘에 들어가는 기본적인 토핑이다. 특히 요코하마의 라멘 계보인 이에케(家系)에서 빠질 수 없는 재료다.

파 파는 국물을 낼 때도 쓰이지만, 토핑으로도 쓰인다. 재료의 냄새를 잡아주는 한편 톡 쏘는 맛이 라멘에 색다른 풍미를 더해준다. 지역에 따라 사용하는 부분이 다른데, 전통적으로 기후(岐阜)현을 경계로 동일본에서는 하얀 줄기를, 서일본에서는 푸른 잎을 주로 사용한다.

숙주나물 숙주나물(모야시もやし)은 중요한 라멘 토핑인데, 모든 라멘에 들어가는 것은 아니다. 수분이 워낙 많은 채소라 자칫하면 국물 맛이 옅어질 수 있기 때문이다. 따라서 숙주를 보면 그 라멘집의 실력을 가늠할 수 있다. 살짝 익힌 숙주의 사각사각한 식감은 라멘을 먹는 데 색다른 즐거움을 준다.

시금치 시금치(호렌소ほうれんそう)는 간토의 쇼유라멘이나 주카소바처럼 깔끔한 라멘에 빠질 수 없는 토핑이다.

나루토 나루토なると(鳴門)는 가운데에 붉은색 소용돌이 모양의 무늬가 있는 어묵을 가리킨다. 간 어육을 말아 찐 다음 가늘게 자른 것이라 단면에 빨간색 소용돌이 모양이 나타난다. 이는 라이라이켄이 창업한 때부터 라멘 토핑으로 들어가던 재료다. 예로부터 차슈, 멘마와 함께 도쿄 라멘에 올리는 3종 토핑이었다. '나루토'라는 이름은 나루토 해협의 소용돌이를 따서 붙인 것으로 알려져 있다.

라멘 로드

ラーメンロード

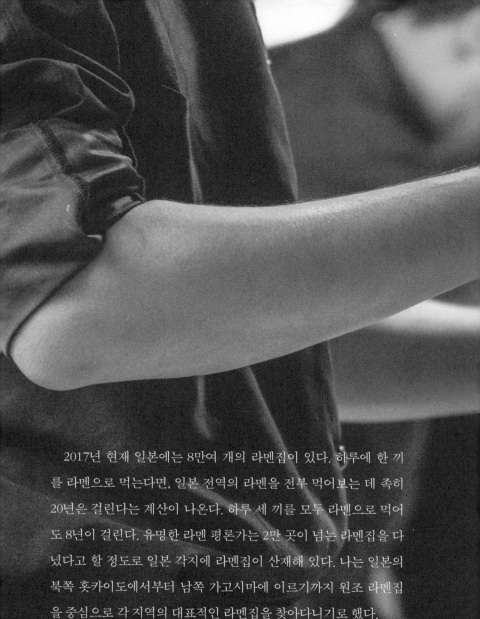

2017년 현재 일본에는 8만여 개의 라멘집이 있다. 하루에 한 끼를 라멘으로 먹는다면, 일본 전역의 라멘을 전부 먹어보는 데 족히 20년은 걸린다는 계산이 나온다. 하루 세 끼를 모두 라멘으로 먹어도 8년이 걸린다. 유명한 라멘 평론가는 2만 곳이 넘는 라멘집을 다녔다고 할 정도로 일본 각지에 라멘집이 산재해 있다. 나는 일본의 북쪽 홋카이도에서부터 남쪽 가고시마에 이르기까지 원조 라멘집을 중심으로 각 지역의 대표적인 라멘집을 찾아다니기로 했다.

홋카이도

홋카이도에는 4대 라멘이 있다. 원래 삿포로, 아사히카와, 하코다테의 라멘이 홋카이도 3대 라멘으로 꼽혔는데, 여기에 구시로 라멘이 더해져 4대 라멘이 됐다. 그리고 언젠가부터 '삿포로는 미소라멘, 아사히카와는 쇼유라멘, 하코다테는 시오라멘'이라는 대략적인 분류가 정착됐는데, 2000년경 구시로 라멘이 등장해 쇼유라멘의 새로운 대명사로 떠올랐다. 홋카이도에서 라멘이 발달한 것은 무엇보다 일본 최북단이라는 위치에 기인한 것으로 보인다. 겨울철의 혹독한 추위를 견디기 위해서는 소바나 우동보다는 지방과 염분 함량이 높고 양도 많은 라멘이 더 잘 맞았던 것이다.

삿포로 라멘

삿포로(札幌)는 무려 2,000여 개나 되는 라멘집이 있는 라멘의 격전지다. 1961년 미소라멘을 만들어 삿포로 라멘의 기초를 세운 아지노산페이(味の三平)가 여전히 건재할뿐더러 라멘집들이 모여 있는 '라멘 요코초(ラメン横丁)'와 라멘 테마파크 '라멘공화국'도 있다. 삿포로 하면 보통 미소라멘을 떠올리지만 쇼유라멘, 시오라멘은 물론이거니와 콘버터(Corn butter)라멘이나 에비(새우)라멘 같은 새로운 메뉴도 등장하고 있다.

삿포로 라멘을 맛보기 위해 첫 번째로 찾은 집은 당연히 미소라멘의 원조, **아지노산페이(味の三平)**다. 일본 라멘의 역사에 길이 남을 미소라멘을 고안한 것은 옛 주인인 오미야 모리히토(大宮守人). 한 단골손님이 미소시루(된장국)에 면을 넣어달라고 부탁한 것이 계기였다고 한다. 처음에는 정식 메뉴가 아니라 가게 종업원과 단골손님에게만 제공하던 것이었지만, 일약 삿포로를 대표하는 라멘이 됐다.

이런 명성에 비하면 아지노산페이는 무척 작다. 자리도 카운터 좌석뿐이다. 미소라멘을 주문하자, 주방장이 라멘 그릇에 미소된장 한 스푼을 크게 떠서 넣은 후 중국식 웍에 라드(돼지기름)를 붓고 양파, 숙주를 센 불로 볶기 시작한다. 양파는 족히 반 개 이상 넣은 듯하다. 짬뽕을 만들 때 센 불로 채소와 해산물을 볶는 모습과 비슷해 보인다. 몇 분 후 내 앞에 미소라멘이 놓였다. 예상했던 대로 양파와

삿포로 미소라멘의 원조 아지노산페이. 돼지 뼈와 닭 뼈, 채소를 우린 육수에
시로미소로 깊은 맛을 낸 국물이 일품이다.

숙주나물의 고소한 향이 올라온다. 아지노산페이 라멘의 특징 중 하나다. 이 집 라멘 육수는 돼지 뼈와 닭 뼈, 채소를 우려서 낸다. 여기에 시로미소(흰 된장)가 들어가 농후하고 깊은 감칠맛이 우러나온다. 국물은 조금 짠 것 같기도 하지만 맛있다. 조금 전 주방장이 열심히 볶았던 양파가 돈코쓰의 기름진 맛을 잡아줘 먹기 좋다. 된장 맛은 강하지 않다. 마치 '숨겨진 맛' 같다. 조금 굵은 듯한 꼬불꼬불한 면은 쫄깃하다. 일본어로 '주타이(中太) 지지레ちぢれ(縮れ) 멘(麺)'이라고 부를 수 있다. 이곳에서는 차슈가 아니라 굵게 간 돼지고기를 흰 후추로 양념해 볶아서 올린다. 양념으로 맛을 낸 차슈는 미소 육수와 어울리지 않아, 삿포로에는 아지노산페이처럼 간 고기를 넣는 라멘집이 많다. 매운맛을 좋아한다면 가라미소(辛味噌, 매운 된장)나 도카라시(고춧가루)를 넣으면 된다. 요즘은 한국인과 중국인이 많이 찾아 한국어 메뉴판, 중국어 메뉴판이 모두 준비되어 있다. 다만 이곳은 아케이드 건물 안에 있기 때문에 저녁 일찍 문을 닫는다.

다음으로 찾은 곳은 **멘야 사이미**(麺屋 彩未)다. 저녁 무렵 지하철 도호(東豊)선 미소노(美園)역을 나오니 상점조차 거의 없는 주택가다. 역 주변 지도에 라멘집이 표시되어 있지만, 식당이 있을 분위기가 아니다. 의심을 버리지 못한 채 조금 걷다 보니 라멘집 불빛이 눈에 들어온다. 이런 한적한 곳에 있는 데다 비 내리는 일요일 저녁이니 당연히 텅텅 비어 있을 거라 생각하고 느긋하게 문을 열었다. 아니, 안쪽에 20여 명이 차례를 기다리며 줄을 서 있다. 약간의 당혹감과 제대로 찾아왔다는 안도감이 동시에 든다. 교외에 있는 자그마한 라멘집인데도 미소라멘을 먹으러 오는 사람들의 발길이 끊이지 않는다.

이 집에서 가장 인기 있는 메뉴는 마늘 향이 일품인 미소라멘이다. 육수는 돼지 뼈와 닭 뼈를 우린 것이고, 두 가지 된장을 같이 넣어 국물 맛이 부드러우면서도 진하다. 여기에 생강을 다져 올린 것이 맛의 포인트. 다진 생강이 묘하게 맛에 악센트를 주는 데다 진한 육수의 맛을 깔끔하게 정리해줘 끝까지 질리지 않고 먹을 수 있다. 면은 약간 가늘고 꼬불꼬불한데, 아지노산페이와 차이를 거의 느낄

국물, 면, 차슈의 균형이 완벽한 멘야 사이미의 미소라멘. 이 여운을 오래 간직하기 위해 이날은 더 이상 라멘을 먹지 않았다.

수 없다. 여기에 커다란 차슈 한 장과 네모난 차슈 한 장이 함께 올라가 있다. 푹 익힌 차슈는 입안에 넣자마자 녹아버린다. 아지노산페이에 비하면 이 집 라멘이 덜 기름지고 덜 짠 편이다.

이 집 라멘을 먹고 있노라니 음식의 궁합이란 이런 것이구나 하는 생각이 든다. 국물, 면, 차슈의 균형이 거의 완벽하다. 많은 사람이 라멘 한 그릇을 먹기 위해 멀리서 찾아와 줄 서서 기다리는 이유를 알겠다. 원래 이곳에서 라멘 한 그릇을 먹고 나서 다른 곳에서 라멘 한 그릇을 더 먹으려 했는데, 이 집 라멘 맛을 조금이라도 더 오래 기억하고 싶어서 계획을 포기했다. 아지노산페이와 더불어 삿포로 미소라멘의 원형을 맛볼 수 있는 집임에 틀림없다.

삿포로에 미소라멘만 있는 것은 물론 아니다. 쇼유라멘이나 시오라멘을 맛볼 수 있는 라멘집도 많다. **다루마켄(だるま軒)**은 1947년 창업한 삿포로 라멘의 개척자 같은 가게다. 삿포로 시내의 니조(二条) 시장 입구에 위치한 건물에서는 옛 분위기가 물씬 풍긴다. 시장 골목으로도 통하는 입구가 있는 것으로 보아 시장 상인들이 많이 이용하는 라멘집 같다. 이 집 간판 메뉴는 쇼유라멘이다. 닭 뼈와 돼지 뼈를 우린 육수에 다시마와 가쓰오부시를 넣어 맛이 깔끔하다. 카운터 자리에 앉아 주방을 보니 갓 건져낸 닭 뼈와 커다란 다시마 여러 장이 보인다. 쇼유라멘의 모습은 단출하다. 면 위로 돼지다릿살 차슈와 멘마, 김, 잘게 썬 파가 올려져 있다. 이 집의 토핑 중 특이한 것은 다테마키(伊達巻, 다진 생선과 달걀을 섞어 두텁게 말아 부친 음식)다. 무

삿포로라고 미소라멘만 먹지는 않는다.

깔끔한 쇼유라멘을 먹고 싶을 땐 다루마켄으로 가자.

엇보다도 마음에 드는 것은 깔끔한 간장 맛의 국물이다. 오는 손님마다 모두 쇼유라멘을 주문한다. 한국 사람들도 많이 오는지 한글 안내문도 있다.

라멘의 고장답게 삿포로에는 라멘집이 모여 있는 골목도 있고, 라멘 테마파크도 있다. 먼저 **간소 삿포로 라멘 요코초**(元祖さっぽろらめん横丁)는 스스키노(すすきの)역 근처에 자리한 라멘 골목으로, 60년이 넘는 역사를 자랑한다. 전통 삿포로 라멘을 내는 곳부터 새로운 맛을 추구하는 라멘집까지 17개의 가게가 영업 중이다. 모든 가게가 심야까지 영업하므로 늦은 시간에 라멘을 즐기고 싶다면 이곳으로 가면 된다. 골목 중간에 한국어·중국어 안내판이 있어 라멘집을 고르기 쉽다.

라멘 테마파크라 할 수 있는 **삿포로 라멘공화국**(札幌ラーメン共和国)은 JR삿포로역과 연결된 삿포로 에스타 빌딩에 있어 찾아가기가 매우 쉽다. 에스타 빌딩 10층으로 올라가면 홋카이도 각 지역의 인기 라멘집을 모아놓은 푸드마켓이 보인다. 신요코하마에 있는 라멘박물관처럼 1940~50년대(쇼와 20년대) 거리를 재현해놓은 곳인데, 8개의 라멘집이 영업 중이다. 입점하는 라멘집은 정기적으로 바뀐다.

거리 입구에 홋카이도 라멘 지도와 홋카이도 라멘의 역사를 옛 라멘집 사진과 함께 일목요연하게 설명해놓아 홋카이도 라멘에 관한 지식을 얻는 데도 많은 도움이 된다. 먼저 구경 삼아 돌아다니면서 라멘집들을 둘러본 뒤 마음에 드는 곳을 골라 들어가면 된다. 분

귀찮게 찾아다닐 필요 없이, 간소 삿포로 라멘 요코초나 삿포로 라멘공화국에 가면
다양한 지역 라멘을 골라 먹을 수 있다.

위기도 매우 캐주얼해서 혼자 라멘을 먹기에 편하다. 홋카이도의 여러 지역을 돌아다닐 시간이 없을 때 이곳에 와서 다양한 지역 라멘을 골라 먹으면 된다.

아지노산페이(味の三平)
영업시간: 11:00-18:30, 휴일: 월요일, 제2 화요일
지하철 오도리역 12번 또는 17번 출구에서 도보 3분 ☎ 011-231-0377

멘야 사이미(麺屋 彩未)
영업시간: 11:00-15:15(LO), 17:00-19:30(LO), 휴일: 월요일(그리고 월 2회 부정기 휴일 있음)
지하철 도호선 미소노역에서 도보 3분 ☎ 011-820-6511

다루마켄(だるま軒)
영업시간: 11:00-17:00, 휴일: 목요일
지하철 오도리 34번 출구에서 도보 7분 ☎ 011-251-8224

간소 삿포로 라멘요코초(元祖さつぽろらめん横丁)
영업시간: 점포에 따라 다름. 심야까지 영업, 연중 무휴
지하철 난보쿠선 스스키역 3번 출구에서 도보 3분

삿포로 라멘공화국
영업시간: 11:00-21:45(LO), 연중 무휴
에스타 빌딩 10층, JR삿포로역과 직접 연결.

아사히카와 라멘

아사히카와는 홋카이도에서 삿포로 다음으로 큰 도시로, 홋카이도 북부에 있다. 인구는 약 36만 명, 삿포로에서 열차로 1시간 20분 거리다. 아사히카와에는 약 250개의 라멘 전문점이 있는데, 특히 쇼유라멘으로 이름을 떨치고 있다.

아사히카와 라멘의 가장 커다란 특징은 'W수프'다. W는 '더블(유)', 즉 두 가지라는 뜻이다. 육지 고기로 낸 육수와 해산물로 낸 육수를 합한 것이라 'W수프'라고 부른다. 재밌는 일본어 표현이다. 'W수프'는 돼지 뼈 육수에 말린 전갱이 같은 건어물로 낸 육수를 더해 만든다.

'W수프'는 1996년 나가노에서 문을 연 라멘집 아오바(青葉)에서 처음 사용한 말이다. 아오바에서는 손님에게 라멘을 제공할 때 다레를 넣은 그릇에 해산물 육수와 돈코쓰 육수를 그 집만의 비율로 섞어서 냈는데, 이것이 하나의 트렌드가 됐다. 하지만 그때까지 두 가지 육수를 섞은 다시가 없었냐 하면, 그건 아니다. 옛날에는 아사히카와의 하치야(蜂屋)에서 50년 전부터 가게 문을 열기 전에 해산물 육수와 돼지 뼈나 닭 뼈 육수를 합해 양을 맞추었다. 'W수프'라는 새로운 명명은 손님에게 라멘을 제공하기 직전 육수 각각의 양을 재서 그릇에 넣으며 합치는 방식을 강조한 것이다. 하지만 최근에는 해산물 육수와 돈코쓰 육수를 합한 것이면 모두 'W수프'라고 부른다.

아사히카와 라멘의 육수는 뜨겁고 진한 편으로, 육수가 식지 않도록 국물에 라드를 부어 내기도 한다. 한마디로, 몸이 따뜻해지는 라멘이라고 할 수 있다. 홋카이도 북부에 위치한 아사히카와의 험한 겨울 추위를 이겨내는 방법이라고 할 수 있다. 면은 조금 가는 편에 꼬불꼬불한데, 가수율이 낮다. 수분이 적은 면이 육수를 잘 흡수해 면과 육수의 일체감을 잘 느낄 수 있다. 아사히카와 라멘의 토핑은 차슈, 멘마, 파 등으로 단순한 편이다.

첫 번째로 찾은 아사히카와 라멘집은 JR아사히카와역 가까이 있는 **아사히카와라우멘 아오바**(旭川らうめん青葉) **본점**. 길가에 있어 찾기도 쉽다. 황토색에 가까운 오렌지색 노렌이 눈길을 끈다. 안에 들어가니 카운터 자리에 테이블 두 개가 달랑 놓인 소박하지만 정감 있는 라멘집이다. 1947년 창업한 노포로, '아사히카와 라멘의 원조'로 손꼽히는 가게 가운데 하나다. 실내는 다소 어수선하지만 70여 년간 가게를 지켜온 주인의 살림살이를 보는 듯하다. 벽은 다녀간 사람들의 사진이며 사인으로 도배되어 있다.

진한 빛깔의 육수 위에 커다란 차슈 한 장과 멘마, 파, 김이 올라간 쇼유라멘이 나왔다. 김에 그려진 문어 그림이 귀엽다. 쇼유라멘 육수는 'W수프'가 기본으로, 돼지 뼈와 닭 뼈를 우린 육수에 말린 멸치 같은 해산물로 낸 육수를 합해 만든다. 육수 색깔이 진한데도 간장 맛은 그리 도드라지지 않고 깔끔하다. 이곳에서 직접 빚은 면은 중간 굵기의 꼬불 면으로 쫄깃하다. 육수와 면이 아주 뜨거운 게 역시 아사히카와 라멘답다. 차슈는 입에서 녹을 만큼 부드럽고, 두터운 멘마도 잘 어울린다. 맛있다는 생각밖에 안 드는데, 이게 쇼유라멘이구나 싶다.

한국에서 홋카이도까지 라멘을 먹으러 왔다고 하니, 주인아주머니가 공책 한 권을 가져온다. 일종의 방명록이다. 여러 나라에서 온 손님들이 쓰고 갔다면서, 나에게도 써달라고 부탁한다. "아사히카와 쇼유라멘의 시니세 대표로서 이곳에 왔다. 아주 맛있다. 또 오고 싶다."라고 썼다. 이게 78번째 공책이라고 하는데, 머지않아 100번째 공책이 완성될 것 같다. 내가 아주머니와 이야기를 나누고 있으니 아저씨도 다가와 1993년에 신혼여행을 한국으로 가 대전, 부산,

---

아사히카와 라멘의 원조 중 하나인 아오바의 깔끔한 쇼유라멘.

경주, 서울을 둘러봤다고 한다. 아주 친절한 주인 부부였다. 작지만 정감 넘치는 라멘집이다.

　다음으로 찾은 곳은 아사히카와 시내에 있는 **하치야(蜂屋)**다. 아사히카와 고조(五条)에는 자그마한 '먹자골목'이 있다. 20개가 조금 안 되는 가게가 있는데, 대부분 술집이다. 아직 이른 오후라 다른 가게는 전부 문을 닫아 조금 썰렁한 가운데 하치야만 영업 중이다. 저녁에 오면 술 한잔 걸친 후 라멘을 먹기 좋을 것 같다. 노렌이 인상적인데, 짙은 녹색 바탕에 라멘 그릇을 연상시키는 빨간 원 안에 '蜂屋'라고 쓰여 있다. 하치야는 삿포로에 라멘 야타이가 등장한 것과

돼지 뼈와 닭 뼈를 우린 육수와 해산물을 우린 육수를 합친 W수프에 꼬불꼬불한 면이 아사히카와 라멘이다.

거의 같은 시기인 1947년 말에 문을 연 노포다.

식당 안은 허름해 보였고, 낮이라 그런지 조금 한산했다. 여러 종류의 라멘이 있었지만 나는 당연히 쇼유라멘을 주문했다. 먼저 온 손님들도 쇼유라멘을 먹고 있었다. 국물 색깔이 역시 진하다. 돼지 뼈 육수에 전갱이 등의 해산물 육수를 합한 걸쭉한 W수프가 아사히카와 라멘임을 말해준다. 이곳 역시 간장 맛은 그리 강하지 않다. 차슈는 그리 부드럽지 않고 약간의 돼지 누린내가 올라왔다. 매일 매일 완벽한 라멘 맛을 유지하기가 그리 쉽지 않은 듯하다.

그날 먹은 라멘의 맛은 그리 감동적이지 않았다. 오히려 '신요코하마 라멘박물관'에서 사 온 하치야의 라멘을 한국에서 끓여 먹은 것이 더 나았다. 라멘이 들어 있던 자그마한 포장상자를 보니 왼쪽 상단에 돼지 한 마리와 전갱이 한 마리가 빨간색으로 그려져 있다. 역시 아사히카와 라멘은 W수프에 비법이 있다.

아사히카와 라우멘 아오바 본점(旭川らうめん 青葉 本店)
영업시간: 09:30-19:50(LO), 휴일: 수요일(공휴일의 경우 다음 날)
JR아사히카와역에서 도보 5분 ☎ 0166-23-2820

하치야 고조 창업점(蜂屋 五条 創業店)
영업시간: 10:30-19:50(LO), 연중 무휴
JR아사히카와역에서 도보 13분 ☎ 0166-22-3343

구시로 라멘

홋카이도 라멘의 새로운 얼굴은 구시로 라멘이다. 구시로(釧路)시는 홋카이도 남동쪽 해안에 위치한 습원(濕原) 지역으로, 어업에 종사하는 사람들이 많다. 항구도시 구시로와 근교 곳곳에 100개 이상의 라멘집이 있다.

구시로 라멘의 가장 큰 특징은 육수에 간장으로 맛을 내고 매우 가는 면을 쓴다는 것이다. 아사히카와의 쇼유라멘에 비해 간장 맛이 강한데, 다랑어 풍미의 육수에 가늘고 꼬불꼬불한 면의 궁합이 좋다. 극세면이지만 가수율이 높아 찰기가 있다. 이 같은 극세면을 쓰는 것은 성미 급한 어부들에게 라멘을 빨리 내놓기 위해서라는 설이 있지만 확실하지는 않다. 구시로에서는 쇼유라멘이 유명하지만 시오라멘도 인기 있다.

구시로에 가기 위해 아침 일찍부터 서둘렀다. 내가 이렇게 서두르는 것은 여행을 떠날 때와 음식을 먹으러 갈 때뿐이다. 삿포로에서 7시 3분에 출발하는 기차를 타고 4시간 만에 구시로에 도착했다. JR구시로에서 처음 찾은 라멘집은 **구시로 라멘 가와무라**(釧路らーめん河むら)다. 구시로역에서 도보로 10분 거리에 있다. 라멘집에 도착한 시간은 오전 11시 30분. 그래도 번화가에 있는 라멘집인데, 어쩐 일인지 골목에 사람이 한 명도 보이지 않는다.

가게 문을 열고 들어가니 모녀로 보이는 두 여성이 일하고 있다. 일단 쇼유라멘을 주문하고 나서 메뉴판을 찬찬히 보니 이 집 역사가 간략하게 적혀 있다. 1989년에 야간에만 영업하는 자그마한 음식점으로 시작해 1999년에 지금의 장소로 이전했다고 한다. 일본 라멘집치고 역사가 짧다.

구시로 쇼유라멘은 아사히카와 쇼유라멘과 어떻게 다를까 궁금했는데, 국물이 맑은 간장 색이다. 간장 맛이 두드러지지만 아주 깔끔하다. 기름기도 거의 없다. 마치 우동이나 소바 국물 같다. 주인에게 무엇으로 육수를 내는지 물어보니 닭과 생선류를 쓴다는 대답이 돌아온다. 주인이 말한 것처럼, 구시로 라멘은 닭 뼈와 게즈리부시(けずりぶし, 얇게 깎은 가다랑어포)로 낸 육수가 기본이다. 역시 바다를 끼고 있는 도시라서 해산물을 사용한 육수가 발달했다. 여기에 양파

가와무라의 쇼유라멘. 맑은 간장 색이 짜 보이지만 맛이 정갈해 아침에 먹기에 제격이다.

를 넣어 육수의 단맛을 살리는 것이 특징이다. 가늘고 찰기가 강한 꼬불 면 위에 차슈, 멘마, 파가 올라간다. 토핑도 심플하고 면의 양도 적당하다. 특히 육수의 맛이 정갈해 아침에 먹기에 제격이다. 아사히카와에서는 술을 마신 다음 날 아침에 해장하기 위해 라멘을 많이들 먹는다고 하는데, 구시로 라멘도 해장용으로 좋을 듯하다.

다 먹고 나서 계산을 하는데 손님들이 많이 들어오기 시작한다. 다들 "이쓰노모노いつのもの(늘 먹던 것)"라고 주문하는 걸 보니, 단골손님이 무척 많은 모양이다. 아침 일찍부터 먼 길을 달려온 보람이 있다. 가벼워진 마음으로 소화도 시킬 겸, 구시로 시내도 구경할 겸 큰 길로 나섰다. 4월 중순이라 날씨가 따뜻하다. 한 500미터 걸으니 구시로강(釧路川)이다. 라멘집 이름이 왜 '가와무라(강 마을)'인지 알겠다.

반세기의 역사를 가진 **마루히라(まるひら)** 역시 원조 구시로 라멘을 맛볼 수 있는 곳이다. 검정색 노렌이 인상적인 입구를 지나 들어가니 점심시간이라 손님이 가득하다. 이 자그마한 라멘집을 온 가족이 운영하고 있다. 할머니와 아들, 며느리가 안에서 일을 하고, 할아버지는 밖에서 손자를 돌보고 있다. 아마도 세월이 지난 후에는 가게 밖에서 할아버지와 놀던 손자가 이 가게를 이어갈 것이다.

메뉴는 쇼유라멘과 시오라멘뿐. 단출해서 좋다. 주변을 둘러보니 모두 쇼유라멘을 먹고 있는데, 그중 적지 않은 수가 오오모리(곱빼기)를 먹고 있다. 보통 라멘보다 100엔 더 비싸다. 내가 보기에는 보통도 양이 적지 않은데 그런다. 쇼유라멘을 주문하니 먼저 작은 국

원조 구시로 라멘집 중 하나인 마루히라.
이곳도 소바 국물을 닮은 맑은 라멘 육수가 특징이다.

자로 간장을 떠 라멘 그릇에 넣고 여기에 하얀 육수를 붓는다. 면은 솥에 넣고 후루룩 한 번 끓으니 바로 건져 그릇에 담는다. 여기에 차슈와 채 썬 파, 그리고 김 한 장을 올린다. 지켜보면서 시간을 재니, 라멘을 주문받고 내보내기까지 90초 남짓 걸리는 것 같다.

이곳 육수도 기름기 없는 투명한 간장 색이다. 다랑어가 기본인 이곳 육수는 깊이 있으면서도 매우 깔끔한 맛을 낸다. 오랜 시간 돼지 뼈를 우려내 만드는 돈코쓰라멘의 걸쭉한 육수와 대극을 이루는 맛이다. '가와무라'의 것과 마찬가지로 소바 국물을 닮았다. 면은 아주 가는데도 찰기가 느껴진다.

금세 라멘 한 그릇을 비우고 나가는 와중에도 사람들이 계속 들어온다. 주인 가족에게 친근하게 인사하는 걸 보니 단골인 모양이다. 이웃에 맛있는 라멘집이 있는 동네 사람들이 부럽다. 이런 집이라면 나라도 단골손님이 될 것 같다.

구시로 라멘 가와무라(釧路らーめん河むら)
영업시간: 11:00-15:00, 18:00-25:00(일요일, 공휴일은 11:00-15:00), 휴일: 부정기
JR구시로역에서 도보 10분 ☎ 0154-24-5334

마루히라(まるひら)
영업시간: 09:30-17:00, 휴일: 수요일, 제2, 4 목요일
JR구시로역에서 차로 5분 ☎ 0154-41-7233

하코다테 라멘

앞서 말했듯 하코다테(函館) 하면 시오라멘이다. 시오라멘은 메이지시대부터 존재했던 역사 깊은 라멘으로, 옛날에는 하코다테에서 "라멘 주세요." 하면 시오라멘이 나왔다고 한다. 그런데 하코다테가 시오라멘으로 유명해진 이유는 무엇일까? 답은 하코다테의 역사와 지역성에 있다. 하코다테는 에도시대에 요코하마, 나가사키와 함께 국제무역항으로 발달한 곳이다. 1859년 하코다테가 개항하면서 화교들과 함께 닭 뼈를 우려낸 육수에 소금으로 간한 광동계 탕면이 들어왔다. 여기에 바다를 끼고 있는 하코다테 특유의 해산물 육수가 더해지면서 시오라멘으로 진화한 것이다.

인쇄물에 난킨소바가 처음 등장한 곳도 바로 하코다테다. 1884년 요와켄(養和軒)이라는 식당의 광고였다. 당시 난킨소바는 소금 간한 맑은 닭 육수에 면을 넣어 만든 것이었는데, 하코다테 사람들은 다른 지역 사람들과 달리 고기 국물 맛에 이미 익숙했던 터라 난킨소바를 별 거부감 없이 받아들였다. 하지만 메뉴에 '시오라멘'이라고 쓰게 된 것은 최근 들어서다.

하코다테 시오라멘의 육수는 돈코쓰를 베이스로 닭 뼈 등을 약한 불에 푹 삶아서 낸다. 이렇게 하면 희고 탁한 육수가 아닌 맑은 육수가 우러난다. 여기에 소금 맛과 잘 맞는 곧은 면을 사용한다. 면은 부드럽게 느껴질 만큼 오래 삶는다. 토핑은 섬세한 소금 맛을 해치지 않도록 차슈, 멘마, 파 정도로 단순한데, 차슈조차 깔끔하다.

하코다테는 삿포로에서 약 310킬로미터 떨어진 항구도시다. 삿포로역에서 하코다테역까지 4시간 20분이 걸리는데, 차창 밖 풍경 덕분에 긴 시간 기차를 타도 그리 지루하지 않다. 하코다테 시오라멘을 맛본다는 기대감 때문일지도 모른다.

하코다테역에서 가까운 라멘집을 찾는다면 **세이류켄(星龍軒)**이 좋다. 역에서 도보 5분 거리에 있다. 1957년에 문을 연 세이류켄은 하코다테를 대표하는 라멘집으로, 점심시간에는 줄을 서서 먹어야 한다. 하지만 아침시장 바로 옆에 붙어 있는 가게의 겉모습은 그저 동네 라멘집 같다. 빨간색 노렌이 없었다면 식당처럼 보이지도 않을 듯하다. 안으로 들어가니 작은 테이블 네 개에 카운터 자리뿐이다. 벽에 붙어 있는 메뉴판에는 시오라멘뿐만 아니라 미소라멘, 쇼유라멘 등 열 가지가 넘는 라멘이 적혀 있다. 물론 대표 메뉴인 시오라멘을 주문했다. 많은 사람이 시오라멘에 차한(볶음밥) 작은 것을 주문한다. 주문이 들어오면 주인아저씨는 센 불 앞에 서서 열심히 밥을 볶아가며 교자를 준비하고, 아주머니는 면을 삶는다.

참을성 있게 기다리다 마주한 시오라멘은 맑은 국물이 인상적이다. 이곳은 다시마를 기본으로 닭 뼈, 돼지 뼈, 말린 가리비, 가이바시라(かいばしら, 관자) 등으로 육수를 내 맛이 깔끔하다. 아주 조금 떠 있는 기름이 고소한 맛을 더해주는데, 우리나라 중국집에서 나오는 기스면 육수와 비슷한 맛이다. 보통 굵기의 곧은 면 위에는 차슈, 멘마, 파가 얹혀 있다. 여기에 커다란 미쓰바(파드득나물) 잎이 여러 장 들어가 있는데, 적은 양이지만 독특한 향이 시오라멘의 맛을 한층

시오라멘 특유의 맑은 국물이 세이류켄의 주 메뉴다.
차한, 교자 같은 메뉴가 라멘이 중국음식임을 보여준다.

돋워준다. 역시 아침에 먹기에는 시오라멘이 제일이다.

 역시 하코다테역에서 가까운 **지요켄(滋養軒)**은 세이류켄보다 더 오랜 역사를 지닌 라멘집이다. 지요켄이 문을 연 것은 1947년. 창업 이래 하루도 빼놓지 않고 자가 제면을 한 것으로 평판이 높다. 11시 30분에 문을 여는데, 11시 45분에 갔는데도 벌써 긴 줄이 늘어서 있다. 50대로 보이는 부부 둘이서 라멘집을 운영하는데, 음식을 내놓으랴 계산하랴 정신없이 바빠 보인다.

 가게는 테이블 세 개에 카운터 자리 세 개로 조그맣다. 나는 중년

가게가 작은데도 늘 줄을 서는 지요켄에서는 합석이 기본이다.
토핑이 단출해 맑은 국물이 더 돋보인다.

부부와 합석해 테이블에 앉았다. 이 집 대표 메뉴 역시 시오라멘이다. 내가 시오라멘을 주문하고 나니 단골손님인 듯한 중년 부부는 광동면을 주문한다. 교자를 주문하는 사람도 많다.

역시 투명한 국물에 맛은 깔끔하다. 이곳에서는 닭 뼈와 돼지 뼈로 육수를 낸다. 토핑은 차슈 2장에 멘마, 잘게 썬 파가 전부지만 맑은 국물과 쫄깃한 면발에 잘 어울린다. 영업 마감 시간은 저녁 8시지만 라멘 국물이 떨어지면 바로 문을 닫는다. 사실 그 전날 삿포로에서 아오모리로 가는 길에 저녁 7시 반쯤 들렀는데, 이미 문을 닫은 후였다. 하는 수 없이 아오모리로 가서 하룻밤을 묵은 후 아침에 다시 이곳을 찾았다. 라멘 한 그릇 먹으러 하코다테와 아오모리를 왕복하다니! 내가 생각해도 좀 과한 일인 것 같아 저절로 웃음이 났다.

멘주보 아지사이(麵廚房あじさい)의 본점은 하코다테역에서 시영 전철을 타고 찾아가야 한다. 전철을 타고 고료카쿠코엔마에(五稜郭公園前)역에서 내려 고료카쿠 타워를 목표로 7~8분을 걸어가면 횡단보도 건너편에 '멘주보 아지사이 혼텐(麵廚房あじさい 本店)'이라고 쓰인 커다란 간판과 3층짜리 현대식 건물이 눈에 들어온다. 전면이 통유리창으로 되어 있어 꽤 화려한 건물인데, 이 건물 2층에 자리 잡은 아지사이 본점은 80년이 넘는 역사를 자랑하는 노포다. 지금까지 본 노포들과는 상당히 다른 분위기다. 2층으로 올라가는 계단 벽에 "2007년 1월 13일 1,400그릇을 팔았다."라고 자랑스럽게 적어놓은

액자가 걸려 있다. 기대를 품고 들어가니 널찍한 실내는 세련되게 꾸며져 있다. 라멘집이라기보다는 꼭 카페 같다.

자리에 앉아 메뉴판을 보니 한글로 "하코다테 하면 시오라멘이죠."라고 적혀 있다. 한국인 여행객들이 시오라멘을 먹으러 이곳을 많이 찾는 듯하다. 시오라멘을 주문하자 종업원이 가타멘(딱딱한 면)이 좋겠냐고 묻는다. "오코노미(입맛)에 맞게 할 수 있다."는 것이다. 이것 참 좋다. 나는 푹 익은 면보다 살짝 덜 익힌 면을 좋아해서, 라멘집에 가면 항상 "가타메(딱딱하게)"로 주문한다.

이윽고 감탄사가 절로 나오는 라멘이 눈앞에 놓였다. 먼저 생김새가 다르다. 면이 다 보일 정도로 육수가 맑고 맛도 그만큼 깔끔하다. 이곳 육수는 두 종류의 홋카이도산 다시마로 낸 육수를 기본으

닭 뼈와 돼지 뼈를 같이 우린 육수인데도 잡미가 없고 맑은 국물이 돋보이는 멘주보 아지사이의 시오라멘.

로, 닭 뼈와 돼지 뼈 우린 육수를 더해 만든다. 잡미가 없으면서도 풍미가 진하다. 약간 짭짤한 소금 맛도 그런대로 좋다. 가늘고 곧은 면은 목 넘김이 좋고 육수와 절묘하게 어우러진다. 여기에 큼직하게 썬 차슈 여러 장과 멘마, 파, 파드득나물이 올라가 있다. 멘마가 특히 맛있었는데, 이런 생각을 하는 게 나뿐만은 아닌지 멘마를 따로 팔고 있다. 맥주 안주로 먹으려고 나도 여러 봉지 샀다.

전체적으로 세이류켄이나 지요켄의 시오라멘과 닮은 듯 다른 맛이다. 세 곳의 시오라멘을 비교하며 먹어보면 맑고 깔끔한 육수와 가는 면으로 대표되는 하코다테 시오라멘의 원형을 발견할 수 있다. 멘주보 아지사이는 이 본점 말고도 하코다테에만 3개 지점이 있는데, 삿포로의 라멘공화국과 신치토세 공항에도 입점해 있다. 최근에 가보니 JR하코다테역에도 문을 열었다.

세이류켄(星龍軒)
영업시간: 11:00-18:00(면이 모두 팔리면 종료), 휴일: 일요일
JR하코다테역에서 도보 5분 ☎ 0138-22-0022

지요켄(滋養軒)
영업시간: 11:30-14:00, 17:00-20:00(국물이 떨어지면 종료), 휴일: 화요일
JR하코다테역에서 도보 5분 ☎ 0138-22-2433

멘주보 아지사이(麺廚房あじさい) **본점**
영업시간: 11:00-20:25, 휴일: 제4 월요일
시영전철(지상) 고료카쿠코엔마에 정거장에서 도보 7분 ☎ 0138-51-8373

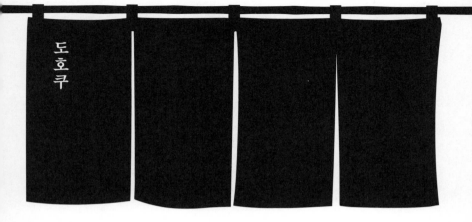

도
호
쿠

아오모리 라멘

아오모리(青林)현은 80여 년 전부터 쓰가루를 중심으로 지역 소바가 발달했지만, 라멘은 그렇게 눈에 띄는 곳이 아니다. 하지만 니보시, 즉 말린 멸치로 국물을 낸 라멘을 맛보고 싶어 힘들게 아오모리를 찾았다.

바다를 끼고 있는 쓰가루에서는 말린 멸치를 우려 소바 국물을 낸다. 쓰가루 소바의 국물은 멸치 맛을 가볍게 살려 간장으로 맛을 내는 것과 멸치를 진하게 우려낸 맛으로 구별된다. 아오모리 라멘의 육수도 이 두 가지로 나뉜다.

나는 이 가운데 멸치 맛을 가볍게 살린 아오모리 라멘을 맛보고 싶어 **구도라멘**(くどらーめん)을 찾았다. 아오모리역 앞의 수산시장은 새벽 5시에 열리는데, 시장 안에 자리 잡은 구도라멘도 일찍부터 문을 연다. 나는 오전 8시가 조금 넘어서 시장을 찾았다. 규모가 꽤 크다. 이른 시간인데도 이런저런 가게들이 문을 열어놓고 손님을 기다리고 있다. 지나가는 한 여성에게 라멘집 가는 길을 물어보니 "벌써 문을 열었나?" 하고 고개를 갸웃거리면서도 길을 가르쳐준다. 걷다가 젊은 남성에게 다시 길을 물어보니 손짓으로 "저기"라고 가리킨다. 시장을 오가는 사람은 누구나 구도라멘을 아는 듯하다.

시장 안에 있는 라멘집이라 그런지 분위기도 편하고 가격도 싸다. 국물 맛은 멸치로 국물을 낸 우리나라의 어묵탕과 비슷하다. 그런데 이곳에서는 멸치가 아니라 구운 이와시(정어리)로 국물을 낸다. 옛날 아오모리에는 구운 이와시로 국물을 내는 집이 많았는데, 이제는 가격이 비싸 구도라멘 외에 몇 집만이 사용할 뿐이다. 면은 직접 반죽한 꼬불꼬불한 세면이고, 토핑은 단출하다. 크고 조금 단단한 차슈 2장과 멘마가 전부다. 라멘 한 그릇을 먹고 나니 속이 풀리는 듯하다. 아침에 먹기 딱 좋은 맛이다.

구도라멘(くどらーめん)
영업시간: 08:00-16:00, 휴일: 목요일
JR아오모리역에서 도보 5분 ☎ 017-722-6905

옛 방식대로 구운 정어리로 육수를 낸 구도라멘의 아오모리 라멘.

야마가타 라멘

야마가타는 일본 동북부를 대표하는 다양한 라멘이 있는 곳이다. 한 조사에 따르면 야마가타시는 라멘 소비액이 일본에서 1위로, 외식비 중 라멘에 대한 지출이 일본 평균의 2배 이상이라고 한다. 희한하게도 야마가타에는 라멘을 파는 소바집이 많다. 그래서인지 야마가타 사람들은 손님이 오면 근처 소바집에서 라멘을 배달시켜 대접하곤 했다고 한다. 라멘을 좋아하는 사람이라면 꼭 가보아야 할 곳임에 틀림없다.

야마가타에는 다양한 라멘이 있지만, 그중 대표적인 라멘 하나를 꼽으라면 단연 '히야시라멘', 즉 냉(冷)라멘이다. 히야시라멘의 가장 큰 특징은 단연 찬 국물에 있다. 쇠뼈, 가쓰오부시, 다시마를 우려낸 육수에 야마가타 특산 과일인 라프란스(서양 배)를 갈아 넣고 고소한 참기름의 향미를 더해 만든다. 그리고 여기에 간장 다레가 들어가 맛이 깔끔하다. 육수를 낼 때 쇠뼈를 사용하는 것은 야마가타가 소로 유명한 곳이기 때문인 듯하다. 실제로 야마가타를 여행하다 보면 쇠고기음식을 많이 접할 수 있다.

이 히야시라멘의 원조가 바로 야마가타시 중심가에 있는 **사카에야(榮屋)** 본점이다. 원래 소바집이었던 사카에야는 1932년에 문을 열어 1952년에 히야시라멘을 내놓았다. 야마가타는 분지 지형이라 여름철이면 매우 더운데, "차가운 라멘이 먹고 싶다."는 손님들의 바람에 귀를 기울여 연구를 거듭한 끝에 만들어낸 것이 바로 이 히야시라멘이다.

나는 이 가게에 세 번 가보았다. 처음 이곳을 찾은 것은 10여 년 전이다. 야마가타에서는 2년에 한 번 '야마가타 국제 다큐멘터리 영화제'가 열린다. 영상인류학자인 나는 영화제가 끝난 겨울철에 영화제 사무국에 보관된 영화를 봐야 할 일이 있었다. 당시 야마가타 시내에 숙소를 잡았는데, 쏟아지는 함박눈을 맞으며 히야시라멘을 먹으러 찾아간 곳이 바로 사카에야 본점이었다. 나는 다른 사람들도 당연히 대표 메뉴인 히야시라멘을 먹을 줄 알았는데, 히야시라멘을 주문하고 보니 모두들 따끈한 라멘을 먹고 있는 게 아닌가? 조금 당황했지만 '냉면도 겨울철에 먹는 것이 제격'이라는 생각으로 꿋꿋이 한 그릇을 다 비웠던 생각이 난다. 돌아오는 길이 좀 추웠지만 참 맛있었다. 나는 2011년과 2016년 겨울에 이곳을 다시 찾았는데, 갈 때마다 꼭 히야시라멘만 먹는다.

히야시라멘은 투명한 간장 빛깔 육수에, 참기름이 표면을 살짝 덮고 있다. 더운 여름철에는 얼음이 동동 떠 있는 육수만 봐도 빨리 먹고 싶어 안달이 날 정도다. 육수를 한 숟갈 떠먹으니 시원하다. 깔끔한 간장 맛과 참기름의 풍미가 느껴진다. 라프란스의 향미도 살짝 올라온다. 어느 곳에서도 맛볼 수 없는 별미다. 첫입에는 간이 조금 짭짤하게 느껴지지만, 먹는 동안 얼음이 녹으면서 딱 먹기 좋은 간이 된다.

국물과 면의 양이 많은 편이다. 면은 쫄깃쫄깃한 태면. 여기에 숙

쇠고기 육수를 차게 식혀 국물을 만들고
숙주나물, 해파리, 오이 등이 올라가 청량감을 더한 히야시라멘.
분지 지형이라 무더운 야마가타의 여름을 나기 위해 고안된
히야시라멘을, 나는 늘 겨울에 먹었다.

주나물, 커다란 차슈 1장, 멘마, 가마보코, 해파리, 생오이 두 조각과 김 한 장이 올라간다. 숙주는 면발처럼 굵고 싱싱한데 사삭사각한 식감이 시원하다. 생오이도 히야시라멘에 잘 맞는다. 한마디로, 청량감 넘치는 라멘이다. 여름철에 히야시라멘을 먹으면 몸이 반가워하고, 겨울철의 히야시라멘은 입이 즐거워한다. 선물용 히야시라멘도 한 봉지 샀다. 한국에서 맛볼 히야시라멘 맛이 궁금하다.

야마가타시에서 히야시라멘을 맛보기 좋은 곳으로 **긴초(金長)** 본점도 있다. 사카에야 본점에서 그리 멀지 않은 곳에 있는 긴초 역시 1897년에 문을 연 노포다. 나는 한여름에 지인들과 함께 이곳을 찾았다. 우리는 히야시라멘과 따뜻한 라멘을 함께 주문했다. 보통 라

긴초에서는 한여름에 히야시라멘을 먹었다. 덕분에 체온이 잠시 낮아졌다.

멘은 쇠고깃국에 면을 말아 먹는 듯하다. 쇠고기가 많이 들어 있지만 그렇게 인상적이지는 않다. 반면 얼음이 동동 떠 있는 히야시라멘은 무더운 날씨 때문인지 더욱 매혹적으로 보인다. 사카에야의 히야시라멘과 모습이나 맛이 비슷하다. 쇠뼈로 맛을 낸 육수에 간장 다레가 더해져 깔끔하고 시원한 맛이 입을 사로잡는다. 여기에 숙주나물이 수북이 얹어져 있고 차슈, 해파리, 오이가 곁들여져 있다. 양도 푸짐해서 포만감이 든다. 한창 더울 때 히야시라멘을 먹으니 잠시나마 체온이 낮아지는 듯하다.

사카에야(榮屋) 본점
영업시간: 11:30-20:00(10~3월 중순은 19:30까지)
공휴일: 수요일(공휴일인 경우 다음 날, 1월과 9월에는 부정기)
버스정거장 나노카마치에서 도보 3분 ☎ 023-623-0766

긴초(金長) 본점
영업시간: 11:30-19:00, 휴일: 일요일
버스정거장 도카마치에서 도보 3분 ☎ 023-623-9717

센다이 히야시주카

차가운 면으로 더욱 유명한 곳은 센다이(仙台)다. 이곳은 냉면인 히야시주카(冷やし中華)로 유명하다. '히야시'는 차갑다는 뜻이며, '주카'는 중국을 이르는 중화(中華)이기도 하고 라멘을 뜻하는 '주카소바'를 줄인 말이기도 하다. 요컨대 히야시주카는 일본식 중화면이라고 할 수 있다.

히야시주카는 1937년 센다이의 중화음식조합 회장이 여름철에 라멘 매상이 줄어드는 것의 대책으로 고안한 음식이다. 이때 만들어진 것이 차가운 면에 식초를 섞은 쇼유 다레를 부어 먹는 량반멘(凉拌麵)이었다. 당시 주카소바, 즉 라멘은 보통 10전이었는데, 히야시주카는 25전이나 하는 고급음식이었다. 처음에는 면 위에 오이 정도를 올렸지만 지금은 해산물, 고기, 채소 등 다채로운 재료가 올라간다. 차가운 중화면과 쇼유 다레의 새콤달콤함이 더해진 청량감 넘치는 맛은 여름철 별미다.

나는 두 곳을 찾아가 히야시주카를 맛보기로 했다. 먼저 찾은 곳은 JR센다이역에서 도보로 15분 거리에 있는 **류테이(龍亭)**다. 간판에 "히야시주카 발상점"이라고 쓰여 있는데, 이곳은 1931년에 문을 연 노포이자 히야시주카를 처음 내놓은 집이다. 북경요리를 즐길 수 있는 중국음식 전문점이기도 하지만, 많은 사람이 원조 히야시주카를 맛보기 위해 전국에서 찾아온다.

중국풍으로 꾸민 가게에서는 아주머니 혼자 서빙을 하고 있다. 이 집 대표 메뉴는 히야시주카의 원조인 량반멘이다. 량반멘을 주문하니 "고마 다레로 하시겠어요, 쇼유 다레로 하시겠어요?"라고 묻는다. "쇼유 다레가 전통적인 맛이죠?"라고 되물으니 그렇다고 한다. 량반멘이 나오기를 기다리면서 가게를 둘러보니, 7명의 고등학생들이 교사와 둘러앉아 모두 량반멘을 먹고 있다.

량반멘은 토핑을 면 위에 올리지 않고 따로 담아낸다. 투명한 유리 접시 위에 해파리, 삶은 닭고기, 햄, 오이, 차슈, 달걀지단이 담겨 있다. 다채로운 색감이 눈을 즐겁게 해준다. 유리 접시는 냉장고에 넣어두었던 것인지 매우 차갑다. 이어 쇼유 다레에 담긴 면이 나왔다. 면 위에 갖은 채소와 커다란 새우가 자리 잡고 있다. 면은 생라멘 전문점에서 만든 중화면이다. 여기에 토핑을 하나씩 올려 섞으니 센다이의 명물, 히야시주카가 완성된다.

히야시주카를 처음 낸 류테이의 량반멘.
얼음을 연상시키는 투명한 유리 접시 위의 재료들을 면과 섞어 먹는다.

히야시주카에서 가장 중요한 것은 다레다. 이곳의 쇼유 다레는 오렌지즙과 레몬즙을 듬뿍 넣어 부드럽고 청량한 산미가 감돈다. 쫄깃쫄깃한 면에 신선한 채소, 고기, 새우가 어우러져 어느 라멘에서도 느낄 수 없는 독특한 맛을 만들어낸다. 한 젓가락씩 먹으면서 히야시주카를 우리말로 뭐라고 불러야 할지 생각해봤는데, '센다이에서 만든 비빔 냉라멘' 정도가 아닐까.

류테이에서 나와 두 개의 작은 공원을 지나 5분 정도를 더 걸어가면 음식점과 술집이 즐비한 번화가 도라야요코초(虎屋橫丁)가 나온다. 중국음식집이 많이 모여 있는 곳이다. 먼저 1925년에 문을 연 주고쿠비텐사이 사이카(中国美点菜 菜華)를 찾아갔지만, 하필이면 내부 공사 중이어서 하는 수 없이 발길을 돌렸다. 다행히도 거기서 50미

호친의 히야시주카는 류테이의 량반멘과는 달리 처음부터 모든 재료가 면 위에 놓여 나온다. 열두 가지 푸짐한 재료가 더없이 신선하다.

터 떨어진 곳에 또 다른 중국집 **호친(芳珍)**이 있다. 이곳 역시 창업한 지 60년이 넘은 노포로, 가게 밖에 히야시주카의 사진과 함께 "인기 넘버 원 고모쿠히야시주카멘(人気 No. 1 五目冷やし中華麺)"이라고 쓰여 있다. 일본음식에 종종 쓰이는 고모쿠(五目)라는 말은 '여러 가지가 섞인'이라는 뜻이다.

이곳에는 다양한 면요리가 있다. 히야시주카멘도 여섯 종류나 된다. 나는 가게 바깥에서 본 '인기 넘버 원' 메뉴, 고모쿠히야시주카멘을 주문했다. 한 그릇에 모든 재료가 담겨 나왔다. 차가운 면 위에 전복, 게살, 햄, 해파리, 오징어, 숙주 등 열두 가지 재료가 푸짐하게 올라가 있다. 하나씩 맛보니 살아 있다는 표현을 쓸 수 있을 정도로 모든 재료가 신선하다. 히야시주카 특유의 새콤달콤한 간장 맛을 내는 육수는 더없이 매력적이다. 주인아주머니와 몇 마디 주고받으며 히야시주카멘을 다 먹을 즈음, 달콤한 디저트가 서비스로 나왔다. 주인아주머니의 친절도, 히야시주카멘의 맛도 오랫동안 기억하고 싶은 집이다.

류테이(龍亭)
영업시간: 11:00-14:30; 17:30-21:30(일요일, 공휴일은 17:00-20:30), 휴일: 화요일
JR센다이역에서 도보 15분 ☎ 022-221-6377

주코쿠료리 호친(芳珍)
영업시간: 11:30-14:30(평일), 18:00-24:00(주말), 휴일: 일요일, 공휴일
지하철 고토다이고엔역 북쪽 출구에서 도보 5분 ☎ 022-261-3434

요네자와 규라멘

야마가타현의 요네자와(米沢)도 라멘으로 이름난 곳이다. 요네자와역에 도착하면 커다란 소 동상이 먼저 눈에 띈다. 요네자와도 야마가타처럼 소가 유명한 곳이다. 역에서 나오니 여기저기 규(牛)라멘 광고판이 보인다. 아무래도 소가 많이 나는 곳이니만큼 쇠뼈로 육수를 내는 집이 많은데, 이를 '규라멘'이라 한다. 보통은 닭 뼈, 돼지 뼈, 말린 멸치, 채소 등으로 육수를 우려낸 다음 간장으로 맛을 낸다. 1920년대 이곳에 살던 중국인이 야타이에서 주카소바를 팔기 시작하면서 시내에 라멘집이 늘어났다고 한다. 이 요네자와 라멘의 가장 큰 특징은 가수율이 높은 중세(中細) 꼬불 면이다. 나는 쇠고기로 육수를 낸 규라멘을 먹어보기로 했다.

JR요네자와역 코인로커에 짐을 맡기고 미리 점찍어둔 라멘집으로 향했다. 역에서 나와 곧장 15분쯤을 걷다가 긴 강을 가로지르는 다리를 건너 마을 안쪽으로 들어갔다. 조용한 동네 어귀에 **기쿠야(喜久屋)**가 보인다.

밖에서 보기에 소박한 동네 라멘집인데 가게 안도 편안한 분위기다. 인상 좋은 아주머니가 혼자 가게를 지키고 있다. 손님은 노인 한 명뿐이다. 메뉴도 소박해, '일반 주카소바 600엔, 학생 주카소바 500엔'이 다다. 그릇이 넘칠 정도로 가득 담겨 나온 국물은 맑은 간장 빛이고, 토핑은 커다란 차슈 2장과 멘마뿐이다. 국물에서 쇠고기

소박한 동네 라멘집 기쿠야. 메뉴도 둘뿐이고 라멘의 토핑도 차슈와 멘마뿐이지만,
쇠고깃국을 닮은 라멘 국물은 한국인 입에 잘 맞는다.

육수 맛이 살짝 올라온다. 쇠고깃국에 익숙한 한국인 입맛에 잘 맞는다. 짜지 않은 국물이라 계속 떠먹고 싶어진다. 멘마도 짜지 않아 먹기 좋다. 라멘을 열심히 먹고 있는데 뚱뚱한 고양이 한 마리가 내 옆을 슬쩍 지나간다. 고양이 털 색깔이 라멘 색과 똑같다.

라멘을 다 먹고 계산하면서 참 맛있게 먹었다고 말하니, 주인아주머니가 어디서 왔냐고 묻는다. "한국에서 왔고, 지금은 야마가타로 가는 중인데 이곳 라멘이 맛있다고 해서 잠깐 들렀다."고 답하자 아주머니가 "화학조미료를 전혀 사용하지 않고 쇠뼈, 닭 뼈, 말린 멸치로 육수를 낸다."고 자랑한다. 밖으로 나가 길을 가려는데, 따라 나와 역으로 가는 길까지 일러준다. 이런 라멘집이 동네에 있으면 문지방이 닳도록 드나들 듯하다.

기쿠야(喜久屋)
영업시간: 11:00-22:00, 연중 무휴
JR요네자와역에서 도보 15분 ☎ 0238-23-0757

아카유 가라미소라멘

야마가타와 요네자와 중간에 아카유(赤湯)가 있다. 이름만 들어도 뜨거운 온천이 떠오르는데, 실제로 온천으로 유명한 마을이다. 내가 이곳을 찾은 것은 아카유 라멘을 대표하는 **류산하이**(龍上海)에 가기 위해서였다. 류산하이에서 라멘 한 그릇을 비운 뒤 느긋하게 온천욕을 즐길 계획이었다.

저녁 6시가 조금 넘어 아카유역에 도착했는데, 사위가 벌써 어둑어둑하다. 사람들이 별로 보이지 않는 어두운 거리를 10분쯤 걸으며 좀 더 일찍 왔어야 했다는 생각을 할 때쯤, 눈앞에 류산하이가 나타났다. 한산한 길을 걸어온 게 무색하게, 주차장에는 차가 여러 대서 있다. 가게 안은 널찍하고 말끔한 데다 놀랍게도 재즈가 흘러나온다. 자리에 앉으니 주인 할아버지가 직접 주문도 받고 서빙도 한다. 이곳 대표 메뉴인 '아카미소라멘'을 주문했다. 할아버지가 매운데 괜찮느냐고 묻는다. 물론! 얼마나 매울지 기대를 안고서 라멘이 나오기를 기다렸다.

류산하이가 '아카유 가라미소라멘', 줄여서 '아카미소라멘'을 만든 것은 1960년이다. 당시는 쇼유라멘의 전성기였는데, 보수적인 도호쿠 지방에서 새로운 라멘을 내놓은 것은 매우 독창적이고 도전적인 시도였다. 아카미소라멘의 특징은 무엇보다도 도카라시(고춧가루)를 사용한 가라미소, 즉 매운 된장에 있다. 일본에서 미소라멘의 원조는 삿포로의 '아지노산페이'라고 알려져 있지만, 아카유의 류샨하이도 미소라멘의 발상지다. 하지만 만드는 방식이 다르다. 아지노산페이에서는 육수에 된장을 푸는 데 반해, 류샨하이에서는 라멘 위에 가라미소를 올린다.

마침내 라멘이 나왔다. 먼저 면 위에 정갈하게 자리 잡고 있는 빨간색 된장 한 덩이가 눈에 들어온다. 칼국수에 넣는 다대기 같다. 국물은 옅은 간장 빛이다. 가라미소를 원하는 만큼 국물에 풀어 먹으면 된다. 젓가락으로 가라미소만 조금 떼어 먹었는데 그렇게 맵지는 많다. 전부 국물에 풀어 한 숟가락 떠먹으니 그 맛도 꼭 칼국수 국물에 된장과 고춧가루로 만든 다대기를 푼 맛이다. 개운하다. 자

빨간 고춧가루를 섞어 다대기 같아 보이는 된장을 면 위에 얹어 먹는 가라미소라멘.

가 제면한 중태면이라 더욱 칼국수 같다. 양도 많은 편이다. 라멘에
는 보통 면 120그램이 들어가는데, 이곳 면은 180그램이니 1.5배다.
라멘을 거의 다 먹었을 즈음 주인 할아버지가 밖으로 나가 노렌을
건는다. 조용한 동네에 있어서 그런지 폐점 시간이 이르다.

　라멘을 먹고 나오니 꽤 배가 불렀다. 나는 조금 걷다가 온천을 할
수 있는 목욕탕이 보이면 아무 곳이나 들어가기로 했다. 잠시 마을
안쪽으로 걸어 들어가니 큰길 안쪽에 자그마한 공중목욕탕이 있다.
작지만 오랜 역사의 흔적이 느껴지는 목욕탕이다. 입욕료도 아주
싸고 저녁시간이라 사람도 별로 없었다. 2층에 있는 탕으로 들어가
니 증기가 가득하고 유황 냄새가 확 올라오는 게 자연 속 노천온천
에 들어온 듯한 기분이다. 탕에 들어가자마자 노곤한 몸이 풀어졌
다. 한산한 목욕탕에서 느긋하게 온천욕을 즐겼다.

　느긋하게 즐긴 것까지는 좋았는데, 기차 시간은 생각지도 않고
온천욕을 하고 말았다. 목욕탕을 나오니 기차 시간이 10여 분밖에
남지 않아 역을 향해 전속력으로 달려야 했다. 간신히 올라탄 열차
안에서 헐떡이는 숨을 가라앉히다 보니 웃음이 나왔다. 다음에 이곳
에 들른다면 먼저 느긋하게 온천욕을 한 다음에 라멘을 먹어야겠다.
시간이 있어 하루 묵으면서 술 한잔을 곁들이면 더 좋을 것 같다.

류산하이(龍上海)

영업시간: 11:30-19:00, 휴일: 수요일(공휴일일 경우 다음 날)

JR아카유역에서 도보 15분 ☎ 0238-43-2952

기타카타 라멘

후쿠시마현에는 홋카이도, 규슈에 이어 일본 3대 라멘의 고장으로 꼽히는 기타카타(喜多方)가 있다. 그런데 기타카타는 찾아가기가 만만치 않다. 도쿄에서 올라가기에도 멀지만, 같은 도호쿠 지방에서 찾아가는 데에도 만만찮은 시간이 걸린다. 나는 야마가타에서 신칸센을 타고 고리야마(郡山)에 가 특급열차로 갈아타고 기타카타로 향했다. 고리야마역에 도착하니 기타카타 라멘을 홍보하는 사진이 보인다. 역시 기타카타를 대표하는 음식은 라멘이다.

기타카타 라멘이 유명해진 것은 1980년대로, 다른 고토치 라멘에 비하면 역사가 짧은 편이다. 기타카타는 반다이산, 이나와시로 호수, 우라반다이 등 관광 명소가 몰려 있는 아이즈(会津) 지역과 가까운데, 기타카타관광협회는 기타카타를 아이즈로 향하는 관광버스가 식사를 위해 들르는 장소로 발전시키고자 했다. 관광협회는 단체 관광객에게 라멘집을 추천했고, 이곳에서 파는 라멘은 후에 기타카타가 아름다운 마을로 알려지기 시작함에 따라 함께 유명해졌다.

기타카타 라멘의 특징은 지하수로 반죽한 가수율 높은 태면에 돼지 뼈, 닭 뼈, 말린 멸치, 채소로 낸 맑은 간장 맛 국물이다. 가게에 따라 돈코쓰 육수와 말린 멸치 육수를 따로 내서 이를 섞어 사용하기도 한다. 고명으로는 차슈, 숙주나물, 멘마, 파 등 깔끔한 국물 맛을 해치지 않는 재료가 올라간다. 기타카타 라멘집의 또 다른 특징은 노포일수록 아침부터 영업하는 집이 많다는 것. 때문에 기타카타에서는 출근하기 전에 라멘을 먹는 이들이 적지 않다고 한다.

기타카타에 도착했다. 라멘 한 그릇 먹겠다고 이렇게 힘들여 왔는데, 라멘 맛이 별로면 어쩌나 하는 걱정이 뒤늦게 든다. 역에서 나와 시내 안쪽으로 5분 정도 걸어가니 라멘집이 여럿 보이기 시작한다. 저녁 6시경인데 거리가 한산하다. 내가 찾아간 곳은 **겐라이켄** (<u>源来軒</u>). 가게 간판에 대문짝만 한 '元祖'라는 글자가 불을 밝히고 있다. 사뭇 촌스러운 외관이다. 문을 열고 들어서니 주인 할머니가 손

겐라이켄의 주카소바. 예전에는 기타카타를 통과하는 관광객들이 먹을 만한 식사였지만, 이제는 전국에서 이 라멘을 먹기 위해 기타가타로 모여든다.

297

님을 맞이한다. 주인 할아버지는 주방에서 조용히 일하고 있다. 연륜이 느껴져 마음이 놓였다. 나는 실내를 한 번 둘러보고 이곳 대표 메뉴인 주카소바를 주문했다.

먼저 투명한 간장 빛 국물이 눈에 들어온다. 맛이 아주 깔끔한 데다 염도도 적당하다. 쇼유라멘의 정석이라고 할까. 한국 사람 입맛에 잘 맞을 것 같다. 꼬불꼬불한 중태면 위에 차슈 세 장, 멘마, 커다란 파가 올라가 있다. 넘치지도 부족하지도 않은 균형 잡힌 맛, 거의 완벽한 맛이라고 해도 과언이 아니다. 주말이나 연휴를 이용해 짧은 여행을 다녀오는 사람이라면 이곳까지 오기 어렵겠지만, 도호쿠 지방에 오래 머물 일이 있다면 꼭 한번 찾아가보자. 먼 길을 찾아가는 수고로움은 맛이 보상해줄 것이다.

겐라이켄(源来軒)
영업시간: 10:00-20:00(육수가 떨어지면 폐점), 휴일: 화요일(공휴일일 경우 전후 하루 휴무)
JR기타카타역에서 도보 6분 ☎ 0241-22-0091

니가타 라멘

니가타는 라멘을 좋아하는 사람이라면 꼭 한번 가보아야 하는
'라멘의 도시'다. 여러 종류의 라멘이 한 도시에 공존한다. 나는 니
가타에 사흘간 머물면서 라멘집 네 곳을 돌아다녔다.

기타카타에서 라멘을 먹은 후 니가타에 밤늦게 도착했기에 피로
도 풀고 갈증도 달랠 겸 자주 가던 뒷골목 술집으로 들어갔다. 먼저
생맥주 한 잔을 주문했다. 역시 여행 후에 마시는 맥주 한 잔은 보물
같은 존재다. 나는 두 시간쯤 꼬치구이에 술을 마시고 호텔로 갔다.

긴 여정에 피곤한 탓이었는지 자고 일어나니 늦은 아침이다. 첫
번째 라멘은 해장을 겸해 깔끔한 맛의 라멘을 먹기로 하고 **산키치**

야(三吉屋)로 향했다. 니가타역 앞 버스정거장에서 6번 버스를 타고 후루마치(古町)에서 내렸다. 시내 중심가의 미쓰코시백화점 인근에 있는 산키치야는 1957년에 문을 연 작은 라멘집이다. 겉모습은 소박하지만 이른바 '니가타 앗사리쇼유계 라멘'('앗사리'는 깔끔하다는 뜻)의 대명사로 손꼽히는 유명 라멘집이다. 닭 뼈, 돼지 뼈, 말린 멸치 등을 우려낸 국물, 시오라멘에 가까워 보일 만큼 엷은 간장 색, 꼬불꼬불한 세면이 특징이다. 니가타 앗사리쇼유계 라멘은 쇼와 초기 니가타 시내에서 영업하던 야타이 라멘에서 발전한 것으로, 당시 분위기를 유지하는 것도 인기 비결 중 하나다.

가게 문을 열고 들어가니 달랑 테이블 네 개에 작은 부엌뿐이다. 나이 지긋한 부부 둘이서 조용히 일하고 있다. 메뉴도 주카소바 보통, 오오모리(곱빼기), 차슈멘 정도로 단출하다. 주카소바를 주문했다. 점심때가 훌쩍 지난 시간인데도 사람들이 계속 들어와 한 여성과 합석해야 했다.

라멘은 몇 분 지나지 않아 바로 나온다. 메뉴가 단출한 데다 세면이라 빨리 익기 때문인 듯하다. 국물은 깔끔한 쇼유 맛이다. 면의 양이 적은데, 고명도 작은 차슈 1장에 멘마, 나루토어묵, 파뿐이다. 하지만 쇼유 베이스의 앗사리계 라멘은 깔끔해서 아침으로 먹기에도, 해장용으로 먹기에도 좋다. 라멘을 먹고 나니 몽롱했던 정신이 맑아지면서 속이 훌훌 풀린다.

니가타에서 또 다른 유명한 라멘으로 손꼽히는 것은 미소라멘,

깔끔한 맛의 앗사리쇼유계 라멘의 대명사 산키치야.
깔끔한 국물에 가는 면이 해장용으로 딱 좋다.

일명 '니가타 노코(濃厚) 미소라멘'이다. 니가타시 외곽 니시칸구(西蒲区)에 있는 **고마도리(こまどり)**가 원조다. 니가타역 앞에 있는 관광안내소를 찾아 고마도리로 가는 길을 물었다. 그런데 고마도리로 가는 버스 편수가 적은 데다 그것도 겨울에는 운행하지 않아 한참 걸어야 한단다. 차라리 택시를 타는 게 나을 거라며, 택시로는 10분 정도 걸린다고 알려준다. 갈까 말까 망설이고 있는데, 다른 관광객을 안내하던 직원이 그곳 라멘이 맛있다고 귀띔한다. 뒤에 서 있던 다른 직원도 맛있는 집이라며 강력히 추천한다. 이렇게까지 추천하면 안 갈 도리가 없다.

꽤 먼 곳이라 망설였지만, 니가타 명물 라멘이니만큼 힘들더라도 가보기로 했다. 4시 40분에 요시다(吉田)행 JR열차를 탔다. 마키(巻)역에 도착한 것은 오후 5시 26분. 아주 작은 역이다. 역에 붙어 있는 지도를 보니 고마도리는 약 2킬로미터 떨어진 것 같다. 역을 나가니 택시 몇 대가 손님을 기다리고 있다. 내가 "고마도리"라고 하니 기사분이 "맛있는 집"이라며 엄지손가락을 든다.

목적지에 다다르니 의외로 넓은 주차장에, 서 있는 차도 많았다. 식당은 흡사 지방 소도시의 버스터미널 대합실처럼 생겼는데, 기다리는 사람들을 위해서인지 아니면 나가는 사람들을 위해서인지 음료수 자판기도 서너 대 있다. 많은 사람이 차례를 기다리고 있었고, 나 역시 30분 이상 기다린 끝에 안으로 들어갈 수 있었다. 실내는 널찍하다. 족히 100석은 될 듯하다. 이렇게 넓은 라멘집인데도 그리 오래 기다린 것이다. 젊은 종업원이 주방을 따라 길게 늘어선 카운터 자리로 안내해준다. 메뉴판을 훑어보니 안주도 여러 가지다. 안주에 맥주를 마시는 사람이 꽤 있다. 기다리는 줄이 좀처럼 짧아지지 않은 이유를 알겠다.

이곳은 니가타 노코 미소라멘의 원조인 만큼, '미소라멘' 하나만도 종류가 열 가지에 이른다. 나는 대표 메뉴인 일반 미소라멘을 주문했다. 10분쯤 지나니 라멘이 나왔다. 가장 먼저 눈에 띄는 건 푸짐한 양배추다. 묵직한 국물에 양배추의 단맛이 더해져 진하면서도 산뜻한 맛이 난다. 삿포로 미소라멘과는 다른 독특한 맛인데, 돈코쓰미소라멘보다 깔끔한 인상을 준다.

이곳에서는 세 종류의 된장을 섞어 숙성시키고 마늘, 고춧가루 등을 더해 다레를 만드는데, 톡 쏘는 맛이 특징이다. 차슈 대신 간 고기(히키니쿠)가 들어 있는 것도 독특하다. 양배추만이 아니라 숙주나물, 목이버섯, 부추, 마늘 싹 등도 곁들여져 있다. 통통한 숙주는 아삭아삭하다. 면을 거의 다 먹고 나서 그릇 바닥을 긁어보니 간 고기가 많이 남아 있다. 면은 우동과 비슷한 굵기의 극태면이다. 역시 깔끔한 국물에는 세면이, 진한 국물에는 태면이 잘 어울린다.

이곳의 또 다른 특징은 자그마한 그릇에 '와리(割り) 수프'를 가져다준다는 것이다. 간하지 않은 멸치 육수인데, 라멘 국물이 너무 짜다 싶으면 이를 조금씩 부어 먹으면 된다. 나는 나온 그대로 먹다가, 중간에 시험 삼아 와리 수프를 넣어 먹어봤다. 내 입맛에는, 본래 국물이 조금 짠 듯해도 더 맛있다.

양이 많아 한 끼 식사로 충분하지만 다 먹고 나서도 전혀 더부룩

농후한 국물의 고마도리의 미소라멘. 농후한 것은 된장 맛이고,
돈코쓰가 아닌 멸치 육수인 데다 수북이 얹어진 양배추 때문에 산뜻하다.

하지 않다. 온기도 느껴진다. 오기 전에 망설였던 마음은 사라지고, 역시 오길 잘했다는 생각이 든다. 식사를 마치고 시계를 보니 6시 40분. 바람이 차고 거센 데다 주변이 컴컴하다. 낮이면 모를까 차가 쌩쌩 달리는 어두운 거리를 걸어가는 건 무리다. 택시를 불렀다. 택시가 달리는 길을 보니 방향을 여러 번 꺾는다. 걸어왔으면 헷갈릴 뻔했다. 10분 만에 도착했는데, 택시비가 1,130엔. 오가는 택시비가 라멘 값보다 비싸지만 충분히 올 만한 가치가 있다. 관광안내소 직원들이 왜 가보라고 추천했는지 알겠다. 그리고 왜 꼭 가라고 강요하지 않았는지도 알겠다.

니가타 라멘 기행 마지막 날은 크리스마스이브다. 가게가 문을 열자마자 들어가 라멘을 먹기 위해 아침 일찍부터 서둘렀다. 크리스마스이브를 라멘으로 시작하다니, 확실히 면 기행을 한다는 기분이 난다. 니가타역에서 에치고선 기차를 타고 세키야(関屋)역에서 내렸다. 세키야역 남쪽 출구에서 1분 거리에 있는 **세키야 후쿠라이테이**(福来亭)는 '니가타 세아부라계 라멘'의 대명사로 손꼽힌다. 라멘이 식지 않도록 국물에 잘게 간 세아부라(돼지 등 부위의 비계)를 듬뿍 얹어 내오기 때문에 이런 이름이 붙여졌다. 말린 멸치를 우려 간장으로 맛을 낸 국물과 비계의 깊은 맛이 조화롭다. 비계를 얹은 라멘은 조닌의 거리 쓰바메산조(燕三条)에서 탄생해 '쓰바메산조계 라멘'이라고도 불린다. 또, 잘게 썬 비계 조각을 라멘에 찹찹 뿌린다고 해서 '세아부라 찻차계(背脂チャッチャ系) 라멘'이라는 이름도 있다.

이곳은 아침 10시에 문을 연다. 내가 첫 손님이겠거니 했는데, 니가타역에서 마주친 젊은 부부가 아기를 업은 채 문 앞에서 기다리고 있다. 문이 열리자 동네 사람들이 여럿 들어온다. 가게는 테이블 세 개에 작은 카운터 자리 다섯 개, 안쪽 테이블 하나로 그리 크지 않다. 메뉴도 간단하다. 나는 쇼유라멘을 주문했다. 옅은 간장 색 국물 위에 기름이 살짝 떠 있는 게 인상적이다. 고명으로 커다란 차슈와 멘마가 올라가 있다. 국물은 짜지 않아 먹기 좋다. 누런색 태면은 꼭 칼국수 같은데, 양이 퍽 많다. 아침에 먹기에는 조금 부담스러울 만큼 푸짐한 양이다. 양이 이렇게 많은데도 옆에 앉은 젊은 남성은 곱빼기를 시킨다. 메뉴를 보니 '파 추가'(100엔)가 있는데, 파를 듬뿍 얹으면 걸쭉한 맛을 잡아줄 것 같다. 겨울에 제격인 맛이다.

후루룩 라멘을 먹고 나니 10분밖에 안 걸렸다. 10시 28분 열차를

잘게 썬 비계를 뿌려 내는 후쿠라이테이의 라멘.
적지 않은 양에 지방이 듬뿍 들어 있어 겨울철에 제격이다.

타고 다시 니가타역으로 돌아오는데, 아기를 업은 젊은 부부도 같은 기차를 탔다. 하루에(그것도 크리스마스이브에) 세 번이나 마주치다니, 그들에게 속으로만 '메리 크리스마스' 인사를 건넸다. 만족스러운 크리스마스이브 첫 끼였다.

다음으로 찾은 곳은 니가타역에서 걸어서 10분 정도 거리의 히가시보리도리 이치반초 정거장 근처에 있는 **아오시마쇼쿠도**(青島食堂)다. 길가에 자리 잡은 아주 작은 라멘집으로, 카운터 자리 일곱 개가 전부다. 나이 지긋한 남성과 젊은이가 조용히 일하고 있다. 메뉴도 '라멘'과 '차슈멘'뿐이다. 라멘을 주문하니 아저씨는 그릇에 다레를 담고, 젊은이는 커다란 솥에 면을 삶는다. 몇 분 후 솥에서 건져 물기를 뺀 면을 그릇에 담곤 여러 장의 차슈와 멘마, 시금치, 커다란

아오시마쇼쿠도의 쇼유라멘.
평범한 쇼유라멘처럼 보이지만 생강 향이 향긋하다.

김을 올려 내준다.

라멘 그릇을 마주하니 먼저 생강 향이 올라온다. 돼지 뼈를 우려 낸 육수에 고이구치 쇼유 다레로 맛을 낸 국물이 깔끔하다. 여기에 생강을 듬뿍 넣어 풍미를 살린 것이 특징이다. 그래서 '나가오카 쇼가쇼유계 라멘'(쇼가는 생강을 가리킨다)이라고도 불린다. 이름에서 보듯 겨울철 눈이 많이 내리는 니가타현 나가오카(長岡)시에서 만들어진 라멘이다(아오시마쇼쿠도의 본점도 나가오카에 있다). 생강 덕분인지 고쿠, 즉 깊이 있는 감칠맛이 있으면서도 뒷맛은 깔끔하다. 극세면이라 먹기도 편하고 양도 적당하다.

산키치야(三吉屋)

영업시간: 11:00-16:00, 17:00-19:00, 휴일: 화요일

버스정거장 후루마치에서 도보 3분 ☎ 025-222-8227

고마도리(こまどり)

영업시간: 11:00-14:40, 16:30-21:30(LO)(토요일은 11:00-21:00(LO)

일요일은 11:00-19:00(LO), 연중 무휴

JR마키역에서 가쿠다하마행 버스로 20분 ☎ 0256-72-2827

세키야 후쿠라이테이(関屋福来亭)

영업시간: 10:00-15:00, 휴일: 일요일, 축일

니가타에서 JR에치고선 세키야역에서 바로 ☎ 025-233-5938

아오시마쇼쿠도 히가시호리점(青島食堂 東堀店)

영업시간: 11:00-20:00, 연중 무휴

버스정거장 히가시보리도리 이치반초에서 바로 ☎ 025-222-5030

도야마 라멘

도야마현 도야마(富山)시에는 독특한 라멘이 있다. 국물이 새까만 색이어서 '도야마블랙'이라고 불리는 라멘이다. 원래 도야마 라멘 하면 쇼유라멘이었는데, 최근 미디어를 통해 유명해지면서 도야마 대표 라멘으로 자리 잡은 것이 도야마블랙이다. 도야마 라멘으로 검색하면 상단에 도야마블랙 사진이 뜰 정도다. 몇 년 전 '이로하'라 는 도야마 라멘집이 내놓은 블랙라멘이 도쿄에서 열린 라멘 쇼에서 가장 많은 매상을 기록하면서 전국에 알려졌다고 한다. 이후 도야 마블랙의 이름을 내건 라멘집은 계속 늘어나고 있다.

내가 찾은 곳은 도야마블랙의 원조로 꼽히는 **니시조다이키**(西町大 喜) 본점이다. JR도야마역에서 걸어가면 25분 정도, 시영전철을 타 고 그랜드플라자마에(グランドプラザ前)역에서 내려 걸어가면 2분 거리 에 있다. 라멘집은 큰길에서 조금 들어간 작은 길가에 있다. 라멘집 밖에 "원조 블랙"이라고 쓰여 있다. 안으로 들어가니 좁고 긴 통로 형태에 카운터 자리만 죽 놓여 있다. 메뉴는 주카소바 대, 중, 소. 그 리고 차한(볶음밥)과 시로메시(흰쌀밥)뿐이다. 나는 '소'를 주문했다.

지금까지 본 라멘과는 색깔부터 완전히 다르다. 그야말로 새까맣 다! 후춧가루도 검다. 국물을 한 숟가락 떠서 맛을 보니 "와, 짜다!" 소리가 절로 나왔다. 이제까지 먹어본 라멘 중 가장 짜다. 그런데 이 곳 라멘이 짠 이유가 있다. 옛날 도야마에서 고된 노동에 땀을 많이 고된 노동에 땀을 흘린 노동자들이 염분을 보충하느라 먹었던 도야마블랙.
여기에 밥을 말아 먹으며 다시 노동할 힘을 얻었으리라.

흘려 염분이 부족한 노동자들이 먹었던 라멘이 도야마블랙인 것이다. 당시 노동자들은 라멘에 밥을 말아 먹는 경우가 많았다고 하는데, 흰밥을 말아 먹어도 너무 짤 것 같다. 하지만 내 옆에 앉은 남성에게는 그리 짜지 않은지, 연신 국물을 들이켠다. 얹어 나온 멘마도 짜다. 면은 약간 굵은 중태면. 차슈는 각지게 잘려서, 파는 굵게 썰려서 나온다.

내가 간 날이 유독 그랬는지 모르겠지만, 짠 정도가 지나치다. 다른 도야마 라멘도 이렇게 짤까 의문이다. 라멘을 먹고 나서 도야마 라멘에 대해 이런저런 생각을 하며 JR도야마역으로 되돌아오니, 역 가까운 곳에 지점이 있었다. 나중에 알아보니 니시조다이키는 도야마에 지점이 여러 곳 있었다. 역에서 2~3분 거리에 지점이 있으니, 도야마블랙이 궁금하다면 한번 찾아가보자.

니시조다이키(西町大喜) **본점**
영업시간: 11:00-20:00(LO), 휴일: 수요일(공휴일일 경우는 다음 날)
시영전철 그랜드플라자마에역에서 도보 2분 ☎ 076-423-3001

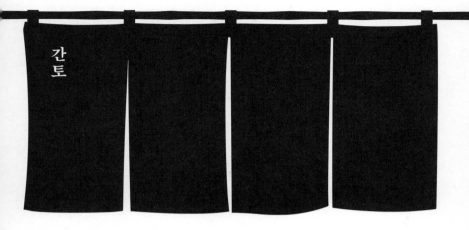

간토

도쿄 라멘

일본 라멘 기행의 출발점은 뭐니 뭐니 해도 도쿄다. 한마디로, 도쿄의 쇼유라멘은 일본 라멘의 원류다. 이 도쿄 라멘의 원조는 앞에서도 언급했던 라이라이켄. 1910년에 문을 연 라멘집이다. 하지만지금은 사라지고 없어 역사적인 이름으로만 기억될 뿐이다. 라이라이켄 대신 옛 도쿄의 쇼유라멘을 맛볼 수 있는 곳이 있다. 바로 긴자에 있는 **주카소바 만부쿠**(中華そば 萬福)다.

고층 건물들이 늘어선 긴자 쇼와도리에서 살짝 안쪽으로 들어가면 주카소바 만부쿠가 보인다. 이곳은 다이쇼시대에 야타이로 창업해 1929년에 가게를 낸 라멘집이다. 재료, 조리법, 재료를 배열하는 방식에 이르기까지 창업 당시의 맛을 90년 동안 지켜왔다. 테이블 아홉 개, 카운터 여덟 석으로 그리 크지 않은데, 술안주가 제법 다양해 이야기를 나누며 술을 마시는 사람이 꽤 많다.

　나는 물론 주카소바를 주문했다. 옛 도쿄 라멘이 어떤 모습인지, 또 어떤 맛인지 궁금했다. 라멘은 빨리 나왔다. 면 위에는 이곳의 또 다른 명물이기도 한 얇은 달걀부침(다마고야키)과 차슈, 멘마, 나루토 어묵, 시금치, 파가 올려져 있어 라멘에 다채로운 색감을 더했다. 시금치는 도쿄의 쇼유라멘이나 삿파리계 라멘(삿파리さっぱり는 '산뜻하게' '깨끗이'를 의미)에 자주 올라가는 토핑이다. 멘마가 조금 짠 듯하지만 시금치가 짠맛을 잡아준다. 국물은 살짝 짠데, 아주 약간 단맛이 느

90년간 창업 당시의 맛을 지켜온 도쿄의 터줏대감 만부쿠의 쇼유라멘.

겨진다. 메주 냄새 같은 향이 조금 올라오는 게 독특하다. 그리고 뜨겁다. 면은 곧은 중세면. 가늘어서 먹기도 좋고 맑은 쇼유 국물에 잘 어울린다.

오늘날 쇼유라멘의 모습은 다양하다. 만부쿠처럼 깔끔한 맛의 쇼유라멘이 있는가 하면, 돼지 뼈를 걸쭉하게 우려낸 쇼유라멘도 있다. 이 중에서도 도쿄의 원조 쇼유라멘은 육수가 특징적이다. 간결하면서 딱 떨어지는 간장 맛과 모자라지도 넘치지도 않는 토핑의 균형감이 좋다. 일본 라멘은 닭고기 육수에 소금으로 간한 난킨소바로 시작됐지만, 도쿄에서 간장 맛의 쇼유라멘으로 변형되어 사람들의 입맛을 사로잡았다. 옛 도쿄의 사람들이 맛본 쇼유라멘의 원형이 바로 만부쿠에 남아 있다.

최근 일본에서 인기를 더하고 있는 쓰케멘(つけ麵)도 도쿄에서 시작된 라멘이다. 이는 차가운 면을 따뜻한 쓰케 지루에 찍어 먹는 라멘으로, 대체로 굵은 면을 사용한다. 아마도 차가운 면 안쪽과 따뜻한 쓰케 지루가 묻는 면 바깥쪽에서 서로 다른 풍미를 느끼도록 고안된 것 같다. 쓰케 지루는 돈코쓰 육수에 산미와 감미가 강하며, 어분 향이 나기도 한다. 찍어 먹는 국물인 만큼 일반적인 라멘 국물보다 진하다. 여기에 차슈, 멘마, 삶은 달걀 등이 들어 있다.

쓰케멘이 어디서 유래했는가에 대해서는 여러 가지 설이 있는데, 가장 유력하게 받아들여지는 것은 1961년에 창업한 **다이쇼켄**(大勝軒)의 점주인 야마기시 가즈오(山岸一雄)가 개발했다는 설이다. 당시의 쓰케 지루는 지금과는 달리 약간 진한 국물이었다고 한다. 야마기시는 차가운 면을 따뜻한 국물에 찍어 먹는다는 아이디어에 그치지 않고 쓰케 지루에 설탕, 식초 등을 더해 감미와 산미가 어우러진 새로운 맛을 만들어냈고, 이것을 다이쇼켄 메뉴에 '쓰케소바'라는 이름으로 올렸다. 한때 다이쇼켄은 폐점한 적도 있는데, 쓰케멘을 먹고 싶다는 라멘 마니아들의 성화에 못 이겨 다시 문을 열었다. 이러한 일화가 미디어를 타면서 쓰케멘은 전국적으로 유명해졌다.

다이쇼켄 본점은 히가시이케부쿠로역 출구에서 도보로 2분 거리의 길가에 있어 찾기 쉽다. 다이쇼켄 이야기를 조금 더 하자면, 자식이 없었던 야마기시는 대신 제자들에게 기술을 전수했다. 이 제자들은 노렌와케(暖簾わけ)*로 가게를 냈고, 이 가게들에서 쓰케멘을 내놓으면서 쓰케멘이 부활했다. 현재 다이쇼켄의 노렌을 받은 제자들이 운영하는 라멘집은 무려 100개가 넘는다. 야마기시 가즈오 씨는 2015년 세상을 떠났고, 이 본점은 그에게서 노렌을 받은 제자가 운영하고 있다.

출입문 옆에 식권판매기가 있어 쓰케멘 식권을 구입했다. 가게 앞에 데크가 깔려 있는 걸 보니 날씨가 좋은 날이면 밖에 테이블과 의자를 펼쳐두는 모양이다. 나는 주방이 보이는 카운터 자리에 앉았다. 쓰케멘 주문이 들어오니 주방이 분주해진다. 한 사람이 면을

* '노렌'은 일본 상점 출입구에 내걸린 가림용 천(가게 이름이 적혀 있다)을, '와케'는 나눔, 분배 등을 뜻한다. 즉 노렌와케는 노렌을 나눠준다는 뜻으로, 오랫동안 일한 직원이 독립할 때 같은 상호를 쓸 수 있게 해주는 것이다. 일본식 도제문화라고 생각하면 된다.

살랑살랑 풀어 커다란 솥에 넣고 타이머를 맞춘다. 벽에 쓰케멘 만드는 법이 붙어 있는데, 태면을 사용하기 때문에 삶는 데 시간이 걸린다고 적혀 있다. 한참 기다리자 쓰케멘이 나왔다.

면이 담긴 그릇과 쓰케 지루가 담긴 그릇 두 개가 놓인다. 면은 그리 차지 않다. 자가 제면한 이곳 면은 가수율이 높은 중태면으로, 쫄깃함이 살아 있어 짭짤하면서도 약간 달콤한 쓰케 지루에 잘 어

우동과 소바 모두 쓰유에 찍어 먹는 방식이 일반적이지만,
라멘에서만큼은 이런 방식으로 먹는 것은 쓰케멘뿐이다.

울린다. 돼지 뼈와 돈족 등을 우린 육수에 해산물 풍미를 더한 깊은 맛이 특징이다. 고명으로 커다란 차슈, 삶은 달걀 반쪽, 멘마, 나루토어묵, 파 등이 들어 있다. 니가타 고마도리에서 본 '와리 수프'가 이곳에도 있다. 쓰케 지루가 짜게 느껴진다면 와리 수프를 부탁해 국물에 섞으면 된다. 원래 다이쇼켄에는 없었던 것이지만 한 손님이 쓰케 지루가 짜다고 불평해 제공하게 됐다고 한다.

쓰케멘은 라멘과도, 소바와도 다른 맛이다. 어떤 면에서는 국물이 있는 일반 라멘과 자루소바를 섞어놓은 듯한 인상을 준다. 자루소바처럼 먹지만 면은 라멘 면이고, 찍어 먹는 쓰케 지루는 라멘 국물과는 다르다. 굵은 면이라 한 가락씩 쓰케 지루에 찍어 먹으면 겉은 따뜻하고 안쪽은 차가운 것이 재미있는 식감을 줘 매력적이다.

주카소바 만부쿠(中華そば 萬福)
영업시간: 11:00-23:00(22:30 LO), 휴일: 일요일, 공휴일
도에이아사쿠사선 히가시긴자역 3번 출구에서 도보 3분 ☎ 03-3541-7210

다이쇼켄(大勝軒)
영업시간: 11:00-23:00(국물이 떨어지면 종료), 연중 무휴
도쿄 메트로 유라쿠초선 히가시이케부쿠로역에서 도보 2분 ☎ 03-3981-9360

요코하마 라멘

요코하마(横浜)는 '이에케이(家系)'라는 라멘집 계보가 출발한 도시다. 이는 1974년 요코하마시 이소코구(磯子区, 현재는 니시구西区)에 창업한 '요시무라야(吉村家)'가 원조인 계보로, 여기서 노렌와케로 독립한 가게들이 이름에 '야(家)'를 붙여 '이에케이 라멘'이라고 부르게 됐다. 이에케이 라면의 특징은 돼지 뼈와 닭 뼈를 장시간 삶아 낸 육수로 만든 진하고 깊은 간장 맛 국물과 굵고 곧은 면이다. 차슈, 시금치, 커다란 김이 기본 토핑인데, 여기에 길게 썬 파와 마늘을 얹어 내는 집도 있고, 생강이나 두반장을 조미료로 사용하는 집도 있다. 최근에는 훈제한 차슈가 또 다른 특징으로 거론되는 가운데, 차슈 끓인 물에 삶은 아지타마고(일본식 달걀 장조림)를 추가 메뉴로 내놓는 집도 적지 않다.

요시무라야의 제자, 손제자가 이름에 '야'를 붙여 차린 라멘집은 일본 전역에 300개가 넘는다. 그중 8개 가게가 직계인데, 특히 4개 가계를 선별해 '이에케이 천왕(家系天王)'이라고 부른다. 내가 찾은 집은 라멘집은 이에케이 천왕 중 하나인 **라멘 간니야**(らめん 環2家). 이에케이 300점포 가운데 가장 높은 매상을 기록하며 이에케이 전통의 맛을 충실히 지키고 있는 곳이다.

요코하마 가미나가야(上永谷)역에서 50미터 정도 가면 커다란 도로가 나오는데, 여기서 한 여성에게 라멘집 가는 길을 물었더니 주저 없이 알려준다. 유명한 라멘집이 맞는 모양이다. 일러준 대로 15

분 정도 걸어가니 '간니야'의 간판이 보인다. 점심시간이 조금 지난 1시 반쯤이었는데도 10명 넘는 사람이 줄을 서서 기다리고 있다. 먼저 '라멘 보통' 식권을 구입했다. 150엔 정도를 더하면 김이나 시금치를 추가할 수 있다. 곱빼기(오오모리)도 있다.

15분 동안 줄을 서 있으니 내 차례다. 카운터가 주방을 ㄷ자 모양으로 둘러싸고 있는데, 왼쪽에 테이블도 하나 놓여 있다. 아기용 의자도 있는 걸 보니 가족 단위로 많이 찾는 듯하다. 카운터에 식권을 올려놓으니 주방에서 "면은 어떻게?"라고 묻는다. 나는 "가타메(딱딱하게)"라고 말했다. 왼쪽에 앉은 여성은 "후쓰메(보통)"라고 대답하고, 오른쪽에 앉은 고등학생은 오오모리를 주문한다. 이곳에서는 국물 맛과 세아부라로 낸 기름의 양도 취향껏 주문할 수 있다. 이게 바로 내가 라멘 기행을 하면서 원했던 것이다. 면을 얼마나 익힐지, 국물 간은 어떻게 할지, 기름 양은 어떻게 할지 등 손님 뜻대로 조절하는 것 말이다. 주방에서는 엄청나게 성가신 일이겠지만, 손님에게는 얼마나 좋은 일인가.

카운터 위에는 자리마다 간 생강, 마늘, 후추, 식초, 생강절임, 가라미소 등이 놓여 있다. 여기서도 손님의 입맛을 배려하는 태도가 잘 드러난다. 벽에 라멘을 맛있게 먹는 방법을 설명해놓았다. 면은 '가타메(딱딱하게)', '후쓰메(보통)', '야와라카메(부드럽게)' 중에서, 국물은 '우스구치(담백하게)'와 '고이구치(진하게)' 중에서, 기름은 '오오메(많이)'와 '스쿠나메(적게)' 중에서 고를 수 있으며, 라멘에 후추 약간, 마늘 $1/2$(스푼), 가라미소 $1/2$, 간 생강 $1/2$, 식초 약간을 넣으면 더

면은 딱딱하게, 국물 짜기는 보통으로, 기름 양은 적게.
손님 취향대로 고를 수 있는 라멘 간니야는 이에케이 4대 천왕 중 하나다.

욱 맛있게 먹을 수 있다고 적혀 있다.

간장 맛이 나는 돈코쓰 국물은 진하고 구수하다. 차슈는 부들부들하면서도 구운 맛이 살짝 올라와 국물에 잘 어울린다. 여기에 국물의 걸쭉한 맛을 잡아주는 시금치. 시금치는 정말이지 라멘에 잘 어울리는 녹색 채소다. 난 국물을 '보통'으로 주문했지만, 조금 덜 짜게 주문해도 좋을 것 같다. 곧은 중태면은 가타메가 잘 어울리는 듯하고 양도 적당하다. 도쿄에서 오려면 조금 시간이 걸리지만 한나절을 바칠 만한 가치가 있는 매우 훌륭한 맛이다. 이곳은 놀랍게도(밤새 영업하는 술집이 많은 한국에서야 놀랍지 않은 일이지만) 새벽 1시까지 영업한다. 왜 이곳이 이에케이 천왕 중 가장 높은 매상을 기록하는지 알 것 같다.

요코하마에서 라멘 마니아라면 도무지 지나치기 힘든 곳이 있다. 바로 **신요코하마 라멘박물관**(新横浜ら-めん博物館)이다. 일본 각지에 세워진 라멘 테마파크의 원조 격인 이곳에서는 일본 라멘의 역사를 살펴보고 각 지역의 라멘을 맛볼 수 있다. 1994년 "비행기를 타지 않고도 전국의 라멘을 먹을 수 있다."라는 콘셉트 아래 약 34억 엔을 들여 세웠다고 한다.

신요코하마역에서 5분 정도 걸으면 주차장을 개조해 지은 넓은 건물이 보인다. 지상 1층은 라멘 갤러리, 지하 1~2층은 '라멘 거리'다. 입장료를 내고 건물 내부로 들어서면 자연스럽게 라멘 거리로 이어지는데, 이는 1959년(쇼와 33)의 도쿄 거리를 재현해놓은 것이다. 일본인에게 정겹고도 그리운 시절로 남아 있는 시공간이다. 옛 분위기가 물씬 풍기는 거리에는 극장, 음식점, 병원, 여관, 카바레, 술집, 구멍가게 등이 늘어서 있고, 엔카가 흘러나오기도 한다. 가끔 재난대비훈련을 연상시키는 사이렌 소리도 들려온다.

　지하 2층에는 북쪽 홋카이도에서 남쪽 규슈까지 일본 각지의 인기 라멘집이 입점해 있는데, 입점한 라멘집은 정기적으로 바뀐다. 라멘을 먹으려면 지하 1층의 자동판매기에서 식권을 구입해 지하 2층에 있는 라멘집에 가면 된다. 기왕 라멘박물관에 왔으니 여러 종류의 라멘을 맛보고 싶다면 '미니라멘' 식권을 구입하는 것이 좋다. 미니라멘은 보통 라멘에 비해 가격도, 양도 절반 정도다.

라멘 마니아라면 빼놓을 수 없는 신요코하마 라멘박물관. 일본 라멘의 역사를
일별할 수도 있고, 일본 각지의 유명 라멘을 맛볼 수도 있는 최초의 라멘 테마파크다.

지상 1층의 갤러리에는 일본 라멘의 역사며 여러 종류의 고토치 라멘이 잘 정리돼 있다. 한쪽에는 라멘 그릇이나 렌게*라 부르는 숟가락 등 라멘에 관련된 소품과 함께 유명 라멘집의 라멘을 집에서 끓여 먹을 수 있도록 포장해 판매하고 있다. 나는 이곳에 두 번 가보았는데, 몇 년 전에는 라멘 교실을 열기도 했다. 강사가 다시나 다레 등을 직접 만들어서 맛을 보여주며 라멘 종류와 만드는 법을 설명해줘 매우 유익했다. 아쉽게도 예전에 라멘 교실을 열었던 공간이 지금은 매장으로 바뀌었다.

이제 신요코하마 라멘박물관은 하나의 테마파크를 넘어 '라멘문화의 전당'으로 인기를 끌고 있다. 이곳이 성공을 거두자 2000년경부터 홋카이도를 비롯해 일본 각지에 여러 개의 라멘 테마파크가 들어섰다.

라멘 간니야(らめん 環2家)
영업시간: 11:00-25:00, 휴일: 월요일(공휴일일 경우는 다음 날)
시영지하철 가미나가야역에서 환상 2호선을 따라 도보 약 15분 ☎ 045-825-3195

신요코하마 라멘박물관(新横浜ら-めん博物館)
영업시간: 11:00-23:00(입장 마감은 22:00), 연중 무휴
신칸센 요코하마역 북쪽 출구에서 도보로 5분 ☎ 045-471-0503

* 도자기로 만든 중국식 숟가락을 가리키는 일본어로, 일본음식점에 가면 흔히 볼 수 있는 짧고 우묵한 숟가락이다.

간
사
이

교토 라멘

간사이 지역은 무엇보다 우동으로 유명한 곳이지만 교토, 오사
카, 와카야마, 나라 등 여러 곳에서 자기만의 라멘문화를 발전시키
고 있다. 그중 먼저 교토 라멘을 맛보기 위해 JR교토역에서 가까운
신후쿠사이칸(新福菜館) 본점을 찾았다. 이곳은 1938년 야타이에서
출발한 교토 최초의 라멘집으로, 창업 당시의 제법을 여전히 지키
고 있다.

나는 지인들과 함께 저녁시간에 신후쿠사이칸을 찾아갔는데, 사
람들이 줄을 서 있다. 바로 옆에 있는 가게도 라멘집으로, 1953년에
창업한 혼케다이이치아사히 다카바시(本家第一旭 たかばし) 본점이다.

흥미롭게도 신후쿠사이칸 줄에는 일본인이 많은 반면, 다카바시 줄에는 외국인이 많다. 아마도 다카바시가 미디어를 통해 많이 알려진 데다 매장 바깥에 한국어와 영어로 메뉴를 적어놓는 등 외국인이 이용하기에 좀 더 편리하기 때문인 듯하다.

우리 일행이 들어간 신후쿠사이칸은 서민적인 분위기가 물씬 풍기는 작은 라멘집이다. 자리도 얼마 없어 사람이 붐빌 때에는 합석을 해야 한다. 안은 벌써 사람들로 가득하고 대화하는 소리로 시끌시끌하다. 한여름이라 갈증이 나서 먼저 교자를 안주로 맥주 몇 잔을 마신 뒤에 라멘을 주문했다. 이곳에서는 라멘을 여전히 주카소

신후쿠사이칸에서는 깔끔한 쇼유라멘을 내는데, 이름은 여전히 주카소바다.

바라고 부른다. '교토 라멘'의 틀이 정해져 있지는 않지만 농후한 곳테리(こってり)계와 깔끔한 앗사리계로 나눌 수 있다. 신후쿠사이칸은 앗사리계 라멘집으로, 돼지 뼈와 닭 뼈로 육수를 내고 간장으로 다레를 만든다. 색이 짙은 간장을 쓴 쇼유라멘은 맛이 진할 것 같지만 막상 먹어보면 의외로 가볍고 짜지도 않다. 면은 곧은 중태면. 쫄깃쫄깃해 씹는 맛이 좋다. 여기에 얇은 차슈, 교토산 규조(九条) 네기*가 올라가 있다. 한가득 담긴 파가 라멘 맛을 깔끔하게 정리해준다. 날달걀을 올린 것도 독특하다. 교토 라멘집들은 테이블 위에 후추, 고춧가루, 두반장, 참깨, 마늘 칩 등 풍부한 야쿠미를 올려놓는데, 이곳에는 매운 고추장도 있다.

라멘을 먹으면서 주변을 돌아보니 외국인은 우리 일행뿐인 것 같다. 확실히 지역 사람들이 즐기는 전통 라멘집임에 틀림없다.

신후쿠사이칸(新福菜館) 본점
영업시간: 07:30-22:00, 휴일: 수요일
JR교토역에서 도보 5분 ☎ 075-371-7648

* 규조 네기는 흰 줄기보다 파란 이파리 부분이 많고, 점액이 많은 것이 특징이다.

오사카 라멘

오사카는 우동의 전통이 강한 곳이라 과연 고토치 라멘이 있을까 의문이 들겠지만, 오사카에도 고토치 라멘이 있다. 바로 다카이다 라멘이다. 다카이다(高井田)라는 지역에서 딴 이름으로, 닭 뼈, 다시마로 우려 간장으로 맛을 낸 국물과 매우 굵은 스트레이트 면이 특징이다. 나는 다카이다 라멘의 원조 격인 **고요켄(光洋軒)**을 찾았다.

지하철 긴테쓰선 후세(布施)역에서 나가면 서민적인 아케이드 상가가 보인다. 잠시 상가를 구경하다가 밖으로 나오니 라멘집이 여럿 보인다. 거리 역시 서민적인 분위기다. 고요켄은 길가에 위치한 자그마한 라멘집이다. 1952년 후세역 주변에서 야타이로 시작해 지금은 3대째가 이어받아 가게를 운영해나가고 있다. 안으로 들어가니 카운터 자리만 있다. 중년 부부 둘이서 운영하고 있는데, 아저씨는 주방에서 라멘을 만들고 아주머니는 홀에서 서빙을 한다.

카운터 한쪽에 앉아 메뉴판을 보고 있는데, 60대 남성이 들어와 "오모치카에리(테이크아웃)"로 4개 주문한다. 아주머니는 바로 면, 다레, 파, 차슈, 육수를 싸주고는 조리법이 적혀 있는 종이 한 장을 넣어준다. 뚝딱 준비되는 것을 보니 포장해 가는 단골손님이 많은 모양이다. 내가 이곳에 처음 방문했다는 사실을 어떻게 알았는지, 손님이 나가면서 "이곳 라멘이 아주 맛있다."고 귀띔해준다. 메뉴판을 보고 있었기 때문인지도 모른다. 이곳은 라멘과 맥주 외에 다른 메뉴는 없는, 완전한 라멘 전문점이다.

고요켄의 라멘은 굵은 면발에 간장 색이 짙은 쇼유라멘인데, 의외로 깔끔하다.

나는 보통 라멘에 멘마, 네기를 추가했다(각각 100엔). 이곳은 닭 뼈로 육수를 낸다. 거기에 간장을 넣어 까만색에 가까운 짙은 색 국물을 만든다. 맛도 독특하다. 짙은 색깔을 고려하면 조금 짭짤할 뿐, 전혀 느끼하지 않고 깔끔한 맛이다. 면은 굵고 곧은데, 우동보다 약간 가는 정도로 굵다. 아까 손님에게 내준 조리법 쪽지에 면은 6분 정도 삶으라고 적혀 있었는데, 면이 굵기 때문인 걸 알겠다. 라멘을 후루룩 먹고 있는데 한 남자가 들어오더니 오모치카에리 4개를 주문한다. 4개씩 포장해 가는 건 가족이랑 함께 먹기 위해서일까, 아니면 집에 몇 개씩 쌓아두고서 혼자 끓여 먹기 위해서일까? 주인아주머니는 이번에도 라멘 재료를 뚝딱 포장해 내밀었다. 오사카에는 어디든 라멘집이 있지만, 이 소박한 라멘집에서 오사카 고토치 라멘을 즐기는 것도 좋을 듯하다.

일본의 라멘문화에 관심 있는 사람이라면 오사카에서 들를 곳이 또 한 군데 있다. 바로 **인스턴트라멘 발명기념관(**インスタントラーメン発明記念館)이다. 인스턴트라멘을 처음 개발해 판매한 닛신식품(日清食品)이 운영하는 곳으로, 인스턴트라멘의 역사가 알기 쉽게 전시되어 있다. 기념관 밖에는 인스턴트라멘을 개발한 안도 모모후쿠(安藤百福)의 청동 흉상이 서 있다.

일본 식민지였던 타이완에서 태어난 안도 모모후쿠는, 전후 오사카의 암시장에서 사람들이 라멘을 먹기 위해 추운 겨울에 긴 줄을 서 있는 것을 보고 모든 사람이 간단히 먹을 수 있는 라멘을 만들겠다고 결심한다. 그는 자신의 집 뒷마당에 있는 창고에서 연구를 거듭해, 1958년 쉽고 간단하게 조리할 수 있는 인스턴트라멘을 개발했다. 안도는 라멘 면을 잠깐 삶은 후 뜨거운 기름에 튀기면 면의 습기는 사라지고 미세한 구멍이 나 물이 쉽게 스며든다는 것을 발견했다. 여기에 뜨거운 물을 부으면 면에 난 수많은 미세 구멍을 통해 스며들어서 면 전체가 익을 뿐만 아니라 수프의 간도 면에 밴다. '치킨라멘'이라는 이름이 붙은 이 최초의 인스턴트라멘은 처음에는 셀로판 봉지에 담겨 팔렸다. 이후 안도는 또다시 천재적인 발상을 하는데, 바로 스티로폼 그릇에 면을 담아 파는 것이었다. 이것이 발전

세계 최초로 인스턴트라멘을 발명, 출시한 닛신식품의 인스턴트라멘 발명기념관.
인스턴트라멘의 발명과 발달 과정을 살펴볼 수도 있고, 자신만의 라멘을 만들어볼 수도 있다.

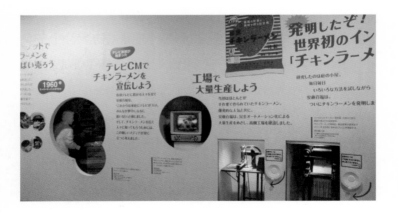

해 오늘날 컵라면이 됐다. 일본에서는 이 인스턴트라멘을 20세기 일본의 가장 중요한 발명으로 평가한다.

기념관 안으로 들어가면 한쪽 벽에 안도 모모후쿠가 인스턴트라멘을 발명하기까지의 과정을 연대순으로 전시해놓았다. 다른 공간에는 그가 치킨라멘을 발명한 창고를 재현해놓았다. 컵라면 모양을 본뜬 전시실에서 애니메이션과 컴퓨터그래픽으로 만든 컵라면 개발 이야기와 제조 과정을 대형 스크린으로 감상할 수도 있다. 또한 기념관 한쪽 벽에 있는 인스턴트라멘 터널에는 지금까지 닛신식품이 생산한 800여 개의 주요 제품이 전시되어 있다.

자신만의 인스턴트라멘을 직접 만들 수 있는 체험공방도 있다. 컵을 원하는 대로 색칠할 수 있는 도구들이 마련되어 있고, 라멘에 들어가는 재료도 마음대로 넣을 수 있다. 완성된 컵라면은 깨지지 않도록 공기를 주입한 봉지에 넣어주고 들고 가기 쉽게 끈도 만들어준다.

고요켄(光洋軒)

영업시간: 09:00-19:00(토요일·일요일은 08:00-18:00), 휴일: 화요일

전철 긴테쓰선 후세역에서 도보 7분 ☎ 06-6972-8833

인스턴트라멘 발명기념관(インスタントラーメン発明記念館)

개관시간: 09:30-16:00(입장은 15:30까지), 휴관: 화요일(공휴일일 경우 다음 날), 연말연시

입장료: 무료(체험공방은 유료)

한큐 다카라즈카선 이케다역에서 도보 5분 ☎ 072-752-3484.

http://www.nissin-noodles.com(PC), http://instantramen.jp(모바일)

덴리 라멘

나라(奈良) 아래에 있는 덴리(天理)시에는 독특한 고토치 라멘이 있다. 배추와 마늘이 듬뿍 들어가 '스태미나계(スタミナ系) 라멘'이라고 부른다. 덴리 라멘은 '사이카(彩華)라멘'과 '덴리 스태미나 라멘'이라는 두 개의 프랜차이즈로 대표되는데, 덴리시에서는 이를 줄여 '사이카', '덴스타'라고 부른다. 나는 이 중 **사이카라멘(彩華ラーメン)** 본점을 찾아가보기로 했다.

긴테쓰선 센자이(前栽)역에 도착하니 저녁 9시 반이다. 라멘을 먹으러 가기에는 늦은 시간이다. 그렇지만 이곳은 새벽 3시까지 문을 연다! 그럼에도, 역이 너무 허름해서 불안감이 생긴다. 출구는 하나뿐인 데다 역무원도 없다. 사위가 컴컴한데 라멘집으로 가는 길에는 가로등마저 변변찮다. 시냇물 소리를 들으며 5분 정도 걸으니 주택가가 나온다. 주택가에 들어오니 마음이 놓이기도 하고, 한편으로는 이런 곳에 라멘집이 있을까 하는 걱정이 든다.

그런데 골목으로 들어가니 마늘 향이 확 느껴지고 조금 더 가니 간장 졸이는 냄새가 솔솔 난다. 코가 먼저 라멘집을 알아보고 반응한다. 안심하며 조금 더 들어가니 멀리 커다란 공터와 차들이 쌩쌩 달리는 거리가 보인다. 거기에 라멘집과 커피집이 달랑 하나씩 자리 잡고 있다. 마치 고속도로 간이 휴게소 같다. 왜 이 라멘집이 늦은 시간까지 영업하는지 알겠다.

가게 밖에는 이 라멘집이 1968년에 야타이로 시작했다고 적혀

멀리서도 마늘 향과 간장 졸이는 냄새로 라멘집을 찾을 만큼
사이카라멘은 마늘과 배추가 듬뿍 들어간 쇼유라멘이다.

있다. 간이 휴게소 같았던 첫인상과 달리, 가게는 밝고 청결한 데다 널찍하다. 좌석도 많다. 나는 이곳 대표 메뉴인 사이카라멘과 차슈라멘을 시켰다. 사이카라멘, 즉 덴리 라멘의 가장 큰 특징은 배추가 듬뿍 들어간다는 것이다. 돼지 뼈와 닭 뼈로 육수를 낸 진한 쇼유라멘이라 먼저 간장 맛이 느껴지는데, 이어 마늘 맛이 강하게 올라온다. 이렇듯 배추와 마늘이 듬뿍 들어가기 때문에 '스태미나(계) 라멘'이라고 불리는 것이다. 사이카라멘은 중국 쓰촨성에서 직수입한 라장(辣醬, 매운 장)을 넣어 매운맛이 살아 있다. 국물은 꽤 짠 편인데, 달달한 배추 맛과 매콤하고 짠 육수의 맛이 색다르게 어울린다. 일본 운전기사들은 어떤 음식을 좋아하는지 잘 모르겠지만, 도로가에서 짜고 매운 음식을 먹고 있으니 어쩐지 한국 기사식당에 온 듯한 기분이다. 차슈라멘은 모모(넓적다리)와 바라(삼겹살)를 골라 주문할 수 있는데 모모는 조금 딱딱한 편이고, 바라는 부들부들하다. 테이블 위에는 다진 마늘과 핫소스가 놓여 있어 더욱 강렬한 맛의 사이카라멘을 즐길 수도 있다.

사이카라멘(彩華ラーメン) 본점
영업시간: 11:00-25:00, 연중 무휴
긴테쓰선 센자이역에서 도보 10분 ☎ 0743-63-3165

와카야마 라멘

  신오사카역에서 JR특급으로 약 1시간 거리에 있는 와카야마(和歌
山)는 간사이 지역에서 라멘이 가장 발달한 도시다. 와카야마역 관
광안내소에서 라멘 지도를 받을 수 있는데, 이 지도에만 37곳의 라
멘집이 소개되어 있다. 이 지역에서 라멘은 제2차 세계대전 이전부
터 친숙한 음식이었다. 그러다 와카야마시에 있는 이데쇼텐(井出商
店)의 라멘이 〈TV 챔피언〉에서 '일본에서 가장 맛있는 라멘'으로 우
승한 것을 계기로 와카야마 라멘이 전국에 알려졌다.
  와카야마 라멘의 가장 큰 특징은 국물에 있는데, 국물에 따라 크
게 두 가지로 나뉜다. 하나는 맑은 돼지 뼈 육수에 간장을 더한 쇼유
계 라멘이다. 사실 이것이 와카야마 라멘의 원류이며, 그 중심 인물
은 한국계 일본인인 다카모토 고지(高本光二)다. 그는 1940년 와카야
마에 '마루타카'라는 야타이를 열어 라멘을 팔았는데, 육수를 내는
방식이 독특했다. 그는 먼저 돼지 뼈를 간장에 끓여서, 간장이 밴 돼
지 뼈는 육수를 내는 데 썼고, 간장은 다시 차슈를 조리는 데 썼다.
이것이 표준적인 와카야마 방식으로 자리 잡았다. 그 제자들도 대
부분 한국계였는데, 이들이 수십 년 동안 와카야마 라멘계를 주름
잡았다.
  현재 와카야마 라멘의 주류를 이루는 쇼유계 라멘은 '샤고마에
(車庫前)계'라고도 불린다. 옛날 와카야마 시내에 노면전차가 다니던
때, 정거장 부근에 있는 야타이에서 라멘을 팔기 시작해 이런 이름

이 붙었다.

샤고마에계의 원조 가게가 **아로치 혼케 마루타카**(アロチ 本家 丸高)다. 이 가게는 오후 늦게 문을 열어 다음 날 새벽 3시까지 영업하는 곳이다. 그래서 와카야마에 꽤 늦게 도착했음에도 그날 라멘을 먹을 수 있었다. 숙소에 짐을 풀고 밤 11시쯤 라멘집을 찾아갔는데, 가게 앞에 택시 여러 대가 서 있었다. 이동하는 열차 안에서 오후 2시쯤 도시락 하나 먹은 게 끝인 터라 무척 배가 고팠다. 먼 거리를 이동해 갈증도 났다. 먼저 맥주와 교자를 주문하고 하야즈시도 한 점 먹었다. 포장지에 '와카야마 명물'이라고 쓰여 있는 하야즈시는 시메사바(고등어 초절임)에 밥을 쥔 스시다. 포장된 히야즈시와 삶은 달

테이블마다 포장되어 놓여 있는 하야즈시는, 손님이 알아서 먹은 후 나중에 계산하면 된다. 혼케 아로치 마루타카의 메뉴 구성은 어딘지 야타이를 닮았다.

같이 테이블마다 놓여 있어, 손님들이 먼저 먹고 나서 나중에 계산하는 것이 와카야마 라멘집의 특징이다.

오뎅도 눈에 들어와 무, 두부, 스지(소 힘줄)를 주문해 먹었다. 전부 맥주 안주로 손색이 없다. 맥주를 한 병 더 주문해 이번에는 고보텐(우엉 튀김), 지쿠텐(속이 빈 어묵 튀김)과 함께 먹었다. 늦은 시간인데도 사람들이 계속 들어오는데, 모두 한잔씩 걸치고 오는 것 같았다. 역시 일본인에게 라멘은 우리나라의 해장국과 같다는 걸 실감할 수 있었다.

라멘은 소박한 모습이다. 국물 색은 진하지만 맛이 깔끔하다. 면은 스트레이트 세면. 전체적으로 조화로운 맛이다. 맥주에 튀김, 라멘까지 먹으니 포만감이 절로 든다.

또 하나의 와카야마 라멘은 탁한 백색의 돈코쓰쇼유라멘이다. 뿌옇게 될 때까지 돼지 뼈를 우려낸 육수가 특징인데, 그 원조가 바로 1953년 창업한 **이데쇼텐(井出商店)**이다. 그래서 '이데계'라고도 불린다. 전국적으로 와카야마 라멘 하면 이 계통의 라멘을 가리킨다. 처음 이데쇼텐을 찾았을 때는 JR패스를 이용해서 JR와카야마역에서 내렸다. 이데쇼텐은 JR와카야마역에서 도보 7~8분 거리에 있다. 반면 2016년에 찾았을 때는 간사이와이드패스를 이용해서 난카이전철(南海電鉄) 와카야마시(和歌山市)역에서 내렸는데, 여기서는 10분 정도 택시로 이동하는 수밖에 없다.

이데쇼텐은 아주 작은 라멘집이다. 메뉴도 주카소바라고 불리는 라멘 한 가지밖에 없다. 별다른 주문 없이, 들어가자마자 사람 수만 알려주면 3~4분 만에 라멘이 나온다. 양에 따라 보통, 오오모리가 있다(여기에 차슈를 추가하면 각각 특제, 특제 오오모리다). 간을 한 반숙 달걀도 추가로 주문할 수 있는데, 아주 맛있다. 이데쇼텐에도 테이블 위에 하야즈시와 후토마키(김말이 스시)가 놓여 있다. 스시를 먹는 동안 라멘이 나왔다. 국물 색이 진한 게, 된장에 간장을 섞은 듯한 색이다. 이곳은 푹 삶은 돼지 뼈 육수에 간장으로 맛을 낸 정통 와카야마 라멘의 맛을 보여준다. 이데쇼텐의 육수는 우연히 탄생했다. 어느 날 창업자가 육수를 너무 졸였는데, 색깔은 탁하지만 감칠맛이 있

한 텔레비전 프로그램에서 '일본에서 가장 맛있는 라멘'으로 우승한 이데쇼텐의 돈코쓰쇼유라멘. 와카야마 라멘 하면 이 라멘을 꼽는다.

어 이데쇼텐 특유의 라멘 국물로 삼았다는 것이다. 지금은 2대째가 그 맛을 이어가고 있다.

라멘을 먹고 있는데 두 명의 일본 남성과 네 명의 태국 여성이 들어왔다. 여성 손님들은 카운터 자리에 앉고 남성 손님들은 우리 테이블에 합석했다. 와카야마현청에서 근무하는 공무원이라는 이들과 와카야마 라멘이 맛있다고 이야기를 나누게 되었다. 내가 라멘 한 그릇 먹으러 오사카에서 여기로 와 다시 교토로 갈 예정이라 하니 이들이 깜짝 놀란다. 놀라는 것이 당연한 게, 오사카에서 와카야마까지는 그리 가까운 거리가 아니기 때문이다.

그들이 와카야마에서 어느 집 라멘이 제일 맛있냐고 묻기에 제각기 특징이 있다고 답했지만, 사실 이데쇼텐이 제일 맛있었다. 여기는 스시, 라멘, 달걀 모두 맛있다. 이곳에 온다면 이 세 가지를 모두 맛보라고 추천하고 싶다. 메뉴가 한 가지인 것도 마음에 든다. 다음에 와카야마에 들른다면 가장 먼저 이데쇼텐을 찾아 라멘 한 그릇을 먹을 것이다.

아로치 혼케 마루타카(アロチ 本家 丸高)
영업시간: 17:30-익일 03:00, 휴일: 일요일
JR와카야마시역에서 도보 7분 ☎ 073-432-3313

이데쇼텐(井出商店)
영업시간: 11:30-23:30, 휴일: 목요일
JR와카야마역에서 도보 8분 ☎ 073-424-1689

히로시마 라멘

히로시마(広島)는 오코노미야키의 존재감이 강해 라멘은 그다지
두드러지지 않는다. 하지만 라멘의 완성도가 높아 어느 지역의 고
토치 라멘과 비교해도 손색이 없다. 히로시마에는 일반 라멘, 히야
시쓰케멘, 시루나시 단탄멘, 이렇게 세 종류의 라멘이 있다. 먼저 일
반 라멘은 돼지 뼈 육수를 베이스로 한 진하면서도 부드러운 간장
맛 국물에 쫄깃한 스트레이트 세면이 주류다. 여기에 토핑으로 차
슈, 숙주나물, 파(푸른 이파리 부분만)가 오른다. 쓰케멘은 최근 히로시
마 명물 라멘으로 떠오르고 있는데, 특히 매운 쓰케멘이 주목받고
있다. 여기에, 단탄멘 또한 히로시마의 명물 음식으로 자리 잡아가

고 있다. 나는 단탄멘과 쓰케멘의 원조집을 찾아가기로 했다.

일본에서 '시루나시(국물 없는 라멘)', '마제소바(비빔 라멘)' 등은 라멘의 이단아로 불린다. 그런 국물 없는 라멘의 원조가 바로 단탄멘 タンタンメン(担担麵)이다. 그 이름(担: 멜 담)에서 유래를 알 수 있다. 옛날 중국에 지게를 지고 다니면서 음식을 팔던 사람이 있었는데, 국물까지 지고 다니기는 무겁고 귀찮아 국물 없는 면을 만든 것이 단탄멘의 시작이라는 것이다. 일본의 중화음식점에서는 원래 국물 있는 단탄멘을 팔았다. 그러다 히로시마의 기사쿠(きさく)에서 국물 없는 단탄멘을 만든 것이 히로시마 단탄멘의 출발이라고 한다. 이것이 히로시마의 명물 음식이 되었고, 이후 **구니마쓰**(くにまつ)라는 라멘집이 단탄멘 붐을 견인했다.

구니마쓰는 히로시마 노면전차와 버스가 관통하는 시내 거리에서 살짝 안쪽으로 들어가 관공서며 건물이 많은 골목에 있다. 자그마한 3층 건물의 1층에 자리 잡은 구니마쓰는 낮에는 줄을 설 각오를 해야 하는 유명 라멘집이다. 문을 열고 들어가니 식권판매기가 있다. 벽을 마주보는 자리가 길게 놓여 있고 안쪽에 작은 테이블이 있는 자그마한 가게다. 여기서 먹어야 할 것은 당연히 시루나시 단탄멘이다. 단탄멘은 면을 수프에 비벼 먹는데, 이곳에서는 수프의 매운 정도를 0부터 4 사이에서 선택할 수 있다. 매운맛 3단계가 추천 메뉴로 적혀 있기에 3단계 단탄멘과 온천 달걀(おんせんたまご)을 주문했다.

식권을 주고 몇 분 기다리니 생각보다 빨리 음식이 나왔다. 산초

3단계 단탄멘과 온천 달걀. 고추의 매운맛보다 산초의 매운맛과 향이 두드러지는 음식이다.

향이 확 풍겨 식욕을 자극한다. 테이블에 단탄멘을 먹는 방법을 설명한 종이가 붙어 있다. 식초, 시치미 등을 넣어 먹으라고 하면서, 달걀을 넣으면 맛이 조금 싱거워지는데 다레를 더 넣으면 된단다. 면을 섞어 맛을 보니 그리 맵지는 않고, 오히려 산초의 얼얼한 맛이 강하게 느껴진다. 역시 단탄멘은 산초 맛이다. 우리나라 사람들 입맛에는 조금 더 매운 것이 맞을 듯하다. 이곳 단골의 40퍼센트는 여성 손님으로, 매운맛은 한국에서나 일본에서나 여성들에게 인기 있는 듯하다.

쓰케멘은 시루나시 단탄멘보다 먼저 히로시마에 정착한 면요리다. 히로시마의 쓰케멘은 다른 지역의 쓰케멘과 맛도 다르고, 면과 쓰케 다시가 모두 차갑기 때문에 이곳에서는 '냉면(れいめん)'이라고도 부른다. 나는 히로시마 쓰케멘을 대표하는 **바쿠단야**(ばくだん屋) 본점을 찾았다. 홍콩에도 분점을 낸 이곳은 히로시마 쓰케멘 붐을 주도한 가게이기도 하다. 가게 이름이 '폭탄(바쿠단)'인 것도 흥미로운데, 매운맛을 강조하기 위해서인 듯하다.

바쿠단야 본점은 히로시마 번화가인 신텐지(新天地) 거리에 있다. 내가 문을 열고 들어가려 할 때 한 젊은 여성이 나오면서 "맵다" 소리를 연발한다. 이곳에서는 쓰케 다시의 매운 정도를 1에서 200까지 선택할 수 있다. 100단계 이상은 52엔을 추가해야 한다. 옆에 앉은 젊은 여성은 2단계, 남성들은 5단계를 주문한다. 나는 '쇼유아지 히로시마 쓰케멘 보통'을 매운맛 15단계로 주문했다. 여기서는 면을 ¹/₂로도 주문할 수 있다. 메뉴판에는 오니기리와 가라아게(닭 튀김), 달걀을 함께 먹는 것을 추천한다고 적혀 있다. 라멘 면발을 후루룩 빨아 올리다 국물이 튀는 경우도 많은지, 앞치마도 준비되어 있다. 종업원이 먼저 쓰케 다시를 가져다준다. 이 집 쓰케 다시는 해산물 육수에 고춧가루와 라유(고추기름)를 섞어 만드는데, 새빨간 색깔이며 고추 향이 강렬하다. 참깨가 듬뿍 들어 있는데도 참깨를 많이 넣어 먹으라고 설명해놓았다.

바쿠단야의 쓰케멘. 색과 향이 강렬하게 매워 폭탄을 뜻하는 가게 이름과 어울린다.

이어 면이 나왔다. 차갑고 쫄깃한 면이다. 면 위에 잘게 채 썬 양배추가 듬뿍, 길게 썬 파, 오이가 얹어져 있다. 양배추, 파, 오이가 매운맛을 잡아주면서 깔끔한 맛을 더한다. 쓰케 다시는 그리 짜지 않은데 살짝 맵다. 매운맛과 함께 산미가 느껴진다. 다른 이들에 비해 매운맛을 높여 주문했는데도 생각보다 덜 맵다. 양배추며 오이가 들어간 면이나 양념이 우리나라 비빔국수를 연상시키기도 한다. 매운맛을 좋아하는 사람이라면 50단계쯤은 먹어야 할 것 같다. 양이 적지 않아 다 먹고 나니 배부르다. 오코노미야키 같은 다른 히로시마 명물 음식도 함께 먹으려면 면을 $1/2$로 주문하는 것이 좋겠다.

구니마쓰(くにまつ)
영업시간: 11:00-15:00, 17:00-21:00(토요일은 11:00-15:00), 휴일: 일요일, 공휴일
히로덴 다테마치 정거장에서 도보 3분 ☎ 082-222-5022

히로시마쓰케멘혼포 바쿠단야 본점(広島つけ麺本舗 ばくだん屋 本店)
영업시간: 11:30~23:30(LO) (금요일은 25:30 LO), 연중 무휴
히로덴 핫초보리 정거장에서 도보 4분 ☎ 082-546-0089

규슈 지역은 돈코쓰라멘의 발상지인 구루메에서부터 라멘 박람회장 같은 후쿠오카, 구루메의 영향을 강하게 받은 구마모토, 독자적인 라멘문화를 가지고 있는 가고시마에 이르기까지 풍부한 라멘문화를 자랑한다. 나는 면 기행을 시작한 2011년에 이 도시들을 돌면서 라멘 일주를 시작해 그 후에도 여러 번 규슈를 찾아 라멘집을 돌아다녔다.

구루메 라멘

후쿠오카현의 구루메(久留米)시는 돈코쓰라멘의 발상지로 알려

진한 백탁 돈코쓰 육수에 가는 스트레이트 면. 규슈 하면 떠오르는 라멘의 원형이다.

져 있다. 후쿠오카와 구마모토 중간에 위치한 구루메는 하카타역에서 기차로 40분 거리에 있는 도시다. 구루메 라멘의 역사는 오래되었다. 1937년 후쿠오카현 구루메시의 야타이인 난킨센료(南京千兩)의 주인이 돈코쓰 육수를 처음 고안했다고 알려져 있다. 야타이를 열기 수년 전에 요코하마 남경가에서 중국인 요리사의 제자로 일한 적이 있는 그가, 이전까지 주로 사용되던 닭 뼈 대신 돼지 뼈를 우려낸 육수를 라멘에 처음 사용했다고 한다. 하지만 탁한 수프는 아니었다.

지금처럼 진한 백탁 육수를 쓴 것은 구루메의 또 다른 야타이 산큐(三九)다. 1947년, 산큐의 주인이 잠시 일이 있어 어머니에게 육수를 끓이는 불을 조절해달라고 부탁하고 나갔다 왔는데, 돌아와 보니 돼지 육수가 너무 졸아 뿌옇게 됐다고 한다. 그런데 탁하게 우러난 돼지 국물을 먹어봤더니 의외로 맛있었던 것이다. 이렇게 우연한 계기로 탄생한 하얗고 탁한 육수는 규슈를 대표하는 돈코쓰라멘의 상징이 됐다. 돈코쓰 국물은 가고시마를 제외한 규슈 전체로 퍼져나가, 규슈 하면 돈코쓰라멘이 떠오를 정도가 됐다.

특히 '원조 규슈 라멘'이라 할 수 있는 구루메 라멘은 육수를 낼 때 돼지 뼈를 잘라 골수가 나온 상태로 끓일뿐더러 국물에 넣는 라드(돼지기름)의 양이 규슈에서도 가장 많아, 국물이 진하고 돼지누린내가 강한 편이다. 이 점에서 구루메를 비롯한 규슈 라멘에 대한 호불호는 분명히 갈린다. 구루메 라멘은 스트레이트 세면을 사용하지만, 규슈 라멘 중에서는 약간 굵은 편이다. 토핑으로는 차슈, 목이버

섯, 미역 등이 올라가는데 김을 얹어 내놓는 집이 많은 것 또한 구루
메 라멘의 특징이다.

내가 구루메 라멘을 맛보기 위해 찾은 곳은 **다이호라멘**(大砲ラーメ
ン) 본점. 구루메역에서 버스로 10분 정도 가야 한다. 고코쿠신사(五
穀神社) 앞 정거장에서 내려 대각선으로 길을 건너니 신사 입구인 도
리(문)가 보인다. 신사를 향해 걸어가는데 한 젊은이가 스마트폰을
보면서 나와 같은 방향으로 간다. 한눈에 다이호라멘을 찾아가는
길인 걸 알겠다. 신사 도리를 지나 골목 안쪽으로 들어가니 저 멀리
다이호라멘의 상징인 빨간 동그라미가 보인다. 아니나 다를까, 아
까 본 청년도 나를 따라왔다.

문을 열고 가게 안으로 들어가자 삶은 돼지 냄새와 새우젓 냄새
같은 것이 코를 찌른다. 조금 거친 냄새지만 원조 돈코쓰라멘의 맛
을 기대하고 온 것이라 역하기보다는 반갑다. 카운터 자리가 주방
을 낀 채 ㄴ자로 놓여 있고, 다른 한쪽에는 좌식 테이블이 나란히 놓
여 있다.

다이호라멘은 1953년에 야타이로 시작했다. 나는 창업 당시의
맛을 재현했다는 '무카시라멘(昔ラーメン, 옛 라멘)'을 주문했다. 650엔
으로 후쿠오카에 있는 다이호라멘 지점보다 50엔 싸다. 이곳에서는
면 익힘 정도를 정할 수 있다(나는 물론 가타메다). 주방에서 라멘 만드
는 모습을 보고 있자니, 라멘 주문이 들어오면 육수가 담긴 커다란
솥에서 국물을 듬뿍 퍼서 건더기를 체로 걸러낸 후 그릇에 담는 모

습이 인상적이다. 한눈에 봐도 걸쭉한 국물이다. 그릇에 담긴 국물은 약간 분홍빛을 띠었는데, 면을 어느 정도 먹고 보니 생강절임 조각이 바닥에 깔려 있었다. 걸쭉한 정도에 비하면 맛은 조금 짠 정도다. 창업 이래 솥에 돼지 뼈를 계속 더하면서 육수를 우려내는 '요비모도시(呼び戻し)' 방식으로 만드는 육수는 부드러우면서 깊이가 있다. 이곳에서는 돼지 뼈 외에 어떤 재료도 사용하지 않는다고 한다.

삼겹살을 푹 삶아 만든 차슈는 흐물흐물할 정도로 부드럽다. 이에 더해 반숙 달걀, 멘마, 파, 김, 분홍빛 생강절임, 여기에 구루메 라멘의 특징이기도 한 튀김가루(일명 '가리카리') 등이 얹어져 나온다. 면

다이호라멘의 무카시라멘. 진한 백탁 국물에
생강절임, 파, 다진 마늘 등을 넣어 느끼함을 잡는다.

은 가늘고 곧다. 구루메 라멘은 보통 참깨와 생강절임을 추가해 먹는데, 손님이 참깨를 직접 갈아 넣게 한 집도 있다. 테이블 위에는 생강절임, 다진 마늘, 고추기름, 후춧가루와 녹차가 놓여 있다. 마늘과 생강이 진한 돈코쓰 국물의 기름기를 잡아준다. 세면이라 먹는 데 5분밖에 안 걸린다.

이곳에 올 때는 라멘 맛을 확인하러 굳이 구루메까지 가야 하나 고민했지만, 먹고 나니 원조의 맛을 확인하길 잘했다는 생각이 들었다(늘 그렇듯이 가는 길은 멀고 음식은 맛있다). 구루메까지 가기 힘들다면 후쿠오카 덴진(天神)에 위치한 다이호라멘 덴진이마이즈미점(天神今泉店)으로 가도 좋다. 밝고 세련된 분위기에서 원조 돈코쓰라멘의 맛을 즐길 수 있다.

다이호라멘(大砲ラーメン) 본점
- 본점 영업시간: 11:00-21:00, 연중 무휴
  니시테쓰선 구루메역에서 버스를 타고 고코쿠신사 앞 정거장 하차 ☎ 0942-33-6695
- 덴진이마이즈미점 영업시간: 11:00-22:30, 연중 무휴
  후쿠오카 지하철 덴진역에서 도보 7분 ☎ 092-738-3277

후쿠오카 라멘

규슈 전체가 라멘으로 넘쳐나지만, 후쿠오카야말로 전국적으로 알려진 라멘의 본고장이라 할 수 있다. 후쿠오카 동쪽의 옛 지명을 따 '하카타 라멘'이라고 부를 때가 많다.

하카타 라멘의 시작도 역시 야타이다. 하카타 라멘의 역사는 1941년 야타이로 창업한 산마로(三馬路)에서 시작되었다. 지금은 없어졌지만, 당시 산마로에서는 맑은 수프의 라멘을 팔았다. 하카타에서 처음으로 오늘날처럼 백탁 돈코쓰라멘을 팔기 시작한 곳은 1946년 창업한 아카노렌(赤のれん)이다.

하카타 라멘의 특징은 걸쭉한 돈코쓰 국물과 스트레이트 극세면이다. 돼지 뼈의 젤라틴이 녹을 때까지 센 불로 끓여낸 유백색 육수는 진하면서도 감칠맛이 난다. 기름기 있는 육수는 아니라 뒷맛은 깔끔한 편이다. 돈코쓰 육수의 맛을 살리기 위해 간은 시오 다레나 옅은 쇼유 다레를 넣어 맞춘다.

후쿠오카에는 면의 익힘 정도, 육수 농도, 그리고 야쿠미의 양을 선택할 수 있는 곳이 많은데, 아예 주문지를 테이블 위에 준비해 놓는 가게도 있다. 후쿠오카에서는 면의 익힘 정도를 가리키는 단어가 조금 다르다. 오래 삶아 부드러운 면은 '야와(메)', 덜 삶아 조금 딱딱한 면은 '가타(메)', 살짝만 삶아 아주 딱딱한 면은 '파리카타(메)'다. '파리'라는 말은 후쿠오카에서만 사용하는 것으로 '매우'라는 뜻이다. 거의 덜 익은 면을 주문할 때는 '나마(生)'라고 주문하기도 한다. 나는 살짝 딱딱한 면을 좋아하기 때문에 늘 '가타메'로 주문한다. '파리카타'를 주문하면 때로 덜 삶아져 밀가루 특유의 맛이 나기도 하지만 그런대로 독특한 라멘 면을 느낄 수 있다.

하카타 라멘의 또 다른 특징은 면이 아주 가늘다는 것이다. 후쿠오카에서 극세면을 사용하게 된 것은 면을 금방 끓여 빨리 먹기 위해서다. 면의 가수율을 낮춘 것도 같은 이유에서인데, 이렇게 만든 극세면은 육수를 잘 흡수해 먹기 편하다. 하지만 극세면은 쉽게 불기 때문에 라멘 양이 적은 편이다. 만약 이곳에서 곱빼기(오오모리)를 주문하면 먹는 도중 면이 불어버린다. 그래서 생겨난 것이 '면 추가'를 뜻하는 '가에타마(替玉)'다. 극세면과 결합한 가에타마 문화는 하카타 수산시장 근처에 있는 라멘집 '간소 나가하마야'에서 시작됐다고 한다. 항구마을인 나가하마(長浜) 사람들은 일이 바쁘고 성미도 급했다. 때문에 빨리 익고 나오자마자 먹을 수 있도록 면발을 극세면으로 만들고, 보통 라멘의 양(120그램)보다 적은 양을 제공하면서 면을 추가 주문하는 가에타마 시스템까지 갖추게 된 것이다. 그런데 여기서 주의할 점이 있다. 가에타마를 주문하면 먹던 그릇에 면을 추가해 넣어준다. 따라서 가에타마를 주문할 경우 국물을 반 이상 남겨놓는 것이 중요하다. 새로운 면이 들어가면서 육수 농도가 조금 엷어지는데, 이때는 테이블 위에 있는 다레를 더 넣어 조절하면 된다.

토핑은 매우 심플한 편이다. 차슈와 파(특히 하카타의 반노萬能네기, 즉 가는 실파) 정도가 다다. 이 밖에 목이버섯, 숙주나물, 생강절임, 멘마 등을 올리는 집도 있지만, 기본적으로 하카타 라멘에서 토핑은 부수적인 존재다. 주역은 농후한 육수와 세면, 이 두 가지다. 일반적으로 테이블 위에 생강절임, 고채(苦菜)가 들어간 매운 양념, 참깨, 라유, 후추, 다레 등이 놓여 있어 취향껏 넣어 먹으면 된다.

나는 일명 나가하마 라멘(長浜らーめん)의 원조라 불리는, 1953년 창업한 **간소 나가하마야(元祖 長浜屋)**를 먼저 찾았다. 앞서 언급했듯, 가에타마 시스템을 처음 갖춘 라멘집이다. 아카사카역에서 나와 라멘집으로 향하노라면, 수산시장 길거리에 야타이가 늘어선 모습을 볼 수 있다. 이들 야타이에서도 나가하마 라멘을 맛볼 수 있다. 후쿠오카 시내의 야타이에서도 나가하마 라멘을 파는 곳이 많다.

간소 나가하마야에 도착하니 문 밖에 식권판매기가 보인다. 메뉴는 라멘 하나다. 가격은 500엔. 면 추가와 차슈 추가는 각각 100엔. 식권을 끊고 들어가면 종업원이 바로 면을 어떻게 삶아줄지 묻는다. 자리는 아무 데나 앉으면 된다. 우리나라 수산시장에서 잔치국숫집에 들어가 먹는다고 생각하면 된다.

테이블 위에는 녹차가 든 커다란 주전자, 생강절임, 참깨, 후춧가루가 놓여 있다. 잠시 손을 씻고 오니 벌써 라멘이 놓여 있다. 빠르다. 국물은 그렇게 진하지 않고 맛도 심플하다. 라멘 위에 올린 재료도 얇게 썬 차슈와 파가 전부다. 차슈 양은 적은 편이다. 면은 역시 곧은 극세면이다. 옛 나가하마 라멘의 맛을 알겠다. 라멘을 먹고 있는데 남자 6명이 들어와 "스코쿠 파리카타(아주 딱딱하게)"를 주문한

항구마을 나가하마의 바쁘고 성질 급한 뱃사람과 수산시장 상인들을 위해
빨리 내고 빨리 먹을 수 있게 만든 극세면의 나가하마 라멘.

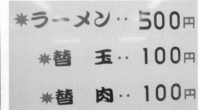

다. 라멘은 놀라울 정도도 빨리 나온다. 거의 주문과 동시에 나오는 것 같다. 메뉴가 라멘 하나밖에 없어 손님이 들어오면 즉시 사람 수에 맞춰 면을 삶기 시작하는 듯하다. 그 옛날 수산시장 상인들이 이런 식으로 재빨리 라멘 한 그릇을 비우고 갔던 걸까. 영업시간도 수산시장에 맞춰 새벽에 문을 열어 밤늦게 닫는다. 나는 저녁 8시에 이곳을 찾았지만 한창 바쁠 때 한번 와보고 싶다. 그 광경이 재미날 것 같다.

후쿠오카에는 유독 프랜차이즈로 가게를 확장하는 라멘집이 많다. 기업형 라멘집은 되도록 배제하려 했지만, 후쿠오카에서는 이 원칙을 지키기가 힘들다. 프랜차이즈 가운데 후쿠오카를 대표하는 라멘집이 많기 때문이다. 후쿠오카에서는 기업형 라멘집 두 곳과 개성을 추구하는 라멘집 한 군데를 골라 가기로 했다.

먼저 찾은 곳은 후쿠오카의 번화가 덴진에 있는 **이치란**(一蘭)이다. 이치란은 일본 전역에 50개 넘는 분점을 가진 대형 프랜차이즈다. 이치란 덴진점은 입구와 출구가 따로 있다. 왼쪽 입구로 들어가면 바로 식권판매기가 두 개 있다. 이곳에서 식권을 구입하면 종업원이 라멘 주문표 한 장을 주면서 자리를 안내해준다. 나는 가마타레 돈코쓰라멘을 주문했다. 전국에 있는 이치란 분점 가운데 이곳에만 있는 메뉴다. 일본 전통을 해외 사람들에게 알리기 위해 만들었다는 일본식 사각 찬합에 라멘이 담겨 나온다.

이치란의 가장 독특한 점은 테이블 구조다. 마치 독서실 책상처럼 칸칸이 나뉜 테이블에는 한 사람씩만 앉을 수 있고, 정면에 뚫려 있는 구멍을 통해 주문표와 라멘이 오간다. 개인 주문표가 있다는 것도 독특한데, 자리에 앉아 주문표에 원하는 방식을 기입하면 된다 (한국어와 영어 주문표도 있다). 국물의 짠 정도(싱거운 맛, 기본, 짠맛), 진하기 정도(없음, 깔끔, 기본, 진함, 아주 진함), 마늘의 양(없음, 조금, 기본, 1/2쪽, 1쪽), 파 종류와 양(없음, 흰 파, 파란 파), 차슈(있음, 없음), 매운 '비전(秘伝) 다레' 의 양(없음, 1/2, 기본, 2배), 면의 삶기(아주 딱딱함, 딱딱함, 기본, 부드러움, 아주 부드러움) 등 일곱 항목이다. 이 역시 지극히 일본적인 발상으로, 뭐 든지 세밀하게 나누는 사고방식이 반영된 것이다. 이 주문표를 채 운 다음 벨을 누르면 종업원이 가져간다. 한국에도 이런 구조의 라 멘집이 들어온 모양인데, 혼자 밥 먹기에는 편할지 몰라도 조금 답 답하다. 마치 칸막이가 쳐진 독서실에서 혼자 도시락을 까먹는 기 분이다.

5분쯤 지나니 구멍을 통해 라멘이 나오더니 닫힌다. 이제 완전히 혼자만의 공간이 만들어진 것이다. 국물을 조금 싱겁게 주문했더니 맛이 떨어진다. 좀 짠 것이 좋을 듯하다. 매운 정도는 5단계로 했는 데 칼칼한 맛을 좋아하면 더 높여도 될 것 같다. 국물 농도도 진하게 하는 것이 하카타 라멘에 어울릴 듯하다. 면은 역시 극세면이라 먹 는 데 시간이 걸리지 않는다.

이치란 덴진점에서 5분 거리에 있는 **하카타잇푸도(博多一風堂) 다 이묘(大名)점** 또한 일본에 60개 이상의 분점을 가지고 있는 프랜차이

도시락 같은 사각 그릇에 담겨 나오는 라멘과 독서실 책상처럼 혼자 앉는 테이블 구조.
이치란에서 라멘을 먹는 것은 맛 이전에 재미다.

즈 본점이다(한국에도 분점을 냈지만 철수했다 한다). 밝고 세련된 인테리어에 벽에 붙어 있는 긴 테이블이 인상적이다. 재즈가 흘러나오는 것도 좋다. 테이블 위에는 잇푸도의 역사를 설명해놓은 종이가 놓여 있다. 슬쩍 훑어보니, 1985년 후쿠오카시 주오구(中央区) 다이묘에서 창업해 1995년 도쿄에 1호 분점을 열었다고 적혀 있다. 이곳 간판 메뉴인 '시로마루 모토아지(白丸元味)'와 '아카마루 신아지(赤丸新味)'를 개발한 것은 1995년이라고 한다. 하나는 창업 당시의 맛을 재현한 라멘이고, 다른 하나는 향미유와 가라미소를 더한 새로운 라

걸쭉할 정도로 진한 국물이지만 짜지 않은 하카타잇푸도의 아카마루 신아지 라멘.
잇푸도만의 신메뉴이지만 하카타 라멘의 정체성을 유지하고 있다.

멘이다. 이 두 가지 라멘은 다이묘 본점에서만 맛볼 수 있다.

나는 아카마루 신아지 라멘을 주문했다. 무엇보다도 인상적인 것은 국물이다. 이게 하카타 돈코쓰라멘 국물이구나 싶은 맛인데 돼지머리와 허벅짓살을 닭과 함께 삶은 육수에 10여 가지 재료를 넣어 맛을 낸 국물은 균형감이 좋다. 약간 걸쭉하면서도 짜지 않다. 규슈에서 먹어본 라멘 가운데 가장 덜 짠 것 같다. 곧은 극세면 위에 숙주나물, 차슈, 반숙 달걀, 목이버섯, 잘게 썬 파 등이 올려져 나오며, 테이블에는 생강절임이 놓여 있다. 마늘은 요구해야 가져다주는데, 직접 갈아서 넣어 먹을 수 있다. 하카타 라멘의 진수를 맛볼 수 있는 집이다.

이제 프랜차이즈가 아닌 새로운 분위기에서 라멘을 즐기기 위해 **멘게키조 겐에이(麵劇場 玄瑛)**를 찾았다. 이곳은 지하철역에서 그리 멀지 않지만, '걸어가다 보면 라멘집 간판이 보이겠지.' 하고 갔다가는 지나치기 십상이다. 조용한 주택가에 있는 데다 눈에 띌 만한 간판도 없기 때문이다. 다만 육중한 나무 대문에 '麵劇場 玄瑛'라고 새겨져 있다. 재밌는 상호다. 이곳은 예전에 연극을 상연하는 극장이었다. 이를 살려 가게 이름을 '면극장'으로 지었을 뿐만 아니라 대문에는 '영업 중' 대신 '개연(開演)'이라고 적힌 작은 팻말이 걸려 있다. 팻말 뒤쪽에는 '폐연(閉演)'이라고 적혀 있다. 문을 열기 전 귀를 기울이니 재즈가 흘러나와 '혹시 지금 공연 중인가?' 하는 걱정에 잠시 발걸음이 멈칫거린다. 문을 열고 들어가도 내부가 보이지 않는 구조라 어디로 가야 할지 헷갈린다. 다행히 안에서 "이랏샤이(어서 오세요)!"라고 소리치는 것이 들려 그쪽으로 향하니 젊은 종업원이 안내해준다. 실내는 딱 소극장이다. 옛날 연극을 공연하던 무대는 주방이 됐고, 계단식 객석은 좌석이 됐다. 물론 객석에서 라멘 그릇을 들고 먹는 건 아니고, 자리마다 테이블이 설치되어 있다. 자리에 앉으니 주방에서 라멘을 만드는 모습이 내려다보인다.

나는 먼저 맥주 한 잔을 주문했다. 재즈를 들으면서 무대 공연을 보는 기분으로 잠시나마 느긋하게 맥주를 마시고 싶어졌다. 이곳에는 돈코쓰라멘과 쇼유라멘, 그리고 단탄멘이 있다. 종업원은 날달 걀을 넣은 밥이 매우 맛있다고 추천했지만, 오늘은 벌써 면요리를 네 그릇이나 먹은 터라 라멘만 주문했다.

곧은 중세면 위에 가늘고 길게 썬 파와 목이버섯이 듬뿍 올라가 있다. 빨간 실고추로 살짝 악센트를 준 것도 매력적이다. 이곳은 돼지머리와 향미채소를 푹 삶아 낸 육수에 다시마, 말린 전복, 관자, 새우를 넣고 졸인 간장으로 만든 다레를 더해 국물을 완성한다. 한입 떠먹어보니 가게 분위기만큼이나 세련되고 깔끔한 맛이다.

면을 몇 가락 뜨고 있는데, 한 여성 종업원이 말을 붙인다. 이 근처에 사는지 묻기에 나는 한국에서 라멘을 먹으러 왔으며, 지금은 규슈 라멘 기행을 하고 있다고 답했다. 신기해하는 종업원을 더 놀라게 해줄 요량으로, "오늘 아침에는 구마모토에서 라멘을 먹었고, 오후 늦게는 구루메에서, 조금 전에는 덴진에서 또 라멘 두 그릇을 먹고, 지금 이곳은 다섯 번째로 들른 곳이며, 이걸 먹고 다시 구마

독특한 구조를 가진 멘게키조 겐에이의 돈코쓰라멘.
그날 다섯 번째로 먹은 라멘이지만 충분히 맛있었다.

모토로 간다."고 말했다. 정말로 놀라는 표정이다. 이렇게 돌아다닐 수 있는 건 순전히 JR패스 덕인데, JR패스는 외국인에게만 판매된다. 그 비싼 신칸센을 타고 라멘을 먹으러 돌아다니는 내가 신기해 보일 법하다. 대화가 계속 이어져 내가 일본 면 기행 중이며, 이를 책으로 내려 한다는 이야기까지 나왔다. 붙임성 좋은 종업원은 가고시마에서 왔다는데, 이곳에서 일한 지 4년째이며 곧 대학을 졸업한다고 했다. 그녀가 보여준 친절함도 좋았고, 가게 분위기나 라멘 맛이 아주 개성 있어 기억에 남는 집이다. 가게를 나오는 길은 라멘으로 부른 배만큼이나 좋은 기분으로 꽉 찼다.

어딜 가나 쉽게 라멘집을 발견할 수 있는 후쿠오카지만, 일본 여러 지역의 라멘을 한 번에 즐기려면 하카타역 구내에 있는 면 거리(麺通り)나 캐널시티 안에 있는 라멘 스타디움이 좋다. 이 중 **하카타역의 면 거리**는 관광객들에게 접근성이 좋다. 이곳에는 후쿠오카의 유명 라멘집인 하카타다루마, 히데쨩라멘, 신신(Shin Shin) 등이 입점해 있다. 많은 사람이 찾는 곳인 만큼 점심시간이나 저녁시간에는 줄 서서 기다릴 각오를 해야 한다.

라멘 스타디움은 하카타역에서 걸어서 15분 정도 걸리는 캐널시티 안에 있다. 후쿠오카 시내를 구경하면서 라멘을 즐기려면 아무래도 라멘 스타디움이 좋겠다. 캐널시티 5층의 널찍한 공간에 일본 전역의 라멘집이 입점해 있어 좋아하는 라멘을 골라 먹을 수 있다. 한국인 여행객도 많이 찾는 곳이다.

캐널시티 5층에 있는 라멘 스타디움.
일본 전역의 유명 라멘집이 입점해 있어 좋아하는 라멘을 골라 먹을 수 있다.

밤늦게 색다른 분위기에서 라멘을 즐기려면 후쿠오카의 명물, 야타이를 찾아가도 좋다. 밤이 되면 덴진, 나카스 등 여러 곳에서 야타이가 환하게 불을 밝히고 늦게까지 영업을 한다. 물론 이곳은 포장마차인 만큼 라멘 외에도 오뎅, 교자, 튀김, 야키도리, 구운 명란, 모쓰나베(もつなべ, 일본식 곱창전골. 후쿠오카의 명물 음식 가운데 하나다) 등 많은 안줏거리가 있다. 물론 후쿠오카의 야타이에서는 주로 '나가하마 라멘'을 먹을 수 있다.

간소 나가하마야(元祖 長浜屋)
영업시간: 04:00-25:45, 연중 무휴
하카타역에서 니시테쓰 버스(61, 68번)로 15분, 미나토잇초메 정거장에서 바로, 또는 지하철 아카사카역에서 도보 15분 ☎ 092-711-8154

이치란(一蘭) **덴진점**
영업시간: 24시간, 연중 무휴
지하철 덴진역에서 도보 3분 ☎ 092-713-6631

하카타잇푸도(博多一風堂) **다이묘 본점**
영업시간: 11:00-23:00, 연중 무휴
지하철 덴진역에서 도보 8분 ☎ 092-771-0880

멘게키조 겐에이(麵劇場 玄瑛)
영업시간: 11:30-14:30(LO), 18:00-24:30(LO), 연중 무휴
지하철 야쿠인오도리역에서 도보 5분 ☎ 092-732-6100

구마모토 라멘

구마모토 또한 규슈를 대표하는 라멘의 고장이다. 현재 구마모토 현에는 200여 개의 라멘집이 있으며, 물론 이곳만의 특색이 더해진 구마모토 라멘도 있다. 1940년대 후반 고무라사키(こむらさき)라는 라멘집의 창업자들이 구루메에서 구마모토 북부의 다마나(玉名)에 전해진 돈코쓰라멘을 구마모토 시내에 퍼뜨린 것을 시작으로, 이 라멘은 오늘날 구마모토를 대표하는 음식이 됐다.

구마모토 라멘은 두 가지 특징이 있다. 먼저, 면은 규슈 다른 지역과 달리 가수율이 낮은 스트레이트 (중)태면을 사용한다. 때로 '면을 덜 삶았나?' 싶을 정도로 단단하다. 국물은 돼지 뼈와 닭 뼈를 섞어서 우려내는데, 돼지 머리뼈만으로 육수를 내는 곳도 있다. 농후한 백탁 돈코쓰 국물은 부드러우면서 감칠맛이 좋다. 구마모토 라멘에서 빠질 수 없는 또 하나의 특징은 마늘을 많이 넣는다는 것이다. 얇게 저민 마늘을 튀기거나 볶아서 만든 마늘 칩, 마늘과 양파 등으로 낸 마유(マー油)를 쓴다. 구마모토 라멘을 먹다 보면 국물 위에 떠 있는 검은 액체를 볼 수 있는데, 이게 바로 마유다. 마유는 '고가시닌니쿠(焦がしニンニク, 볶은 마늘)'라고도 불린다. 그렇지만 구마모토 라멘의 대명사는 역시 마늘 칩으로, 농후한 국물에 임팩트 있는 맛을 더한다.

구마모토에서 가장 먼저 찾은 라멘집은 JR구마모토역에서 6~7

분 거리에 있는 **고쿠테이**(黒亭)다. 구마모토역 앞에 서서 멀리 바라보면 방송국 타워가 보이는데, 그 근처에 고쿠테이가 있다. 무엇보다 마음에 드는 것은 고쿠테이가 위치한 동네 분위기다. 차분하고 조용하다. 이른 오전, 개점하자마자 들어갔는데도 벌써 좌석이 반은 차 있다. 이 라멘집 주방에서 일하는 이들은 전부 여성이다.

이 집 인기 메뉴는 큼직한 차슈 여러 장이 들어간 차슈멘이지만, 새로운 추천 메뉴인 '가타로스 다마고이레 라멘'*을 주문했다. "가장 좋은 재료만을 넣어 만든 라멘으로, 1대 여주인이 달걀을 아주 좋아해 달걀을 넣었다."라는 설명이 붙어 있다.

주문 후 10분 정도 지나자 라멘이 나왔다. 국물이 묵직해 보인다. 구마모토 라멘답게 약간 검은색을 띠는 기름이 떠 있고, 검은깨도 들어 있다. 튀긴 마늘의 고소한 향이 올라와 식욕을 돋운다. 이곳 육수는 돼지 머리뼈를 푹 삶아 우려낸 것으로, 꽤 걸쭉해 보이지만 의외로 맛이 깔끔하고 그리 짜지도 않다. 전체적으로 균형감이 좋다. 면은 찰기가 있는 태면으로, 돈코쓰 국물에 잘 어울린다. 날달걀이 두 개나 들어 있는데 먼저 국물을 맛본 다음 날달걀 먹기를 권한다.

작고 소박하면서도 활기차고 친절한 라멘집이다. 기업화되지 않고 동네에 뿌리내린 라멘집이라는 점도 마음에 든다. 구마모토에서 꼭 한 집을 소개한다면 바로 이곳이다.

---

* '가타로스'는 돼지 어깨등심을 가리키며, '다마고이레'는 달걀을 넣었다는 뜻이다.

1대 여주인이 좋아했다는 날달걀이 두 개나 들어 있는 고쿠테이의 라멘.
구마모토에서 한 집만 추천한다면 이곳이다.

두 번째로 찾은 집은 구마모토역 구내의 **게이카**(桂花). 5년 전에는 구마모토 시내 번화가에 있는 게이카 본점에 갔었는데, 최근 구마모토역에 분점을 냈다. 역 구내에 있어 편하게 찾아갈 수 있는 것은 물론, 깔끔한 인테리어에 밝은 일본음악이 흘러나와 꼭 카페에서 라멘을 먹는 듯하다.

몇 시간 동안 신칸센을 타고 왔더니 갈증이 나서 먼저 교자와 맥주를 주문했다. 일본에는 사이드 메뉴로 교자와 볶음밥을 내놓는 라멘집이 많은데, 이는 라멘이 중국음식에서 출발했음을 알려주는 상징 같다. 몇 분 지나자 자그마한 그릇에 교자가 담겨 나왔다. 역시 라멘집 맥주 안주로는 교자가 제격이다.

게이카의 라멘 메뉴 가운데 가장 인기 있는 것은 '다로멘(太肉麵)'

70그램이나 되는 두툼한 삼겹살조림이 올라간 다로멘이 게이카의 대표 메뉴다.

370

이다. 이름처럼 커다란 돼지고기조림이 토핑으로 올라가는 라멘이다. 다로멘을 주문하니 종업원이 생양배추와 삶은 양배추 중 어느 것을 고를지 묻는다. 나는 생양배추로 주문했는데, 먹고 나니 삶은 양배추도 좋겠거니 싶다. 다로멘에는 두툼한 삼겹살이 70그램이나 들어간다(한국 고깃집에서 먹는 삼겹살 1인분이 150그램이다). 양배추도 듬뿍 올라가 있다. 구마모토 라멘답게 국물은 진하고 탁한 백색을 띠고 있지만 그렇게 짜지는 않다. 면은 중세면. 보들보들한 차슈와 반숙 달걀, 멘마, 미역줄기가 맛을 더한다. 오늘은 숙소도 역에서 가까운 곳이라 부담 없이 구마모토의 라멘을 즐길 수 있다.

구마모토 라멘의 원조 격인 **고무라사키**(こむらさき) 본점을 빼놓을

돼지 뼈와 닭 뼈를 우려낸 육수와 고소한 마늘 칩의 맛이 어울리는 고무라사키의 라멘은 구마모토 라멘의 원형이다.

수 없다. 이곳에서 사람들이 많이 찾는 메뉴는 창업 당시의 맛을 그대로 이어온 '오사마(王樣)라멘'. 돼지 뼈를 기본으로 닭 뼈와 채소를 함께 끓여 만든 국물은 부드럽고 깊이 있는 맛이다. 마늘 칩이 맛의 중심을 잡아주면서도 다른 지역에서 맛보지 못한 풍미를 더한다. 구마모토 라멘의 원형이 궁금하다면 이곳에서 오사마라멘을 맛보자.

고쿠테이(黑亭)
영업시간: 10:30-20:30, 휴일: 제1, 3 목요일(공휴일인 경우 영업)
JR구마모토역에서 도보 6~7분, 또는 구마모토 전차 니혼키쿠치 정거장에서 도보 5분
☎ 096-352-1648

게이카(桂花)
* 본점 영업시간: 11:00-21:00, 연중 무휴
  구마모토 전차 시야쿠조마에 정거장에서 도보 4분 ☎ 096-325-9609
* 역점 영업시간: 11:00-21:00, 연중 무휴
  JR구마모토역 내 ☎ 096-355-7288

고무라사키(こむらさき) **본점**
영업시간: 11:00-16:00, 18:00-22:00, 연중 무휴
구마모토 전차 도리초스지 정거장에서 도보 5분 ☎ 096-352-8070

가고시마 라멘

가고시마는 규슈에서 유일하게 구루메 라멘의 영향을 받지 않은 곳이다. 가고시마 사람들의 자존심이 반영된 결과로, 미소라멘, 시오라멘, 쇼유라멘 등이 다양하게 발달했다. 최근에는 해산물 육수를 써 독자적인 라멘을 추구하는 집도 있다.

가고시마 라멘 또한 기본은 돈코쓰 육수지만, 돼지 뼈만이 아니라 닭 뼈와 채소를 더해 만든 깔끔한 국물이 특징이다. 농후한 돈코쓰라멘과 대극을 이루는 맛이다. 면은 기본적으로 스트레이트 중태면이지만, 꼬불꼬불한 면을 내놓는 곳도 있다. 토핑은 차슈, 숙주나물, 파가 기본으로, 특히 차슈는 유명한 가고시마산 흑돼지를 사용하는 집이 많다. 여기에 튀긴 양파가 더해지는 게 독특한데, 맛에 좀 더 임팩트를 주기 위해서다. 가고시마 라멘의 또 다른 특징은 쓰케모노(채소절임)가 곁들여진다는 것이다. 가고시마에서는 쓰케모노를 먹으면서 라멘이 나오기를 기다리곤 하는데, 여러 가지 쓰케모노 중에서도 무절임을 내주는 곳이 많다. 면을 먹을 때 김치나 단무지를 함께 먹는 한국인에게 가고시마 라멘집에서 내주는 쓰케모노는 반갑기 그지없다.

가고시마의 번화가이자 쇼핑 거리인 덴몬칸(天文閣) 지역은 가고시마 라멘의 2대 격전지로 불린다. 특히 덴몬칸 지역과 그 부근에 라멘집이 많이 몰려 있는데, 가고시마 라멘집 가운데 가장 먼저 소

개하고 싶은 곳이 있었다. 바로 **노보루야**(のぼる屋)다. 1947년 문을
연 노보루야는 가고시마 라멘의 원조이자 가고시마에서 가장 오래
된 라멘집이었다. 하지만 안타깝게도 이 집은 몇 년 전 사라지고 말
았다. 내가 7년 동안 일본 면 기행을 다니면서 원조 라멘집이 사라
진 경우를 본 것은 노보루야가 처음이다. 때문에 노보루야에 대해
쓰는 것이 조금 망설여졌는데, 노보루야의 기억을 전하고 싶기도
하고 가고시마 라멘의 원조집에 대해 몇 자 남겨놓는 것도 나쁘지
않다고 생각해 책에 포함시키기로 했다.

내가 이곳을 처음 찾은 것은 2011년이었는데, 2017년 다시 찾아
갔을 때는 빈집이었다. 문이 굳게 닫혀 있는 데다 간판도 사라졌다.
건너편 가게 앞에 앉아 있던 나이 지긋한 아저씨가 2년 전 주인 할
머니가 돌아가신 뒤 문을 닫았다고 말해주었다. 그 할머니가 2대 주
인이었는데, 아마도 가게를 이을 사람이 없었던 모양이다. 아저씨
가 이야기해주기를, 최근 근처에 '노보루야'라는 동명의 라멘집이
생겼지만 이름만 같을 뿐 3대가 이어받은 것은 아니란다. 6년 전 이
곳에 왔을 때에도 주인 할머니나 일하는 분들 모두 연로하셔서 가
게가 계속 이어질까 걱정했는데, 그 걱정이 현실이 되어버렸다.

6년 전에 찍은 사진을 꺼내 보니 옛 기억이 되살아났다. 2011년
노트에는 노보루야에 대한 인상이 이렇게 적혀 있다. "길가에 자리
잡은 일본식 2층짜리 건물의 자그마한 라멘집은 겉으로 보기에도
참 오래된 집 같다. 문을 열고 들어가니 할머니와 나이 든 여성들뿐
이다. 실내도 치장한 모습이 전혀 없다. 카운터 자리에 앉으니 주방

이 바로 보인다. 주인만큼이나 연륜이 느껴지는 커다란 냄비 안에서 라멘 국물이 끓고 있다. 그 뒤에서 주인으로 보이는 80세 정도의 할머니가 아주머니들이 일하는 모습을 주시하고 있다. 약간 엄격한 느낌이 들어 나도 조심스러워진다."

이곳 메뉴는 라멘뿐이었는데, 그 맛이 이제껏 일본에서 맛본 라멘과는 전혀 달랐다. 꼭 우리나라 콩나물국 같다. 국물을 떠먹으면서 연신 "시원하다, 시원해." 소리를 낼 정도였는데 돈코쓰 국물이지만 돼지 뼈보다는 해산물 풍미가 강했다. 면은 스트레이트 태면. 이곳 돈코쓰라멘은 규슈 라멘에서 영향을 받은 것이 아니라 주인이 중국인 요리사로부터 배운 것이라고 한다. 다진 마늘이 아니라 얇게 저민 마늘을 내는 것도 한국과 비슷하고, 라멘에 곁들여지는 무절임도 꼭 한국에서 먹는 무절임 같다.

6년 전, 사진을 찍고 있던 내게 주인 할머니가 어디서 왔냐고 물었다. 한국에서 라멘을 먹으러 왔다고 했다. "라멘 국물 맛이 한국이랑 비슷하다."고 말하며 콩나물이 들어 있어 해장에 좋을 것 같다고 덧붙이자, 할머니는 "실제로 손님들이 술 마시고 이곳 라멘을 먹으러 온다."고 했다. 난 라멘을 국물 한 방울 남김없이 먹어치웠다. 일본 라멘 기행을 다니면서 국물까지 다 마신 것은 여기가 처음이었다. 내가 무절임을 덥석덥석 잘 집어 먹는 걸 유심히 보더니 할머니는 두 접시나 더 가져다주었다.

"잘 먹었습니다." 인사를 하고 나오는데 할머니가 따라 나오더니 선물이라면서 엽서 한 장과 귤 한 개, 그리고 귤 캐러멜을 건넸다.

지금은 없어진 노보루야. 돈코쓰 국물이지만
콩나물국을 닮은 그 라멘을 더는 먹을 수 없다는 게 너무 아쉽다.

귤은 여행하다 먹었고 엽서와 캐러멜은 아직까지 간직하고 있는데, 이게 노보루야를 추억하는 물건이 될 줄은 몰랐다.

아쉬움을 뒤로하고 덴몬칸 아케이드로 갔다. 이곳에는 가고시마를 대표하는 라멘집이 여러 곳 있지만, **가고시마 라멘 돈토로 덴몬칸**(鹿児島ラーメン豚とろ 天文関) 본점을 먼저 찾았다. 아케이드 중앙로에서 살짝 벗어나 있지만 가게 앞은 사람들의 발걸음이 잦은 곳이다. 한국 사람도 많이 찾는지 문 밖에 한글로 "잘 오셨습니다. 상급 돼지 뼈 라멘"이라고 적혀 있다. 문 밖에 식권판매기가 있어 메뉴를 고르기 편하다. 나는 이 집 간판 메뉴인 '돈토로(豚とろ)라멘'을 주문했다. 문을 열고 안으로 들어가니 재즈가 흘러나온다. 한국에서는 카페나 레스토랑이 아니고서야 재즈가 흘러나오는 음식점을 본 적이 없는 것 같은데, 일본 라멘집에서는 재즈음악을 심심치 않게 들을 수 있다. 테이블 위에는 단무지 통이 놓여 있다. 나는 식권을 주면서 언제나 그렇듯이 '가타메'로 주문하고 하얀색 단무지를 한 점 맛보았다. 약간 달달하다.

잠시 후 라멘이 나왔다. 진한 돈코쓰 국물로 보이지만 생각만큼 진하지는 않다. 중간 정도? 이곳 국물은 돼지 뼈와 닭 뼈를 우린 육수에 해산물 육수를 더해 만든다고 한다. 면은 스트레이트 중태면. 양은 많지 않은 편이다. 고명으로는 차슈, 차슈 양념으로 끓인 반숙 달걀, 멘마, 목이버섯, 아게네기(파를 잘게 썰어 튀긴 것), 파 등이 올라가 있다. 차슈는 가게 이름대로(도로とろ는 다랑어의 기름기 많은 부위를 가리킨

다) 돼지 삼겹살을 잘 삶아 입안에서 녹을 정도로 부드럽다. 밤늦게까지 영업을 하니 시내 구경을 마치고 가고시마 라멘을 즐기기 좋은 곳이다.

　돈토로 바로 옆에 있는 **라멘센몬 고무라사키** (らーめん專門 こむらさき)는 가고시마 라멘을 대표하는 집으로, 1950년 창업한 노포다. 내가 2011년에 처음 갔을 때는 가게 바깥에 창업 당시 사진이며 역사가 커다랗게 붙어 있었는데, 지금은 없다. 창업할 때부터 오픈 키친 형태였는데(지금도 그렇다), 당시에는 독특한 내부 스타일이 손님에게 좋은 평판을 얻었다고 한다. 라멘집 간판에 네온사인을 단 것도 가고시마에서는 이 집이 처음이라고 하니, 여러모로 시대를 앞서 나가는 감각이 있는 라멘집이다. 가게 내부는 말끔하다. 옆집 돈토로가 캐주얼하다면 이곳은 차분하다.

　이곳에서는 돼지 뼈와 갈비를 기본으로 다시마, 표고버섯, 여기에 닭을 통째로 넣어 삶아서 육수를 낸다. 짠 국물과 덜 짠 국물 중 선택할 수 있는데, 짠 국물을 주문했더니 지나치게 짜다. 국물이 그리 진하지는 않다. 면은 스트레이트 세면. 양이 제법 많다. 차슈는 가고시마산 흑돼지로 만드는데, 네모나게 썬 차슈와 잘게 썬 양파가 올라가는 것이 독특하다. 가고시마 라멘답게 차슈는 역시 흐물흐물할 정도로 부드럽다. 이곳에서도 무절임을 곁들인다. 아삭아삭하면서도 시원하니 참 맛있다. 고무라사키는 JR가고시마 중앙역에 있는 아뮤플라자에도 분점이 있는데, 이곳의 상호는 '라멘센몬 고

돼지 뼈와 갈비를 기본으로 다시마, 표고버섯, 여기에 닭을 통째로 넣고
삶아서 육수를 낸 라멘센몬 고무라사키의 라멘.

무라사키 아뮤플라자 가고시마점'이다.

JR가고시마 중앙역 아뮤플라자 내의 고무라사키 바로 옆에 있는 **자본라멘 중앙역점**(ざぼんラーメン 中央駅店)도 가고시마 라멘을 대표하는 라멘집이다. 이곳은 고무라사키보다 4년 이른 1946년 창업했는데, 현재 가고시마현 전역에 7개 점포를 운영하고 있다. 점심시간에 가보았더니 사람들이 길게 줄을 서 있다. 밖의 진열대를 보니 "No. 1이 자본라멘, No. 2가 자본라멘 소(小)"라고 적혀 있다. 나는 차슈를 많이 먹고 싶어 No. 3인 '원조 사쿠라지마(櫻島) 차슈멘'을 주

고무라사키와 자본라멘이 나란히 있는 JR가고시마 중앙역의 아뮤플라자.

문했다. 이곳 라멘은 돼지 뼈만으로 우려낸 부드러운 국물과 중세
면이 특징이다. 고명은 양배추, 목이버섯, 멘마 등 일곱 가지가 올라
간다. 멘마는 차슈를 삶은 간장으로 맛을 냈다. 면 아래에 가라앉은
다레를 잘 섞어 먹는 것이 이 가게의 스타일이라고 한다. 지금까지
가고시마에서 먹어본 라멘 가운데 국물이 가장 가볍다. 이곳 역시
라멘에 하얀 무절임을 곁들인다.

가고시마 라멘 돈토로 덴몬칸(鹿児島 ラーメン豚とろ 天文館)
영업시간: 11:00-25:30(요일에 따라 변동 있음), 휴일: 부정기
가고시마 노면전차 다카미바바 정거장에서 도보 5분 ☎ 099-222-5857

라멘센몬 고무라사키(らーめん 専門 こむらさき)
• 본점 영업시간: 11:00-21:00, 휴일: 목요일(공휴일은 영업)
  가고시마 노면전차 덴몬칸도리 정거장에서 도보 3분 ☎ 099-222-5707
• 라멘센몬 고무라사키 아뮤플라자 가고시마점 영업시간: 10:00-20:30 (LO), 연중 무휴
  JR가고시마 중앙역 직결 ☎ 099-812-7058

자본라멘 중앙역점(ざぼんラーメン 中央駅店)
영업시간: 10:00-23:00, 연중 무휴
JR가고시마 중앙역 직결 ☎ 099-255-9395

나가사키찬폰과 사라우동

규슈 최서단의 나가사키(長崎)현은 외국에서 사람과 문물이 일본으로 들어오는 통로였다. 때문에 외국에서 유래한 음식이 많은데, 대표적인 것이 카스테라와 나가사키찬폰이다. 카스테라는 이베리아 반도에 있었던 카스티야 왕국의 이름에서 유래한 이름이다. 나가사키 하면 '카스테라'라고 할 정도로 나가사키 카스테라는 현지인뿐 아니라 많은 여행객이 찾는 나가사키 명물 음식이되었다. 나도 나가사키시에 도착하자마자 먼저 카스테라집들이 나란히 들어서 있는 '오란다 언덕'에 올랐다. '오란다'는 네덜란드를 가리키는 일본어. 네덜란드의 이름을 딴 언덕이 있는 이유는 나가사키의 역사와 관련이 있다. 나가사키역에서 항구를 따라 걸어오면 인공 섬 데지마(出島)가 보인다. 1603년 쇼군의 자리에 오른 도쿠가와 이에야스가 쇄국 정책을 펴면서 네덜란드 상인들에게 나가사키의 무역 독점권을 주고 그들의 거주지 겸 무역 장소로 제공한것이 바로 데지마다. 현지인과 외국인을 분리하기 위해 만든 국제무역지라고할 수 있다. 지금은 간척 작업이 이루어져 더 이상 섬이 아니다.

또한 나가사키에는 중화가가 크게 자리 잡고 있다. 그 역사는 1689년에 완성된 과거 중국인들의 거주지인 당인촌(唐人村)에서 시작된다. 지금도 옛 당인촌의 모습이 조금 남아 있다. 이러한 중국 화교의 역사와 관련이 있는 것이 바로 나가사키찬폰과 사라우동이다. 중국 면요리에서 유래해 일본인의 국민음식으로 확산한 라멘에 비해, 찬폰은 여전히 나가사키의 지역음식에 머물러 있는 점이 흥미롭다.

나가사키짬뽕과 사라우동이라는 나가사키 명물 음식의 고향이라 할 나가사키 신텐지 거리.

나가사키찬폰은 푸젠성(福建省) 출신 천핑순(陳平順) 씨가 1899년(메이지 32)에 고안한 음식이다. 당시 나가사키에 살고 있던 중국 동포와 가난한 유학생들을 위해 값싸고 영양가 있는 음식으로 내놓기 시작한 것이 나가사키찬폰이라고 한다. 그는 당시 외국에서 일본 열도로 들어오는 중요 항구였던 나가사키의 분위기를 반영해 음식점 이름을 **시카이로 (四海樓)**라고 지었다. 식당 건물 2층에 찬폰 박물관이 있는데, 창업 당시의 사진이 있다. 오래된 일본식 2층 건물로, '지나요리 사해루 온돈 원조(支那料理四海樓饂飩元祖)'라는 간판이 붙어 있다. 해석하면 '중국요리점 시카이로가 중국 온돈(우동)의 원조'라는 뜻이 된다. 그러니까, 처음에는 '지나우동'이라고 불리다가 1910년대 들어 '찬폰'이라는 이름으로 불리기 시작한 것이다. '찬폰'의 유래에 관해서는 여러 설이 있다. 가장 유력한 것은 육, 해, 공의 식재료가 한데 뒤섞여 있다는 뜻으로 '찬폰'이 되었다는 설이다.

나는 오란다 언덕에 있는 카스테라 전문점에서 카스테라를 몇 개 구입하면서 종업원에게 찬폰으로 유명한 시카이로에 가보았냐고 물었다. 그랬더니 그녀는 "찬폰은 슈퍼마켓에서 재료를 사다가 집에서 조리해 먹는다."고 대답하는 게 아닌가. 그러면서 나가사키에서 "찬폰은 가정요리"라는 말을 덧붙인다. 나가사키찬폰의 원조인 시카이로가 지근거리에 있는데 가보지 않았다니 조금 의외였다. 시카이로는 나가사키 남쪽 항구 안의 언덕에 있는 오우라(大浦)라는 관광지 입구에 있다. 지금의 웅장한 5층 건물은 이 식당 창업자의 차남이 직접 설계해 2000년에 지었다.

엘리베이터를 타고 5층으로 올라가면 식당이다. 깔끔하고 모던한 실내는 조망도 좋다. 자리에 앉으면 저 멀리 나가사키 항구와 바다가 내려다보인다. 나가사키찬폰에 대한 첫인상을 말하자면, "보기 좋은 떡이 먹기도 좋다."는 말이 딱 어울리는 음식이었다. 면 위에 새우, 조개, 오징어 등의 해산물과 고기, 양배추, 양파, 숙주, 가마보코, 그리고 여기에 노란 달걀지단('멘시란絲絲卵'이라고 한다)이 가득 담겨 있다. 말 그대로 산해진미다. 먼저 눈이 즐겁다. 육수는 뽀얀 하얀색인데 한국 짬뽕처럼 불에 볶은 맛이 난다. 해산물 육수와 채소의 맛이 응축된 진한 맛이다. 노란 색깔을 띠는 면은 동글동글한 모양의 태면으로 볼륨감이 있고 찰기가 있어 씹는 맛이 있다. 양도 많다. 한국의 중국식당에서

19세기 말 일본식 2층 건물에서 창업한 시카이로는 지금 웅장한 5층 건물에서
영업 중이다. 푸짐한 해산물과 채소가 색깔까지 화려해 눈이 먼저 즐겁고, 진한 국물과
탱글한 면이 입에도 맞는 시카이로의 나가사키찬폰이다.

이와 비슷한 맛을 찾는다면 굴짬뽕을 들 수 있겠다. 하지만 전체적인 맛은 다른 데다 한국 짬뽕은 매운맛이 강한 반면, 나가사키찬폰은 전혀 맵지 않다. 요컨대 매운 고추가 들어간 한국 짬뽕은 한국화된 중국 면요리라고 할 수 있다.

이제 나가사키의 또 다른 명물 음식인 사라우동을 먹기 위해 **쇼슈린(蘇州林)**을 찾아갔다. 나가사키 중화가 식당에는 찬폰뿐 아니라 사라우동을 파는 곳이 많기 때문에 마음에 드는 곳을 골라 들어가면 된다. 내가 들어간 쇼슈린도 사라우동을 비롯해 다양한 중국음식을 파는 집이다. 걷다 보니 가정용 찬폰/사라우동 면과 수프를 따로 파는 곳도 여럿 눈에 띈다.

사라우동은 말 그대로 '접시에 담긴 우동'이다. 이것도 시카이로의 천핑순 씨가 찬폰으로부터 개발한 음식이라고 전해진다. 당시 '면'이라고 하면 국물이 있는 것이 보통이었기 때문에 평평한 접시(사라)에 담아낸 면요리는 드물었다.

바짝 튀긴 세면 위에 걸쭉한 국물이 얹어 낸 사라우동.
바삭하면서도 촉촉한 식감이 매력적이다.

즉, 음식을 내는 형태 그대로 요리 이름이 된 것이다. 사라우동도 찬폰처럼 해산물과 채소가 듬뿍 들어간 면요리다. 재료로 보자면 둘이 비슷하지만, 만들어진 모양새는 매우 다르다.

사라우동의 면은 아주 가는 세면을 튀긴 것이다. 쇼슈린의 사라우동은 튀긴 극세면 위에 돼지고기, 새우, 오징어, 양배추, 표고버섯, 당근 등 열네 가지 재료를 아주 센 불로 볶아서 올려낸다. '나가사키의 세면'이라고도 불리는 이 사라우동은 아주 경쾌하면서도 사각사각한 식감을 낸다. 사라우동의 또 다른 특징은 마치 울면처럼 녹말을 푼 걸쭉한 국물(일본어로 '안あん')을 면 위에 부어낸다는 점이다. 우리나라의 누룽지탕처럼 말이다! 걸쭉한 국물이 스며들면서 면은 촉촉해지지만 결코 바삭함을 잃지 않는다. 사라우동은 한 끼 음식으로 먹어도 좋지만 맥주 안주로 아주 좋다. 나가사키를 방문한다면 낮에는 찬폰 한 그릇, 저녁에는 맥주와 함께 사라우동 한 그릇을 즐겨보시라.

시카이로(四海樓)
영업시간: 11:30-15:00, 17:00-20:00(LO), 연중 무휴
나가사키 전차 오우라덴슈도시타 정거장에서 도보 1분 ☎ 095-822-1296

쇼슈린(蘇州林)
영업시간: 11:00-20:30(LO), 휴일: 수요일
나가사키 전차 지쿠마치 정거장에서 도보 3분 ☎ 095-823-0778

일본, 국수에 탐닉하다

푸드헌터 이기중의 소멘·우동·소바·라멘 로드

지은이 이기중
초판 1쇄 발행 2018년 9월 15일
초판 2쇄 발행 2021년 5월 31일

펴낸곳 도서출판 따비
펴낸이 박성경
편집 신수진, 차소영
디자인 박대성

출판등록 2009년 5월 4일 제2010-000256호
주소 서울시 마포구 월드컵로28길 6(성산동, 3층)
전화 02-326-3897
팩스 02-337-3897
메일 tabibooks@hotmail.com
인쇄·제본 영신사

ISBN 978-89-98439-53-8 03810
값 18,000원

이 도서의 국립중앙도서관 출판예정도서목록(CIP)은 서지정보유통지원시스템 홈페이지
(http://seoji.nl.go.kr)와 국가자료공동목록시스템(http://www.nl.go.kr/kolisnet)에서
이용하실 수 있습니다.(CIP제어번호: CIP2018026673)